La nuit du Temple Écrins

Rosa NOBILE ADAM

La nuit du Temple Écrins

A mon père.

« Il n’y a pas d’ami aussi fidèle qu’un livre »

Ernest Hemingway

« Les monstres existent vraiment, les fantômes aussi…

Ils vivent en nous, et parfois ils gagnent... »

Stephen King

Toute ressemblance avec des personnes existantes ne serait que fortuite.

Ce roman est une fiction issue de l'imaginaire de l'autrice.

Été 2022

Vendredi 15 juillet 2022

6h45

Romane se réveilla dans un sursaut. Elle ouvrit les yeux, mais n’y voyait rien, la chambre était plongée dans le noir complet. Son tee-shirt ébène lui collait à la peau, elle était en nage. Son cœur cognait extrêmement fort dans sa poitrine. Avait-elle fait un cauchemar ? Elle ne s’en souvenait pas, mais ce dont elle était sûre, c'est qu'un cri horrible résonnait encore dans ses oreilles. Elle mit des secondes interminables à se calmer. Elle voulut se rassurer, c’était sûrement encore cet oiseau noir qu’elle apercevait chaque jour comme un mauvais présage depuis leur arrivée quelques jours plus tôt. L’espèce de corbeau annonçait peut-être le lever du jour. Enfin, du jour, oui, peut-être, mais certainement pas celui du soleil. Un vacarme assourdissant venant du toit témoignait d’un retard évident pour le retour de l’astre solaire. Elle tendit l’oreille. La pluie. Une sacrée averse apparemment. Un déluge. Elle allongea son bras droit hors du lit et attrapa sa montre sur la table de chevet. Six heures quarante-cinq. Encore une quinzaine de minutes et l’alarme de son téléphone portable sonnerait. Mais allaient-ils tout de même aller faire une randonnée en montagne avec cette grosse averse ? Leur "guide" n’avait pas parlé de pluie la veille. Bizarre, lui qui se mettait au courant de la météo des montagnes tous les soirs afin de s'assurer de partir randonner en toute sécurité. Sachant qu'elle ne se rendormirait plus, elle tourna la tête vers son mari du côté gauche du lit. Philippe dormait paisiblement, sa tignasse brune en bataille reposait sur l'oreiller. Elle referma les yeux dans un ultime espoir de se rendormir, sans grande conviction. Un cri la fit sursauter à nouveau. Cette fois elle ne rêvait pas, elle en était sûre. Le genre de corbeau, comment s'appelait-il déjà ? Un Chocard à bec jaune, devait certainement se trouver juste sur le bord de la fenêtre de leur chambre. Ses yeux commençaient à s'accommoder à l'obscurité. Elle regarda Philippe qui dormait toujours, imperturbable. Lui, il lui aurait fallu une bombe pour le réveiller avant l'heure prévue. Elle l'enviait. Elle regarda vers la fenêtre, dans l'obscurité, sans voir grand chose, de toutes façons les volets étaient fermés. La seconde fois, le cri n'avait pas été bref, comme le cri habituel de l'oiseau qu'elle avait vu et entendu tout au long de cette semaine. Maintenant, le cri se prolongeait tel un râle, telle une plainte. Elle eut un mauvais pressentiment, se leva, attrapa un pull et un pantalon, à tâtons dans le noir. Elle contourna le lit deux places pour accéder à la baie vitrée qu'elle ouvrit doucement, puis tendit l'oreille sans ouvrir les volets. Le cri s'était transformé en un sanglot long, dans toute son animalité. Un cri animal ? Ou humain ? Le brouhaha des trombes d'eau qui se déversaient du ciel était assourdissant, il couvrait presque le cri. Une plainte certainement émise par quelque animal en détresse, se rassura-t-elle encore une fois. Finalement, elle n'entendait plus rien d'autre que la pluie. Romane s'apprêtait à refermer la fenêtre quand un hurlement la fit tressaillir. Non, pas un animal. C'était un être humain. Un homme ? Non, une femme. Oui c'était bien une voix féminine. Une femme qui avait besoin d'aide, qui appelait au secours en hurlant. Romane s'habilla à la hâte, fourra ses pieds nus dans des baskets qui traînaient au pied du lit, entrouvrit un volet et se faufila à l'extérieur en longeant la balustrade. Elle n'entendit que vaguement la voix de son mari au moment où elle partait en courant vers le son guttural qui continuait à appeler au secours dans un cri de désespoir. Au passage elle attrapa une grande cape en toile cirée vert foncé qui gouttait. Le cirée était suspendue à un crochet planté dans le mur de la maison du côté du balcon qu'elle traversa en courant.

Les pleurs venaient de la maison en contrebas. L'habitation de Lucien et de Francine, le vieux couple de la maison d'en dessous. Romane traversa la ruelle, puis entama la descente. Elle ne courrait pas aussi vite qu'elle l'aurait souhaité. Dans la petite côte, l'herbe mouillée était glissante, et ses baskets, n'étaient pas lacés. Elle faillit tomber mais se rattrapa in extremis.

Lorsque Romane arriva devant le portillon en bois de la maison, elle vit la vieille femme, sous la pluie battante, les genoux à terre, pleurant, hurlant. Elle s'était écroulée à côté d'un fauteuil de jardin. Sur le vieux siège du salon de jardin en plastique blanc, la jeune femme reconnut le dos de Lucien, avachi, la tête penchée sur son épaule gauche et les bras ballants de chaque côté des accoudoirs. Lui, avec sa carrure si imposante la veille encore. Ils étaient sous l'averse. Cette pluie diluvienne s'intensifiait à chaque seconde comme pour effacer la chaleur étouffante de ces derniers jours. Romane, dont les longs cheveux bruns dépassaient de la capuche de chaque côté de son visage, était trempée, elle aussi, non plus seulement de sueur, mais de l'eau dont le ciel se délestait. Cette eau qui lavait tout, même ses yeux, elle n'y voyait plus rien, tout cela lui semblait irréel. Était-elle en train de rêver ? Oui c'était cela, forcément. Un mauvais rêve. Elle était pétrifiée sur place, elle attendait une échappatoire, elle ferma les yeux un instant, espérant se réveiller enfin, sortir de ce cauchemar.

Dans un regain de force, Francine hurla plus fort. Romane sursauta. C'est à ce moment précis qu'elle aurait dû se réveiller, dans son lit, au sec, à l'abri des éléments. Elle rouvrit les yeux.

*

Été 1988

Le ciel était gris. Par moments de forts rayons de soleil perçaient les nuages pour venir s'écraser sur le pare-brise, éblouissant le conducteur. Bertrand se refusait obstinément à porter des lunettes de soleil. « *On n'est pas là pour frimer* », répétait-il inlassablement lorsque son épouse lui suggérait d'en acheter une paire. A peine une petite trentaine d'années et déjà le poids des responsabilités familiales sur les épaules, avant toute autre chose. Un homme bon, sérieux. Il avait des principes, des valeurs, mais également des idées bien arrêtées, bien à lui, il était intransigeant parfois. Il se sentait bien, plutôt heureux en ce moment. Tout allait bien, il aimait son travail, il était fier de sa famille. Cela suffisait à son bonheur. Cette année s'était bien passée, dans son ensemble, pour lui et sa famille. Et François Mitterrand venait d'être réélu à la présidence de la République. La gauche était encore au pouvoir, ça donnait de l'espoir pour l'avenir de ses enfants. Il y croyait.

Il jeta un œil à la montre qu'il portait autour de son poignet gauche, une trotteuse, cadeau d'anniversaire de son épouse. Onze heures trente-sept. Il lui semblait que la journée avait commencé depuis une éternité. Il conduisait avec concentration ce dimanche matin. S'arrêtant peu, il avait hâte d'arriver à destination.

Ils étaient tous les cinq entassés dans la Renault 19 bleue qui filait sur l'autoroute. La remorque bien chargée, tractée par le véhicule qui avait fait l'objet d'une révision minutieuse et toute particulière de la part de son propriétaire, à la veille du grand départ estival.

La mélancolie hantait l'habitacle, la mélopée de Léonard Cohen qui chantait « *I'm your man* » y était certainement pour quelque chose. Sans compter les sept heures de route évidemment, sept heures qui en valaient largement le double.

Dans la chaleur de cet espace réduit, les enfants somnolaient serrés les uns contre les autres sur la banquette arrière. Se donnant du coude de temps en temps, se chamaillant par moment pour dix centimètres d'espace perdus.

Comme tous les étés depuis presque une douzaine d'années maintenant, la famille Humbert arpentaient les routes des Alpes françaises à la recherche du meilleur emplacement pour la tente cinq places. « *A la sauvage* », cela va sans dire. De préférence « *à proximité d'un torrent, pour avoir de l'eau fraîche à volonté. Et surtout pas trop loin d'un début de sentier de randonnée, pour la marche* », dixit Bertrand.

A l'arrière de la voiture, leurs trois enfants avaient été relativement calmes durant le voyage. Les deux plus jeunes avaient pris la couleur de cheveux clairs de leur père, et ses beaux yeux verts aussi. La grande, elle, arborait une longue chevelure brune et ses yeux étaient aussi bleu que l'océan qu'elle n'avait encore jamais vu.

« - Papaaa ! Pourquoi on doit obligatoirement se lever à cinq heures du matin à chaque fois qu'on part en vacances ? On pourrait quand même partir plus tard, geignait Lætitia, la petite dernière, blondinette de huit ans. » Le garçon manqué, comme l'appelaient quelquefois ses camarades, semblait déjà toujours prête à toutes les doléances possibles et parfois inimaginables, elle avait de la suite dans les idées.

« - Parce que c'est le matin qu'on gagne sa croûte », répondait laconiquement le père.

« - Pfff, toujours la même rengaine, » souffla l'aînée en rattachant ses long cheveux en queue de cheval. L'adolescente disait ne pas aimer la montagne. Anne-Sophie, grande brune longiligne, pour ne pas dire maigre, aurait préféré aller à la mer, dans le sud de la France. La jeune fille enviait ses copines qui, le jour de la rentrée en septembre, se racontaient leurs histoires d'amour d'été à la plage, sur la côte d'Azur. Elle remit son casque de walkman sur les oreilles, en boudant, David et Jonathan posait l'éternelle question : « *Est-ce que tu viens pour les vacances ?* ». Enfin, elle, aucun garçon ne l'attendait pour les vacances, malheureusement.

Jérôme, leur deuxième enfant, assis derrière son père, ne disait rien. Il était calme, comme à son habitude. Il admirait le paysage, s'enivrait déjà du plaisir que lui procurait la hauteur des montagnes. A tout juste dix ans, il savait ce qu'il voulait faire plus tard : guide de hautes montagnes pour les randonneurs. Il s'imaginait arpentant les plus hauts sommets avec un groupe de vacanciers sous sa responsabilité. En attendant, il travaillait bien à l'école, il aimait la géographie. Et par-dessus tout, il apprenait énormément de choses avec son père, le nom des cols, comment monter une tente, déchiffrer les cartes, le nom des fleurs, ne jamais quitter les sentiers de randonnée et surtout, respecter la nature. Il observait toujours cet homme, grand, beau et costaud avec une admiration sans borne.

La "petite" le tira de ses pensées,

« - Mamaannn ! Je commence à avoir faim ! …

- Tais-toi, » la coupa son père. Ta mère dort. « Laisse-la se reposer un peu. »

Brigitte dormait d'un sommeil du juste sur le siège passager. Éreintée par les préparatifs, elle avait dormi une bonne partie du voyage. Le linge, les valises, les produits hygiéniques, les courses alimentaires, ne rien oublier. Tout coûte plus cher s'il faut aller se ravitailler dans les épiceries du coin. Et tout devait être prêt la veille, son mari préférait préparer la remorque le soir, pour gagner du temps le matin.

Alors la jeune mère de famille s'était engouffrée dans un trou noir de plénitude. Trois enfants ça bouffe de l'énergie, à vingt-neuf ans, elle se sentait déjà vieille parfois. Sans compter son métier, qu'elle adorait bien sûr, mais auquel elle vouait un investissement sans nom qui l'épuisait quelquefois. Éducatrice de jeunes enfants. Elle était éducatrice dans une pouponnière, elle travaillait à la DASS. La direction départementale des affaires sanitaires et sociales, aujourd'hui appelée l'ASE, l'aide sociale à l'enfance. On change le nom pour se refaire une beauté… Un boulot pas facile, et cette année, elle accueillait les grandes vacances avec une infinie reconnaissance.

Pourtant, pour eux les vacances n'étaient pas forcément synonyme de véritable repos. On se levait tôt, pour partir en randonnée. Il fallait préparer les repas sur le réchaud, faire la lessive des enfants à la main. Se laver à l'eau froide. C'était le camping sauvage quoi.

Elle aimait ça elle aussi. Mais elle ne revenait jamais de vacances vraiment bien reposée, évidemment. Heureusement, son mari l'aidait beaucoup, il était compréhensif, malgré son caractère impulsif quelquefois.

Et puis, il la supportait bien, elle, avec son humeur fluctuante et ses fantômes du passé. Il ne pouvait pas la comprendre, mais au moins il la soutenait. Elle avait commencé à prendre des calmants régulièrement depuis une paire d'années maintenant. Elle en avait besoin, pour l'aider à oublier. Cependant, elle s'efforçait toujours de se montrer aimable avec tout le monde. Au travail, les enfants en grosse difficultés, problèmes liés, en grande partie, à leur passé déjà lourd de détresse. Et les parents, avec qui il fallait composer durant leurs visites au centre départemental de l'enfance, pas toujours faciles, et avec ses collègues qui l'appréciaient énormément, cette femme consciencieuse et discrète.

*

Vers midi, Bertrand décida de s'arrêter pour manger un bout et se dégourdir un peu les jambes avant d'attaquer la montée et les virages.

Aussitôt la voiture stoppée, les gamins sautèrent de la Renault n'attendant même pas que leur père ait coupé le moteur.

Brigitte bougea la tête, ouvrit les yeux, les referma, elle aurait volontiers prolongé ce moment de paix. Le bruit des portières qui claquent et le coffre qui s'ouvre finirent de l'éveiller complètement, la sortant d'un sommeil sans rêve.

« - Mamaann…! Où sont les Chocorem ? » Hurla Lætitia qui, elle, avait les crocs et une énergie que sa mère lui enviait très fréquemment.

« - On va commencer par les casse-croûtes », trancha le père s'affairant, penché au-dessus du coffre ouvert. Il en sortit la vieille glacière bleue qui ne les quittait jamais.

« - J'veux pas de casse-croûte, j'ai pas faim », essaya la petite dernière.

« - Pas de problème, si tu n'as pas faim tu ne manges pas. Donc pas de Chocorem non plus », résolut Bertrand. « Et on dit : "Je n’ai pas faim"... »

La petite Lætitia voulut protester mais se ravisa aussitôt. Son père n’était pas du genre à changer d’avis.

« - Bon d'accord, mais un petit casse-croûte alors », céda la benjamine en boudant un peu, pour la forme.

Lorsque Brigitte sortit enfin de la voiture, les trois enfants croquaient avec vigueur dans les bons sandwichs au jambon/beurre qu'elle avait préparés avec amour très tôt le matin même. Bertrand, lui, se trouvait devant la voiture, il avait déplié la grande carte Michelin sur le capot encore chaud du véhicule. Il cherchait la meilleure route pour accéder à l’endroit qu’il avait repéré pour planter la tente. Un lieu d’où ils pouvaient partir chaque matin pour démarrer une nouvelle randonnée avec sa petite famille. Il se réjouissait déjà de ces vacances à la montagne qu’il attendait toute l’année.

Son rêve était de pouvoir un jour acheter un pied à terre dans le coin. Cet homme grand et charpenté en imposait de par son physique, mais également grâce à son caractère entier. Il s'adapterait tout à fait aux autochtones et à la vie à la montagne. Il aimait la nature, la marche, la bonne bouffe et boire un bon coup de temps en temps. Il était de bonne composition, mais il n'aimait pas les faux-semblant, et disons-le, il n'aimait pas les faux-culs. C'est son côté vrai, gentil et en même temps droit et loyal avec des principes qui avaient immédiatement séduit Brigitte. Et leur amour commun pour les randonnées en montagne les avait rapprochés.

Brigitte était toute petite et toute menue. Une belle âme, gentille, discrète, mais un caractère bien trempé tout de même. Et une mélancolie. Une mélancolie latente. Une belle âme, mais une âme torturée.

La jeune mère de famille interpela Jérôme, leur garçon, deuxième de la fratrie, qui avait suspendu son geste, happé par la beauté du paysage, la bouche ouverte, il en avait oublié de croquer dans son sandwich.

« - Jérôme, mange un peu au lieu de rêver. Si tu veux des forces pour réussir à suivre ton père sur les hauteurs il te faudra de l'énergie ! » Lui dit-elle en prenant par les épaules ce garçon de dix ans qui la dépassait presque. Le gamin, mûr pour son âge, sourit à sa mère et se remit à manger.

La petite s'était empressée de finir de manger son sandwich et s'affairait à chercher ce qu'elle avait décrété se substituer à son dessert : les Chocorem !

« - Qu'est-ce que tu cherches Lætitia ? » lui demanda gentiment sa mère qui avait compris son manège. « J'ai ramené des fruits, prends une pomme ». Devant la mine contrite de l'enfant, elle sourit et lui mis un Chocorem dans la main. « - Un seul alors ».

Elle se tourna vers la grande qui s'était mise à l'écart. Toujours rebelle, jamais contente, tellement différente de ses autres enfants. Elle la laissa dans son isolement, elle ne voulait pas la brusquer.elle la regarda picorer lentement son déjeuner qu'elle ne finirait pas, comme d'habitude.

Bertrand vint se joindre à eux, il prit son sandwich qu'il avala rapidement. A l'instar de son épouse, il observa également l'aînée un instant.

« - Tu aurais pu t'approcher et manger avec nous Anne-Sophie. »

Celle-ci ne répondit pas. Son père s'approcha d'elle et constata qu'elle avait encore son satané casque de walkman sur les oreilles. Décidément il ne comprendrait jamais cette enfant, pourquoi était-elle toujours en colère ? Contre qui ? Et tellement différente des deux autres ? Il décida de ne pas la provoquer. Il voulait reprendre rapidement la route.

Soudainement la pluie s'était mise à tomber. Les enfants se sont engouffrés dans le véhicule, les parents ont tout rangé. Et Bertrand reprit le volant. Ce n'était pas ce qu'on peut appeler un bel été en cette année 1988.

Cet été-là, au gré de leurs balades, ils tombèrent de manière un peu hasardeuse sur un hameau tranquille dont Bertrand tomba immédiatement amoureux.

Le Dahut Perdu, c'était le nom du hameau, drôle d'appellation, perché à 1297 mètres d'altitude, c'était écrit sur le panneau sur le bord de la route, comptait une vingtaine de maisons tout au plus, et une église, le tout très proche d'un torrent. Enfin, des maisons, il fallait le dire vite. La plupart était d'anciennes fermettes, des bergeries. Après le dernier virage, la rue principale du hameau était un cul de sac qui se terminait par l'église et un petit cimetière datant d'un autre temps. Une dizaine de maisons s'étiraient sur les deux côtés de cette petite rue longue d'une centaine de mètres au grand maximum. Par des petits chemins, entre les maisons, on pouvait descendre, à pied bien évidemment, en marchant dans l'herbe, sur un deuxième niveau sur lequel se trouvaient la deuxième moitié des maisons, un peu en contrebas.

Bertrand gara sa voiture devant l'église où il était possible de loger cinq ou six véhicules, pas un de plus. La famille Humbert sortit lentement de la Renault, s'imprégnant de ce nouvel environnement. Tout au bout, la vue était époustouflante sur les montagnes de l'autre côté de l'eau. Le torrent jouait sa symphonie entêtante sous un soleil franc ce jour-là. Il faisait chaud mais la fraîcheur du torrent arrivait jusque dans leurs jambes même s'ils ne le voyaient pas d'où ils se trouvaient. L'odeur de l'eau se mêlait à celle des fleurs, de l'herbe humide et des arbres un peu plus bas. Cet endroit respirait la plénitude et ce sentiment d'apaisement était palpable, il envahissait agréablement leur esprit.

Bertrand passa devant une fontaine ornée d'un vieux robinet d'où une eau translucide sortait avec vigueur, elle devait être à peine moins froide que dans le torrent. Instinctivement il y passa une main pour se rafraîchir. Il s'engagea dans la ruelle déserte baignée dans la lumière de l'été. De part et d'autres, les portes des maisons étaient fermées, certainement pour garder la fraîcheur de l'intérieur. Les rebords des fenêtres étaient encombrés de jardinières ornées de fleurs bien entretenues.

Le reste de la famille le suivit. Jérôme avec entrain, la petite Lætitia avec curiosité, Brigitte avec intérêt. Et Anne-Sophie traînait les pieds derrière eux, "*c'est mort ici*" pensait-elle, à l'idée de passer, encore pour quelques années, toutes les vacances d'été dans ces endroits paumés. Enfant, elle avait apprécié leurs séjours réguliers à la montagne, aujourd'hui, jeune adolescente, elle en avait vraiment marre.

Ils arrivèrent rapidement à l'entrée du village et firent demi-tour, ils s'étaient arrêtés dans le coin juste pour trouver un endroit pour déjeuner. Ils revinrent auprès de leur voiture afin de manger un bout avant de repartir. Tout le monde se retrouva prés du véhicule, les enfants s'installèrent sur un banc. Les parents sortirent leurs chaises pliantes et mangèrent tranquillement en admirant la vue. Ils se dégourdirent ensuite un peu les jambes en prenant un sentier qui montait apparemment vers un autre hameau. Sauf Bertrand, lui revint sur ses pas et retourna vers l'entrée du village où il avait remarqué un terrain sur lequel les herbes sauvages envahissaient l'espace. Il s'arrêta devant, observa, calcula mentalement, jugea. Moins de trois minutes après son arrivée un homme sortit de la maison en contrebas, passa près de buissons qui formaient une haie et remonta le terrain jusqu'à lui.

« - Vous cherchez quelque chose ? » Lui lança l'homme de haute stature et à la corpulence imposante.

« - Bonjour Monsieur. Je m'appelle Bertrand. Heu hé bien je passais dans le coin et j'ai remarqué cet endroit, savez-vous à qui ce terrain appartient ?

- Il est à moi. Pourquoi cette question ?

- Hé bien, je cherchais un endroit pour planter ma tente et passer un peu de temps ici. C'est un bon emplacement pour partir faire des randonnées à la journée. Et je me demandais s'il était possible de m'installer ici avec ma famille.

- Ho, je ne fais rien avec ce terrain, j'ai un petit potager plus bas près de ma maison, ça me suffit. Je peux vous le louez si vous voulez.

- Heu, oui, pourquoi pas, mais je n'ai pas d'énormes moyens financiers, je suis marié et j'ai trois enfants vous savez. Heu… Quel serait votre prix ? »

L'homme réfléchit un instant, se tournant vers sa maison, son regard revint sur l'étranger.

« - Est-ce que vous êtes bricoleur ?

- Oui... Oui bien sûr je me débrouille pas mal. Et je suis ébéniste de formation. Pourquoi ?

- J'ai acheté cette maison il y a trois ans mais j'ai encore pas mal de travaux à faire dedans. J'aurais bien besoin d'aide.

- Je peux vous proposer de vous aider en fin de journée après nos randonnées, disons deux ou trois heures par jour. Et en échange je plante ma tente. Qu'en pensez-vous ?

- Marché conclu ! » L'homme s'approcha de Bertrand, lui tendit la main.

C'est ainsi que la famille Humbert commença à passer tous ses étés au Dahut Perdu.

*

Été 1995

Bertrand se trouvait au volant de sa nouvelle Renault, une Laguna grise sortie l'année précédente. Il l'avait choisie avec la climatisation en option. Alléluia ! Cet été 1995 était particulièrement chaud dans quasiment toutes les régions de France. Ces jours-ci la température montait jusqu'à trente-six degrés. Ils étaient partis très tôt ce dimanche matin, à la fraîche. Après six heures de route, il était presque midi, le tableau de bord affichait 11h37, le ciel était d'un bleu profond, sans nuage. Le soleil éblouissant, présageait déjà d'une journée écrasée par une forte chaleur. Léonard Cohen susurrait « *Waiting for the miracle* ».

Le miracle, Bertrand y croyait cette année. Ils étaient presque arrivés à destination. Il était plein d'espoir et déjà heureux de ce que l'avenir allait lui réserver. Depuis le temps qu'il attendait ce moment ! Il avait enfin dégoté quelque chose de bien et dans son budget. Enfin, il lui semblait que c'était une bonne affaire. Quelques travaux, mais cela ne lui faisait pas peur. Après tout il était ébéniste, c'était son métier. Et puis il avait énormément de courage et il s'adonnait quotidiennement à toutes les réparations que nécessitent une maison ancienne et aux différents travaux d'entretiens dans leur maison familiale.

Les trois enfants avaient bien grandi, et il lui semblait que sa femme et lui avaient pris de l'âge. Désormais, la bonne trentaine bien entamée, il était encore très vaillant et en pleine forme.

L'ambiance familiale était plutôt bonne. Malgré la mauvaise nouvelle du mois de mai. Jacques Chirac avait gagné la présidentielle, la droite avait repris le pouvoir. Et comme une mauvaise nouvelle n'arrive jamais seule, en juin le nouveau Président de la République avait annoncé la reprise des essais nucléaires. On ne laisserait donc jamais cette planète tranquille. On détruisait la nature, petit à petit, d'abord, et de plus en plus vite maintenant. La destruction s'accélérait, jusqu'où irait-on ? Mais l'heure n'était pas à la mauvaise humeur. C'était les vacances. Quatre semaines à la montagne, à se ressourcer sur les hauteurs. Et puis cette maison qui était enfin mise en vente, après des années d'abandon. Ho, il en avait visitées d'autres avant ça, mais cette fois, celle qu'il courtisait se trouvait précisément au Dahut Perdu.

Cette année ils n'étaient plus que quatre dans la voiture sur la route des vacances d'été, toujours en direction des hauteurs, de sa montagne chérie. Et puis avec de telles températures, un peu de fraîcheur allait leurs faire du bien.

L'aînée, à dix-huit ans, n'avait pas encore fini ses études. Cependant, désormais elle travaillait l'été pour se faire un peu d'argent. Anne-Sophie n'était pas mécontente de ne plus être obligée, comme chaque année de puis sa plus tendre enfance, de passer quatre semaines de vacances à la montagne avec ses parents. Ce n'était pas son truc, c'est tout, et elle n'aimait pas marcher. Durant sa deuxième année d'étude à l'institut régional de travailleurs sociaux, elle avait décroché un poste de remplaçante moniteur-éducateur dans un foyer départemental de l'enfance, pour les mois de juillet et août, à l'instar de sa mère, grâce à laquelle elle pouvait occuper ce poste temporairement. Elle accompagnait des jeunes adolescents perdus tentant de les aider à retrouver le bon chemin, elle qui n'avait pas encore vraiment trouvé le sien.

Jérôme, lui, poursuivait sa scolarité et était ravi de passer à nouveau ses vacances d'été dans son élément. Ses études s'étaient finalement orientées vers un tout autre domaine, l'informatique. On lui avait dit que ce serait l'avenir, l'informatique, allez savoir... Dans la voiture, il gardait les yeux bien ouverts, suivait la route, assimilait les panneaux et s'abreuvait encore et toujours du paysage. Il écoutait avec plaisir le chanteur préféré de son père, même si ses préférences à lui se dirigeaient plutôt vers la musique d'un genre un peu plus, comment dire, un peu plus criard.

"La petite", Lætitia, dormait. Cette jeune enfant très intelligente, parfois gaie, parfois taciturne, voulait toujours avoir raison. Physiquement, elle ne s'était jamais départie de son allure garçonne. La gamine s'intéressait à tout un tas de truc et voulait en permanence tout expliquer. Tout expliquer à son grand frère et à sa grande sœur, en l'occurrence, au grand dam des parents qui s'évertuaient à gérer les conflits de la fratrie. Elle était la petite dernière, elle avait certainement été un peu plus gâtée que les grands. Ou alors Bertrand et Brigitte, avec le temps, s'était rendus peut-être un peu moins stricte avec elle qu'ils ne l'avaient été avec les deux premiers. Elle avait beaucoup grandi, grande et un peu charpentée, les cheveux blonds clairs en bataille, mais coupés plutôt courts évidemment.

Toujours est-il qu'ils n'étaient plus que quatre cet été à partir pour les hauteurs. Un pincement au cœur pour les parents. Un peu plus de place dans la voiture pour les enfants. Et puis la remorque était un peu plus grande aussi cette année. Bertrand avait investi et remplacé l'ancienne qui avait fait son temps, elle avait bien servi.

Brigitte avait orienté sa carrière professionnelle vers une autre voie. Elle était toujours éducatrice de jeunes enfants, mais avait quitté la pouponnière. Usées par les histoires terribles qu'avaient subis tous ces enfants placés, elle avait postulé en crèche. Le métier en multi-accueil, y était un peu moins compliqué. Ces mômes-là n'étaient pas abîmés comme les enfants placés par la DASS, c'était moins dur pour elle, surtout psychologiquement. Les yeux rivés sur la route, elle regardait les panneaux par habitude. Ils connaissaient parfaitement la route maintenant. Cela faisait désormais huit ans qu'ils passaient leurs étés au Dahut Perdu. Même si elle n'y tenait pas tant que ça. Son mari avait décrété que c'était l'endroit idéal. Il ne voulait pas aller ailleurs. Et pour couronner le tout, la maison que Bertrand convoitait tant, était enfin à vendre. Maison qu'ils avaient toujours vue de l'extérieur. Elle semblait abandonnée, toujours fermée, ils ne connaissaient même pas le propriétaire, il vivait ailleurs et ne se rendait jamais au hameau. Lorsqu'un des voisins du Dahut les avait appelés pour les informer que la maison était enfin à vendre, ils s'étaient procuré le numéro de téléphone du propriétaire, aujourd'hui ils avaient rendez-vous avec lui. Huit ans qu'ils campaient chaque été sur un terrain, il était temps d'acheter quelque chose en dur.

Arrivés au Dahut Perdu, Bertrand gara sa voiture devant l'église, comme d'habitude. La famille sortit du véhicule. Les quatre Humbert se dirigèrent vers le milieu du village.

Ils arrivèrent rapidement devant la maison. La deuxième à gauche en arrivant. C'était une vieille bergerie. Un homme était maintenant devant la porte. Sans doute les avait-il entendus, ou même vus arriver. Il savait que c'était pour lui, ses éventuels acheteurs. Qui d'autre pouvait bien s'engager dans ce Hameau, si ce n'est que pour une raison bien précise ?

« - Bonjour Monsieur, êtes-vous bien Monsieur Védon ? » Engagea Bertrand.

« - Bonjour Monsieur Humbert, ouais, c'est bien moi, » l'homme ne souriait pas. Il observait intensément cette famille. On aurait dit un juge qui cherche à savoir si l'accusé est coupable. Ses yeux sondeurs allaient de l'un à l'autre avec une animosité qu'il ne tentait pas de cacher. Il habitait dans un village tout proche où il avait toujours vécu. Un vrai gars du coin.

Le reste de la famille salua le vendeur. Celui-ci tourna les talons et les engagea à le suivre d'un geste de la main. La visite de la maison se fit rapidement. Cela se résumait à quelques murs et un toit. Il leur montra la cave et les toilettes. A l'extérieur. Oui les toilettes étaient à l'extérieur de la maison. Celle-ci se composait de trois grandes pièces sur trois niveaux différents. Pas trois étages, non, trois niveaux. Mais l'imaginaire de Bertrand fonctionnait déjà à plein régime. En entrant, la première pièce, plutôt petite, une dizaine de mètres carré, pouvait faire office de cuisine, il y avait un point d'eau dans le coin à droite. Sur la gauche, trois marches montaient vers une pièce un peu plus grande et cela s'arrêtait là. Dans la "cuisine", à l'opposé de la porte d'entrée, trois autres marches descendaient vers une grande pièce qui équivalait aux dimensions des deux autres pièces réunies. Sur la gauche se trouvait un vieux lavabo, Bertrand prévoyait déjà d'y installer un WC et une douche. Il séparerait cette grande pièce en deux, peut-être même en trois plus petites, cela ferait trois chambres. C'était parfait ! Avec du travail bien sûr. Beaucoup de travail. Mais ça allait le faire !

Brigitte et Jérôme le suivait de près. Mais sa femme prenait peur en découvrant l'intérieur de la maison, et surtout en imaginant l'étendu de tout ce qu'il y avait à faire, du temps que ça prendrait, et de l'argent qu'il faudrait ajouter au prix initial. Cependant, elle avait confiance en son mari, elle avait toujours eu confiance en lui, c'était un homme de bon sens sur qui elle pouvait compter. Elle se rallierait à sa décision. Mais bon sang, même le sol était à faire ! Il n'y avait qu'une dalle, pas de carrelage, rien ! Cependant, pour rester positive, il fallait se projeter, alors elle commença à imaginer où elle pourrait installer son coin lecture.

Jérôme, lui, était ravi. Le rêve de son père était tout près de se réaliser, et cela suffisait à le rendre heureux. Et puis ce mini village était magnifique, la vue était imprenable. A lui les randonnées avec les copains qui aimaient tout comme lui la montagne, qu'ils inviteraient à venir et les bivouacs, et aussi la recherche de fleurs de génépi, bien évidemment.

Lætitia, elle, avait quitté la maison depuis longtemps pour rejoindre la voiture. Elle s'était assise sur un vieux banc en bois qui attendait patiemment depuis des siècles devant l'église. elle mit ses écouteurs dans ses oreilles. Les Cranberries scandaient "*Zombie...*". Tout à fait approprié à cet endroit perdu qu'elle détestait de plus en plus chaque année, étouffé par les hauteurs tout autour. Et pas une âme qui vive à cette heure-ci. A part les espèces de corbeaux perchés sur le muret. Peut-être que des zombies allaient véritablement pousser la grille du cimetière pour venir la bouffer.

Pendant ce temps, les négociations avaient commencé dans la bergerie. Le prix n'était pas très élevé, mais Bertrand souhaitait tout de même le faire baisser un peu, juste par principe "*on n'achète pas s'en essayer de négocier au moins un peu*". Le propriétaire s'arrêta sur un prix, légèrement au-dessus de la proposition de l'acheteur.

« - Je vais y réfléchir, » souffla-t-il, c'était une tactique, il aurait conclu l'accord même au prix initial. Mais il espérait tout de même réussir à faire céder le montagnard qui lui répondit.

« - C'est ça. Et quand vous aurez fini de réfléchir, vous m'appellerez. Vous avez mon numéro de téléphone. Bonne journée m'sieur dame, » et il fit un signe de la tête qui les congédiait dans la seconde. Il n'avait pas que ça à faire.

« - D'accord Monsieur Védon, je vous rappelle pour vous donner ma réponse, qu'elle soit positive, ou négative.» Mais lui-même ne croyait pas une seule seconde ce qu'il venait de dire. Cet été 1995 allait voir son rêve se réaliser. Il savait qu'il allait acheter cette maison, il la voulait, il se voyait déjà même y finir ses vieux jours, à la retraite.

« - C'est ça, au revoir m'sieur dame.

- Au revoir monsieur Védon, » Brigitte le salua en souriant tristement, elle savait que son époux était bien décidé à acheter ici.

« - A bientôt ! » fit le fils avec entrain, et il se rendit vite compte de son erreur. Une erreur due à sa jeunesse. Il avait compris que son père avait déjà pris sa décision. Et par cette expression, le vendeur l'avait également saisi. Cela échappa au père, heureusement. Bertrand pouvait quelques fois s'emporter plus que de raison.

Ils retournèrent tous les trois à la voiture et trouvèrent la "petite", qui ne l'était plus du tout, surtout en taille, toujours assise sur le banc, la tête renversée en arrière, les yeux fermés. Elle ne les avait pas entendus arriver. Elle écoutait toujours sa musique à fond, ça finirait par la rendre sourde selon son père.

*

Été 2022

Dimanche 10 juillet 2022

Romane avait repris le volant depuis environ deux heures et demi, son mari, Philippe, s'était assoupi sur le siège passager après avoir conduit lui aussi près de deux heures quarante-cinq minutes. Ils avaient conclu, comme d'habitude, et de manière tacite, de conduire, en alternance, à peu près deux heures chacun, durant les sept heures que devait durer le voyage. Ils avaient quitté leur domicile tôt le matin, à cinq heures pétantes, ce dimanche de juillet. Ils partaient pour leur semaine annuelle de randonnée dans les superbes montagnes des Alpes.

Depuis presque dix-sept ans, depuis qu'ils se connaissaient en fait, ils ne dérogeaient pas à cette coutume maintenant bien installée. Une semaine de randonnée en montagne en compagnie de Jérôme, un des amis les plus proches de Philippe.

Jérôme était devenu leur "guide officiel", il connaissait et arpentait les montagnes depuis sa plus tendre enfance. Avec lui ils se sentaient en sécurité, ils l'auraient suivi les yeux fermés. Philippe et Jérôme se connaissaient depuis leur enfance. Jadis, ils avaient joué au foot ensemble, et ont fait les quatre-cent coups dans leur jeunesse. Ils partageaient l'amour de la montagne, été comme hiver. L'hiver à la neige, les pistes de ski n'avaient plus de secret pour eux. Et l'été pour la randonnée. Philippe, considéré comme le deuxième fils de la famille Humbert, était un invité permanent dans leur maison de vacances au Dahut Perdu.

Depuis leur rencontre, Romane avait immédiatement adhéré avec grand plaisir à cette habitude. Elle aimait la nature, la marche et la montagne, elle aussi. Elle aimait dépasser ses limites. Et elle avait apprécié la famille Humbert dès les premiers instants. Ils étaient la famille de cœur de Philippe. Elle partageait avec Brigitte le goût de la lecture et avec Bertrand l'attrait pour la photographie et la nature. Avec les deux, elle appréciait les bons repas arrosés d'un bon vin rouge. Elle aimait rire, c'était une bonne vivante. Elle en avait besoin, son métier n'était pas des plus drôles. Enfin une semaine de vacances au milieu des montagnes, sans réseau, le téléphone portable ne captait pas grand-chose, tant mieux. Le bonheur, la paix et la beauté des paysages lui feraient oublier, pour un temps, la laideur à laquelle elle était confrontée au quotidien et les actes ignobles que certains êtres humains pouvaient parfois commettre.

Romane regarda brièvement son mari lové dans les bras de Morphée. Grand et athlétique, il faisait du sport tous les jours. Courses à pied, cyclisme sur route, vélo tout terrain en forêt et beaucoup de marche. Grand brun aux yeux bleus, il commençait doucement à grisonner. En grande forme, il ne faisait pas son milieu de quarantaine.

Elle baissa un peu le son, elle ne voulait pas le réveiller avec sa musique. La jeune quarantenaire n'écoutait jamais la radio. Elle préférait sa bonne vieille musique. A ce moment-là, dans les hauts parleurs, un vieux groupe de rock. La voix du chanteur évoquait une "*bombe humaine*". Les lunettes de soleil noires sur son nez la protégeaient du soleil qui brillait haut dans le ciel bleu. Un ciel dépourvu de tout nuage. La météo prévoyait une semaine de chaleur. Enfin ! Cet hiver avait été froid et long. Même si le printemps avait été tout de même très ensoleillé. L'été, prévu caniculaire, était effectivement très chaud. Elle se réjouissait de se retrouver en montagne, sur les hauteurs les températures étaient toujours plus basses que dans la vallée.

Lorsqu'ils arrivèrent au Bourg dans la vallée, il était midi passé. Romane s'arrêta à la dernière station. Là où ils avaient pris l'habitude, au fil des années, de faire le plein d'essence avant d'attaquer la montée vers le Dahut Perdu. Philippe se réveilla dès l'arrêt de leur 208 et ils sortirent tous les deux du véhicule. Elle tendit les clefs à son mari qui entreprit aussitôt de faire le plein. Romane se dégourdit un peu les jambes avant de remonter dans la voiture côté passager. Ces deux-là n'avaient même plus besoin de se parler par moment. Il allait reprendre le volant pour attaquer les virages vers le hameau. Elle, elle allait baisser le pare-soleil, découvrir le miroir, sortir sa trousse de maquillage et se faire une tête présentable avant d'arriver chez leurs hôtes. A cinq heures du matin il était hors de question pour elle de se maquiller au sortir du lit.

Romane, petite brune aux yeux marrons, portait un pantalon et un tee-shirt noir, c'était sa couleur le noir. Toujours dynamique, elle était un peu hyperactive, elle avait un caractère fort et faisait preuve d'un sang-froid impressionnant. Il lui en fallait dans son métier. Et puis ,il lui fallait cacher sa nature hypersensible aussi. Qui l'eut cru ? Alors elle riait de tout, avait beaucoup d'humour. Elle faisait illusion avec brio.

Ces deux dernières années l'avaient lessivée. Avec cette pandémie qui avait duré trop longtemps, les gens étaient plus angoissés et plus agressifs qu'auparavant. Les décompensations psychotiques et les crimes se multipliaient. Les urgences, les services de psychiatrie et les services de police étaient constamment débordés. Et pour couronner le tout, les élections présidentielles n'avaient rien arrangé, toujours les mêmes problèmes de société.

Elle, qui était si optimiste par nature, se surprenait à devenir de plus en plus pessimiste quant à l'avenir des jeunes. Mais elle faisait bonne figure, comme on dit. Elle continuait de jouer de son humour et laissait éclater son rire contagieux à chaque occasion qui se présentait. Elle aimait toujours la vie, malgré tout. Et elle ne la prenait pas au sérieux, surtout pas.

*

Romane et Philippe arrivèrent au Dahut Perdu devant la petite maison, qui avait bien grandi, à exactement douze heures cinquante-sept.

« - Pile à l'heure pour l'apéro ! » avait dit Philippe.

La famille Humbert les attendait sur la terrasse toute neuve, réalisée par Bertrand, de ses propres mains. Une petite soixantaine, il était encore en forme malgré quelques soucis de santé qui, heureusement, faisaient maintenant partie du passé. Il avait gardé sa carrure de bûcheron et ne faisait pas son âge malgré une calvitie naissante et ses cheveux blancs qui avaient remplacés sa tignasse châtain clair d'antan.

Brigitte, elle, en revanche, avait perdu la vitalité de sa jeunesse. L'heureuse grand-mère de trois petits-filles se déplaçait à l'aide de deux béquilles, et ce, depuis plus de quatre ans déjà. Pourtant, elle n'avait que soixante-deux ans. Mais ses jambes la faisaient souffrir depuis plus d'une vingtaine d'années, et des lombalgies récurrentes avait fini de ruiner sa santé. Incapable de marcher sur une longueur d'à peine plus d'une centaine de mètres sans devoir se reposer de temps en temps. Sa coupe de cheveux, à la garçonne, teintés dans sa couleur naturelle, châtain clair, ne dupait personne. Elle était maigre, et quand elle devait se lever d'une chaise, ce n'était jamais sans douleur. Elle accomplissait tous les gestes du quotidien au ralenti. Elle restait, malgré tout, de bonne compagnie, elle aimait plaisanter et discuter avec tout le monde. A défaut de ne plus pouvoir faire de randonnée, elle s'évadait dans ses livres dès qu'elle se retrouvait seule. Elle appréciait les histoires policières, les thrillers. Un livre était justement posé sur le siège à côté d'elle, le dernier roman de Caryl Ferey, excellent comme toujours.

Tous deux étaient heureux de recevoir "*les jeunes*" pour les vacances. Jérôme, leur fils, lui, était arrivé vers onze heures. Il habitait à une heure de route, séparé, un enfant. Une petite fille de neuf ans à qui il avait déjà refilé son amour pour la nature, la montagne et la marche. Hélène. La fillette au corps gracile et aux cheveux d'une blondeur éblouissante, le suivait sur les sentiers de randonnée avec une énergie débordante. Elle admirait son père comme lui-même vénérait le sien. Et comme lui, à son âge, elle suivait partout son papa adoré. Il en avait obtenu la garde exclusive, la mère n'étant pas en capacité d'élever l'enfant dans de bonnes conditions, elle ne s'était pas battue plus que ça pour en obtenir la garde. Et elle se contentait d'accueillir sa fille deux week-end par mois et la moitié des vacances scolaires. Quand elle voulait bien vraiment honorer ce deal bien sûr. Régulièrement, à la dernière minute, elle avait un imprévu qui l'empêcherait d'accueillir son enfant chez elle. Jérôme ne cherchait pas à comprendre, il est heureux d'avoir sa fille avec lui.

Les quatre Humbert accueillirent les nouveaux arrivants avec joie et avec des plaisanteries sur la précision de l'heure d'arrivée. On ne loupait jamais l'heure de l'apéro, et bien sûr, ils accueillir leurs invités les verres à la main.

Bertrand stoppa la voiture juste devant la maison. Les voyageurs sortirent rapidement de la Peugeot surchargée, de bagages, des sacs à dos, et surtout de victuailles, solides et liquides bien évidemment.

« - Salut le Dahut Perdu ! » Romane était heureuse d'être ici, de retrouver leurs amis et ce havre de paix.

« - J'ai apporté le liquide ! » cria Philippe en ouvrant le coffre de la voiture où les bières et le vin prenait une bonne partie de la place. Beaucoup trop de l'avis de Romane qui en plaisantait volontiers.

« - Et moi j'apporte le solide, faut bien qu'on se nourrisse aussi ! » Déclara celle-ci en déchargeant la glacière électrique et un grand sac de courses. « Heureusement que certaines personnes, moi par exemple, pensent à manger quand même, » continua-t-elle.

« - Salut les jeunes ! Vous avez fait bonne route ? » S'enquit Bertrand.

« - Très bien ! Pas beaucoup de monde sur la route à l'heure où on part. N'est-ce pas mon chéri ? » Romane taquinait son mari.

Philippe acquiesça d'un signe de tête en souriant, il se levait toujours au moins une heure avant l'heure qui avait été décidée la veille, mais uniquement lorsqu'il s'agissait de partir en vacances à la montagne évidemment.

« - Vous avez raison les jeunes. C'est le matin qu'on gagne sa croûte.

- Ah ça c'est la devise de papy ! » rappela Hélène qui était contente de retrouver Philippe et Romane qu'elle ne voyait que deux ou trois fois par an. Aux vacances de Pâques ou à Noël et l'été toujours.

Jérôme s'affairait déjà à sortir les caisses du coffre de la voiture. On déchargea rapidement l'automobile afin de commencer les festivités sans plus attendre. Philippe alla garer la Peugeot devant l'église, au bout du village. Il sortit de la voiture, s'imprégna du paysage, respira profondément et huma la fraîcheur du torrent en contrebas avant de rejoindre la troupe sur "*la place de l'apéro*". Cette expression avait immédiatement et définitivement été attribuée à la nouvelle terrasse de la maison de la famille Humbert.

« - Romane, tu bois une bière ou tu préfères l'apéritif du vigneron ? Un verre de vin rouge ? » Demanda Bertrand qui connaissait bien la jeune femme. « J'ouvre un Bordeaux, ça te dit ?

- Je veux bien merci ! »

Bertrand disparut à l'intérieur de la maison.

« - Mais où est-ce qu'il est passé, » on entendait Bertrand qui bougonnait dans la cuisine en ouvrant et refermant les tiroirs.

« - Qu'est-ce que tu cherches encore ? » Demanda sa femme calée dans un fauteuil de jardin pas trop profond, pour qu'elle puisse en sortir et se relever sans trop de mal.

« - Bah le tire-bouchon ! Bon sang de bon sang ! Il est toujours rangé dans le tiroir sous la table normalement.

- Ho purée ! Si quelqu'un a perdu le tire-bouchon, il va y avoir du grabuge ! Planquez-vous les gars !» plaisanta Jérôme.

« - Pas de problème ! » s'écria Romane, j'en ai toujours un dans mon sac à dos ! « C'est celui que j'avais acheté il y a quelques années au Bourg, celui avec le manche en bois sculpté. Toujours prête ! Il ne me quitte plus depuis.

- Ah bon ? Dans ton sac à dos ! » Répéta Brigitte, qui regardait un coin de ciel bleu, l'air pensif.

« - Oui. Dans ma trousse de secours spécial randonnée !

« - Toujours aussi prévoyante ma femme ! » Philippe savait son épouse très organisée et prévoyante.

« - Ça y est, je l'ai trouvé ! Quelqu'un ne l'avait pas remis à sa place habituelle évidemment. Je l'ai retrouvé avec les planches à découper. Il n'a rien à faire là ! Je trouverai le coupable ! » s'exclama Bertrand sur le ton de la plaisanterie, en regardant vers sa petite fille et brandissant un vieux tire bouchons en acier.

« - Je mènerai l'enquête avec toi papy ! » S'écria Hélène, heureuse de passer ces vacances familiales dans une ambiance aussi bon enfant, dans la joie et les rires.

Ils échangèrent les dernières nouvelles durant le repas. Les côtelettes et saucisses cuites sur le barbecue, les tomates du marché et la salade de pommes de terre rassasièrent les estomacs. Et le bon vin, suivit d'un digestif, finirent par en faire bailler plus d'un.

Après le déjeuner, les trois hommes s'installèrent à l'intérieur de la maison pour étudier les cartes sur lesquelles les sentiers de randonnée sinuaient au milieu des reliefs colorés. Jérôme avait déjà élaboré un programme pour la semaine. Une randonnée par jour du lundi au vendredi. Le samedi ayant pour coutume d'être le jour de relâche avant le grand retour le dimanche suivant. De belles randonnées en perspective. Des marches de différents niveaux de difficultés. Avec des plans de secours bien évidemment en cas d'éventuelles grosses fatigues ou de courbatures persistantes pour certains.

Hélène était partie jouer avec les enfants des voisins un peu plus bas. Un garçon de dix ans et une fille de deux ans sa cadette, les seuls enfants du village et l'unique famille résidente à l'année dans le hameau. Ils avaient aménagé au printemps 2020, juste après le premier confinement. Marine et Nicolas avaient tout quitté pour venir s'installer à la montagne. Ils avaient investi la vieille maison familiale, appartenant aux parents de Marine, qui n'était plus habitée depuis quelques années.

Brigitte et Romane étaient restées sur la terrasse, à l'ombre du parasol. Elles buvaient leur thé en discutant de tout et de rien.

« - Quand Anne-Sophie vient-elle nous rejoindre ? » s'enquit Romane sachant que l'aînée des Humbert avait prévu de passer quelques jours en leur compagnie.

« - Ho, elle viendra sûrement jeudi, histoire de passer un grand week-end avec nous. Elle sera accompagnée de Joanna, ce gamine est adorable, tout sa grand-mère », elle éclata de rire. « Sa sœur, par contre, elle, ça y est, elle n'a plus envie de venir s'enfermer ici avec des vieux, » plaisanta Brigitte avec un goût de regret dans la voix.

« - Ho c'est un peu normal, » l'excusa Romane. « A son âge on préfère passer du temps avec ses copines.

- Oui, c'est vrai que c'est plus intéressant que les vieux, les copines… Et les copains.... D'autant plus qu'elle a un petit copain maintenant.

- Ah oui, Anne-Sophie m'en a parlé la dernière fois qu'on a échangé des messages, c'est la vie, c'est de son âge. » Sentant la tristesse poindre son nez chez la sexagénaire, Romane détourna subtilement la conversation.

« - Elle est vraiment jolie cette terrasse. Bertrand a bien travaillé, il a de l'or dans les mains. Et une patience, c'est incroyable !

- Ça c'est vrai. Heureusement d'ailleurs, sinon on n'aurait jamais cette maison aujourd'hui. Quand je repense à l'état de cette vieille bergerie quand on l'a achetée ! J'avoue que je n'aurais jamais pu imaginer ce à quoi elle ressemblerait aujourd'hui !

- Il n'y avait que trois pièces au départ ? C'est bien ça ? »
Romane connaissait déjà la réponse, mais elle savait le plaisir que prenait Brigitte à raconter, encore et encore, l'évolution de leur maison des montagnes. Celle qui était devenue leur résidence secondaire maintenant qu'ils étaient tous les deux à la retraite. Désormais, ils y passeraient presque la moitié de l'année, tous les ans.

« - Oui c'est ça. La cuisine, plus ce qui nous sert de salle à manger aujourd'hui, et le niveau du bas qui était tout ouvert en une seule grande pièce.

- Et l'étage ?

- Ho la la ! Il n'y avait pas d'étage ! C'était un grenier délabré. Bertrand a tout réhabilité, il a d'abord commencé par refaire le bas... »

Romane ne l'écoutait plus vraiment, elle entendait sa voix lointaine lui raconter ce qu'elle savait déjà, l'esprit embrumé par les trois verres de vins qu'elle avait bus. Elle n'avait pas l'habitude de boire, et la fatigue en plus, cela avait suffi à la faire divaguer un peu. Une ombre passa sur la route, des cris brefs la ramenèrent à l'instant présent. On aurait dit des appels, une alerte, comme une mise en garde. Elle leva la tête. Un Chocard à bec jaune passa juste au-dessus de la terrasse. En général, ces volatiles ne volaient pas aussi bas.

Au même moment, un homme passa dans la ruelle, devant leur terrasse. Lucien Vermer. Le malheureux était surnommé Lucifer par les enfants du hameau depuis toujours parce qu'il leur faisait peur. Il était grand, les cheveux encore très foncés, il les disputait pour un oui ou pour un non, et il ne souriait que très très rarement.

Romane le salua.

« - Bonjour Lucien !

- Bonjour Romane », marmonna l'homme bourru. De carrure imposante, à soixante-six ans, il semblait encore en forme. Il marchait droit, la tête haute, à bonne allure. Le regard morne, malgré ses yeux bleus intenses, il détourna aussitôt sa tête et poursuivit son chemin sans adresser un regard à Brigitte.

Derrière lui, sa femme, une sexagénaire bien plus avalisée par l'âge, le suivait péniblement. Déjà courbée par le poids des années, elle s'arrêta juste un instant pour saluer la nouvelle arrivée.

« - Bonjour Roxane », (elle se trompait tout le temps de prénom). « Alors, ça y est, c'est le début des vacances ? » Elle regarda furtivement où était son mari qui avait pris de l'avance et s'empressa de reprendre la marche sans laisser le temps à Romane de répondre. « Passez une bonne semaine ! »

« - Bonjour Francine ! Merci ! » Cria Romane qui savait la dame un peu sourde.

Elle se tourna vers Brigitte qui regardait de l'autre côté de la terrasse, le regard vers les cimes des montagnes. Elle crut y déceler une tristesse mêlée d'une vague lueur de crainte, de l'inquiétude peut-être, elle ne parvenait pas à interpréter réellement ce regard qui voilait quelques fois les yeux de Brigitte.

« - J'ai l'impression que Francine a pris un sacré coup de vieux depuis l'année dernière. La pauvre, pourtant elle n'est pas très âgée, elle a du mal à suivre son mari. Lui, en revanche, il a l'air en forme.

- En forme, faut le dire vite. Physiquement oui. Mais dans la tête c'est différent. Il commence à débloquer. On dit qu'il raconte n'importe quoi. Je pense qu'il a des troubles cognitifs, ou Alzheimer, ou je ne sais pas quoi, une démence peut-être. Et Francine m'a confié qu'il lui arrive de plus en plus d'avoir des accès de colère pour rien.

- J'ai toujours eu l'impression que tu ne l'appréciais pas trop. Parfois j'ai même le sentiment qu'il te fait peur. J'espère que je me trompe. Tu ne le regardes jamais dans les yeux.

- Ho tu sais, personne ne l'aime vraiment Lucien. Il est tellement spécial. Tiens, il s'est encore disputé la semaine dernière avec Nicolas, le jeune d'à côté, parce que leurs enfants ont joué sur son terrain. Il croit que le hameau lui appartient. Je crois qu'il s'est disputé au moins une fois avec à peu près tout le monde ici ! Mais bon, je pense qu'il n'a pas un mauvais fond en fin de compte, il a juste un problème là haut. Elle pointa son index sur sa tempe.

- C'est vrai qu'il n'est pas très aimable. Enfin ! On ne connaît pas sa vie. Il a peut-être des raisons d'être si aigri. Son passé n'est peut-être pas tout rose. Mais, c'est vrai qu'il a eu des différents avec presque tout le hameau si je me souviens bien au fil des années.

- C'est exactement ça. Avec le vieil Armand, ils ne se sont plus parlés pendant des années après 2003, à cause d'une stupide histoire de coin secret de Génépi qu'il ne fallait dévoiler à personne. Un truc de gamin quoi ! Mais ça ce n'est rien. Il paraît qu'il a eu des histoires dès son arrivée au Dahut Perdu en 1985, quand il a acheté sa maison. Il a insinué que Marcel, son voisin d'à côté avait installé le grillage sur son propre terrain en débordant de deux mètres. Ho, il paraît qu'à l'époque ils en sont même venus aux mains. Et la rancœur n'a jamais disparu ni d'un côté ni de l'autre. Même s'ils se parlent volontiers, Marcel n'a jamais accepté d'avoir été traité de voleur. Sans compter Claude ! Tu sais bien qu'il y a quelques années Lucien avait dragué sa femme, Claude l'avait bien remis à sa place. Bon, même s'il ne risquait pas grand-chose finalement. Catherine a bien quinze ans de moins que lui. Quand je te dis qu'il a eu des histoires avec tout le monde ! Et puis, quand tu penses que même son fils ne lui parle plus et n'est plus venu le voir depuis au moins une vingtaine d'années ! Tu te rends compte ? Son fils unique ! Il paraît que Francine n'a même pas le droit de l'appeler. La pauvre, son fils unique. Mais, enfin, je sais qu'elle le fait quand même, dans son dos, de temps en temps pour avoir des nouvelles, c'est normal. Et le pire c'est qu'elle ne connaît pas non plus la raison de leur dispute. Enfin, ça, c'est ce qu'elle me dit, bien sûr.

- Et avec Bertrand ? Ils ne se sont jamais fâchés ? Pourtant j'ai toujours l'impression qu'ils ne s'apprécient pas vraiment. Dans leurs plaisanteries il y a toujours une pointe de critique et les piques fusent à la vitesse de l'éclair parfois. Ça fait rire tout le monde, eux y compris. Mais c'est quand même un peu tendu parfois je trouve.

- Ho ce n'est qu'une impression. Tu connais Bertrand, il aime plaisanter. Et puis ils se connaissent depuis si longtemps les deux-là ! Non il n'y a jamais rien eu de méchant entre eux deux. Bon moi je vais faire une petite sieste. Morphée m'appelle, je n'ai pas beaucoup dormi cette nuit, ces douleurs qui ne me lâchent pas, c'est terrible.

- Tu prends toujours ton traitement ?

- Oui, mais j'ai l'impression que cela ne sert à rien, plus j'en prends, plus j'ai mal. Allez à tout à l'heure ! » Elle se leva de sa chaise très lentement, péniblement, attrapa ses deux béquilles et son livre, qu'elle coinça sous son bras gauche, puis disparue par la baie vitrée. Elle monta se coucher à l'étage après avoir laissé ses deux cannes en bas de l'escalier qui menait à leur chambre, à l'étage.

Romane savait que Brigitte prenait des antidouleurs. Elle se demandait surtout si elle était toujours sous calmants.

Elle n'avait jamais compris pourquoi Brigitte subissait régulièrement des périodes de déprimes, et ce depuis toujours. Quelque chose lui échappait. Enfin, ça ne la regardait pas après tout. C'était certainement son état de santé qui la minait. Elle regarda la maison. En effet, d'après les vieilles photos qu'elles avaient vues quelques années auparavant, la maison s'était bien agrandie et embellie.

Aujourd'hui, celle-ci était composée de cinq chambres à coucher. Deux chambres mansardées à l'étage dotées d'une salle de bain attenante. Et trois au niveau inférieur où un petit cabinet de toilette et une douche jouxtaient les trois marches qui menaient à la cuisine.

Romane tourna subitement la tête attirée par un mouvement venant de derrière les buissons. Elle scruta l'endroit du regard un instant, essaya d'entrevoir à travers les feuilles vertes. Mais plus rien. Pourtant elle se sentait observée. Non, elle divaguait, elle se sentait vraiment trop stressée ces derniers temps. Allez, il fallait qu'elle décompresse. Un chat était sans doute passé par là, à l'affût d'une souris égarée. Tout était calme, on entendait de temps en temps, au loin, l'écho des rires des enfants comme s'ils s'amusaient à des dizaines de kilomètres de là. L'air était chaud en ce milieu d'après-midi. Non, il n'était pas chaud. Il était lourd. Et elle décelait de l'électricité dans l'air. Elle se leva et entreprit de faire un tour jusqu'au bout de la rue, jusqu'à l'église, le bout du hameau, le bout du monde quoi.

Elle arriva devant l'église. Un oiseau noir était perché sur la grille du portillon de l'entrée du cimetière qui comptait une cinquantaine de tombes, certaines très anciennes, d'autres plus récentes malheureusement. Elle s'approcha lentement, pensant lui faire peur, s'imaginant que l'oiseau allait rapidement déployer ses ailes pour s'envoler. Mais le volatile restait là, il la regardait sans bouger. Elle trouva cela étrange. Elle n'était plus qu'à un mètre du portillon en fer forgé quand l'oiseau pris son envol dans un cri perçant et bref qui brisa le silence et le calme solennel de l'endroit. Elle suivit du regard l'oiseau noir dans le ciel bleu jusqu'à ce qu'il sorte de son champ de vision. Il faudra qu'elle pense à demander à Bertrand quel espèce d'oiseau c'était déjà, elle ne s'en souvenait jamais.

Elle longea le muret sur le côté droit, marcha dans l'herbe jusqu'à un sentier qui descendait en pente abrupte. Un sentier qui menait au bourg dans la vallée après deux heures de marche. Elle s'arrêta en haut, au départ du senti, regarda au loin essayant d'apercevoir le torrent à travers les arbres, plus bas.

Elle revint sur ses pas, passa devant l'église et s'engagea sur un chemin qui longeait le bâtiment religieux sur la gauche et montait vers un hameau un peu plus haut à une trentaine de minutes de marche. Le chemin était bordé d'arbres et côtoyait le torrent de près par moment. De l'autre côté de l'eau on pouvait admirer de versant Est de la montagne voisine. La petite brune marcha d'un pas nonchalant, profitant du calme et de la solitude qu'elle appréciait, à l'ombre des hêtres et des chênes. Pensive, elle arriva au hameau sans même s'en rendre compte. Elle fit demi-tour et redescendit au Dahut Perdu d'un pas nettement plus rapide, elle n'avait dit à personne où elle allait. Et surtout, sur ce chemin ombragé, seule, un sentiment d'insécurité la gagna. C'était stupide, elle s'était toujours senti bien ici, il n'y avait rien à craindre.

Dans la maison, les trois hommes étaient toujours penchés sur les cartes déployées sur la grande table en chêne massif de la salle à manger. Jérôme faisait part du programme qu'il avait en tête pour la semaine à son père et à Philippe. Des marches à la journée, retour au Dahut Perdu au plus tard vers dix-sept heures chaque jour, sauf s'ils s'arrêtaient pour boire une pinte au bourg avant de remonter. Pour certaines randonnées il allait falloir se lever tôt, cinq heures du matin. Aucun problème pour ces amoureux de la montagne. On frappa à la porte vitrée. Armand venait saluer les nouveaux arrivants.

« - Salut les garçons !

- Bonjour Armand ! » Lui répondirent en cœur les trois hommes en levant leurs têtes. « Comment ça va ?

- Comme les vieux, » Armand pencha la tête pour mieux voir les cartes sur la table. « Alors vous allez chercher des nouveaux coins de Génépi ? » Ils rirent tous ensemble.

« - Non, non, on fait le programme de la semaine », répondit Jérôme

« - Ah la jeunesse ! Vous avez des jambes encore bien musclées ! Ce n'est plus qu'un souvenir tout ça pour moi ! Enfin c'est comme ça ! Mais si vous trouvez du génépi vous partagez l'info hein ! Je peux encore faire un petit tour de temps en temps... Comment va Romane ? Je ne l'ai pas vue.

- Elle va bien, elle doit être sur la terrasse, vous allez la voir en passant.

- Ah non elle n'y est pas, je viens de ce côté justement.

- Ha bon. Elle a dû aller faire un tour pour se dégourdir les jambes, » Philippe connaissait bien sa femme, elle ne tenait pas en place. Elle était peut-être partie près du torrent marcher un peu et prendre un peu de fraîcheur.

Les garçons plièrent les cartes, Jérôme les rangea dans son sac à dos et ils allèrent tous les trois s'installer devant la télévision. Le tour de France avait commencé la veille. Bertrand s'assoupira au son des commentaires. Jérôme et Philippe, eux, seront hypnotisés par les exploits et les records des cyclistes, tout en dénigrant ces sportifs "*chargés comme des mules*".

Mercredi 13 juillet 2022

Les trois premières journées de randonnées s'étaient déroulées merveilleusement bien. Romane et Philippe suivaient Jérôme avec plaisir sur les sentiers des montagnes. Chaque jour, ils étaient de retour au Dahut Perdu en général en milieu ou en fin d'après-midi. La journée Bertrand et Brigitte en profitaient pour passer du temps avec leur petite fille. Ces randonnées-là étaient tout de même un peu trop dures pour la fillette. Et le soir, tout le monde partageait un bon dîner préparé, une fois par l'un, une fois par l'autre. La maison vivait gaiement au rythme de la chaleur de l'été.

En ce milieu de semaine, après le dîner durant lequel les trois randonneurs avaient narré leur randonnée du jour et leurs exploits plus ou moins flatteurs, la famille Humbert et ses invités s'attardaient sur la terrasse. Ils attendaient l'arrivée d'Anne-Sophie, l'aînée. Elle avait pris la route en sortant du travail en fin d'après-midi, elle avait prévu d'arriver vers 21h30 au Dahut Perdu. Lætitia, la plus jeune des enfants, elle, avait décidé en dernière minute de venir les rejoindre aussi le lendemain, pour un grand week-end.

Célibataire sans enfant, elle prendrait la route tôt le matin et devrait être là pour le déjeuner le jeudi.

« - Bertrand qu'est-ce qu'on fait pour demain ? » demanda Brigitte à son mari, elle employait le "on", sachant pertinemment qu'il allait être seul à préparer. Rester debout trop longtemps devant les fourneaux n'était plus dans ses capacités à elle.

« - Oh… On verra ça demain matin, j'ai prévu des pizzas à couper pour l'apéro.

- Okay, je te laisse faire alors. Les jeunes, vous restez avec nous demain ou vous allez marcher ? »

Jérôme s'empressa de répondre :

« - Non, non, nous on va marcher, on va faire une petite rando, comme ça Hélène peut venir avec nous si elle veut. Dans ce cas on partira un peu plus tard demain matin.

- Super ! » s'écria la gamine, heureuse de partir à l'assaut des montagnes avec les adultes. Elles se leva aussitôt pour aller préparer son petit sac à dos.

Dans chacune des autres maisons, en cette veille de jour férié, les préparatifs pour le lendemain allaient bon train. Comme à l'accoutumé, le 14 juillet était jour de fête au hameau. Pour le déjeuner les tables en plastiques des salons de jardin seraient placées au milieu de la rue. Chacun se devait d'apporter quelque chose à manger, des salés, des saucisses, des salades, des desserts et aussi du liquide pour s'hydrater bien évidemment.

En attendant, sur leur terrasse, les Humbert et leurs invités entendirent le bruit d'un moteur.

« - C'est Tati ! » S'écria la petite Hélène qui était revenue montrer son nouveau sac à dos à Romane, elle se leva et couru jusqu'au bord de la route pour voir l'entrée du hameau.

En effet, la voiture blanche se rapprochait, roulant au pas. A peine sortie de sa Golf, Anne-Sophie, grande brune aux yeux bleus, toujours aussi maigre, accueilli la fillette qui sautait dans ses bras.

« - Salut Tati !

- Salut ma puce. Ça va ? Je suis super contente de te voir !

- Ça va ! Moi aussi je suis contente ! » Elle pencha la tête pour regarder à l'intérieur de l'habitacle. « Joanna n'est pas là ? »

« - Non, finalement je suis seule, elle a décidé de rester à la maison avec son père. Je crois qu'elle est invitée à l'anniversaire d'une copine ce week-end.

- Ha d'accord, c'est dommage. » La gamine était déçue, elle s'était réjouie à l'idée de passer du temps avec sa cousine de quatorze ans qu'elle ne voyait pas assez souvent à son goût. Elle passa les mains dans les cheveux longs de sa tante. Ceux-ci lui tombaient jusqu'au bas du dos.

« - Mais moi je suis là. On va s'amuser toutes les deux, pendant que les autres iront marcher bêtement toute la journée ! » Dit-elle, ironique, et assez fort pour que les reste de la famille l'entende. Elle s'amusait toujours à charrier son frère, qui marchait des heures pour voir des cailloux et de l'herbe.

On se salua et on but encore quelques verres de Génépi, avant d'aller se coucher. Les bâillements fendaient les visages. Le sommeil se faisait vite sentir le soir en montagne. Les uns étaient épuisés par la randonnée du jour, Anne-Sophie par le voyage et les autres simplement par le poids des années qui passaient.

*

Jeudi 14 juillet 2022

Anne-Sophie était descendue au Bourg avec la petite Hélène qui avait finalement décidé de passer la journée avec sa tante, oubliant vite la randonnée avec son père. Après leur petit-déjeuner, elles étaient allées faire de l'accrobranche et avaient promis d'être de retour pour le déjeuner au milieu du hameau avec tous les habitants du Dahut Perdu.

Bertrand s'affairait avec les autres hommes à apporter et à installer les tables et les chaises qui allaient accueillir au moins une vingtaine de personnes. Les femmes disposaient les couverts en papotant. Brigitte donnait des instructions, assise sur un siège et en riant aux blagues de ses voisines devenues des copines au fil des années.

« - Et Lucien, ça lui ferait si mal au cul de venir nous aider ? » Bougonna Marcel en apportant une tireuse à bière.

« - Est-ce qu'il va venir au moins ? Avec lui tout est possible ! » Continua Armand.

« - Ben moi, s'il ne vient pas, il ne me manquera pas. » C'était Claude qui en rajoutait une couche.

« - Francine a dit hier à Brigitte qu'ils étaient contents de partager ce repas avec nous. Ils vont venir. Allez les gars, ça va aller, » tempéra Bertrand toujours conciliant.

Plusieurs parasols furent également installés, le soleil allait taper fort aujourd'hui.

Lætitia, "la petite" qui avait gardé ce surnom, ridicule à quarante ans, était arrivée en fin de matinée. Bertrand et Brigitte était très heureux, leurs trois enfants réunis au Dahut Perdu, cela faisait longtemps que ce n'était pas arrivé. Ils se réjouissaient de ce long week-end en famille.

A midi et demi tout le monde était là. Même les plus récalcitrants. Lucien s'était levé d'un bon pied ce matin, Francine n'avait même pas eu besoin de parlementer avec lui pour lui faire accepter de passer une partie de cette journée de fête avec leurs voisins du Dahut.

Tout le monde, sauf Anne-Sophie, qui, après avoir ramené Hélène, avait annoncé qu'elle avait reçu un message d'une amie qui se trouvait à trente minutes de là pour la journée. Anne-Sophie ne pouvait manquer cette occasion de passer un peu de temps avec Céline qu'elle n'avait pas vue depuis plusieurs mois. Après une douche rapide, elle se changea, enfila une robe légère bleue turquoise et une paire de sandale compensée en toile beige. Elle avait attaché ses longs cheveux bruns en une queue de cheval haute. Elle partit rejoindre son amie dans un restaurant et passa la deuxième moitié de la journée avec elle.

Les jeunes voisins étaient présents aussi. Les parents des deux enfants du hameau. Des trentenaires écolos, qui s'étaient installés dans la maison familiale ayant appartenu aux grands-parents de Marine. Elle et Nicolas travaillaient dans le domaine de l'environnement. Lui, grand et mince, ses cheveux longs et clairs dépassaient d'une casquette de révolutionnaire. Elle, plus petite, menue, une longue chevelure de couleur châtain souvent relevée en un vague chignon et attaché avec un simple stylo. Le couple était plutôt discret. Aimable avec les voisins, toujours prêts à rendre service. Nicolas, toujours calme, très discret, réservé même. Il ne parlait pas beaucoup, tout juste bonjour, mais plutôt sympathique. Il prônait la paix et la bienveillance. Il ne s'était fâché qu'une seule fois, lorsque Lucien, alias « Lucifer », s'en été pris à ses enfants d'une manière un peu plus virulente que d'habitude. Il y était allé un peu fort tout de même ce vieux cinglé. Toucher à ses deux enfants, les prunelles de ses yeux, c'était inacceptable, ça l'avait mis hors de lui.

L'apéritif et le repas se passèrent dans une ambiance bon enfant. La bonne humeur de chacun, les plaisanteries des uns, les rires des autres ont fait de cette fête du Dahut Perdu un vrai bonheur. Ce moment de convivialité fut apparemment très apprécié de tous. Les desserts, des tartes aux fruits de saison et des gâteaux faits maison, furent avalés avec gourmandise.

Après le repas, les trois enfants partirent jouer à l'intérieur, chez Nicolas et Marine. C'était mieux, ils avaient chaud, et peut-être aussi n'étaient-ils pas tant que ça intéressés par les discussions d'adulte et leurs blagues graveleuses qu'ils ne comprenaient pas toujours.

La bière, puis le vin aidant, chacun se sentait à l'aise, détendu, et les langues se déliaient. Le débit des paroles et les décibels s'intensifiaient au fur et à mesure. Le café fut servi agrémenté de quelques digestifs. Les bouteilles de Génépi, de diverses liqueurs faites maison et également de la Chartreuse verte, circulèrent gaiement de mains en mains.

Lucien, qui avait agréablement surpris tout le monde en se montrant très aimable, bavard et enclin, non pas à rire, n'allons pas jusque-là, mais au moins à sourire aux blagues des uns et des autres, devient soudain mutique, le regard noir, les yeux dans le vague. Il ne semblait plus présent, retranché dans un monde parallèle. Après un moment d'absence dans son regard, celui-ci se fit hardant, furieux, des yeux de diable…

« - Pourquoi elle ne le dit pas ? » Hurla-t-il extrêmement fort, d'une voix pleine de rage qui semblait venir des profondeurs de son corps.

Tous les visages se tournèrent vers lui. Le silence se fit immédiatement. Chacun était sidéré par cet accès de colère visiblement sans aucune raison et à l'encontre de personne en particulier. Un moment de stupéfaction, un instant suspendu au-dessus des ténèbres.

« - Qu'est-ce qu'il se passe Lucien ? » demanda calmement Bertrand, aussi surpris que les autres.

« - Tout ce gâchis ! » Il hurlait encore. « C'est ma fille quand même ! » Il leva les bras vers le ciel. Dans ses yeux, une lueur de tristesse remplaça subitement sa colère. Les yeux humides, il se leva d'un bond renversant sa chaise et partit d'un pas rapide vers sa maison.

« - Je suis vraiment désolée, » s'excusa Brigitte confuse. Ces derniers temps il perd la tête, il n'arrête pas de parler de "*sa fille*". Il veut parler de notre fils, qu'il a définitivement perdu depuis des années. Il a sûrement des remords. Malheureusement Laurent ne veut rien savoir, il ne reparlera jamais à son père, il me l'a déjà dit... Lucien confond tout en ce moment c'est terrible. Il parle tout le temps du passé mais il raconte n'importe quoi. Excusez-moi je vais le rejoindre. Elle partit les épaules basses, vers leur maison en contrebas.

Cet évènement ne mit pas fin au déjeuner festif, mais l'assombrit brusquement tout de même un peu. Il était plus de seize heures. Ils finirent leurs cafés, leurs thés, puis tout le monde participa au rangement. On se partagea les restes. Et chacun rentra chez soi se reposer de ce repas arrosé et riche en émotions.

Romane, Philippe et Jérôme rentrèrent de leur randonnée vers 18 heures. Après leur marche, ils avaient repris la voiture et sur la route du retour, ils s'étaient arrêtés au bourg pour boire un verre en terrasse. Ils étaient également allés faire quelques courses au supermarché avant de remonter. En cette fin d'après-midi, ils trouvèrent le Dahut Perdu bien calme. Pas âme qui vive dans l'unique rue du hameau. Romane, fatiguée par le réveil matinal, s'était assoupie à l'arrière, malgré les écouteurs dans ses oreilles et la voix puissante qui scandait "*soyons désinvoltes, n'ayons l'air de rien...*". Elle se réveilla en sursaut lorsque Jérôme coupa le moteur du véhicule devant l'église. Philippe, côté passager, sortit rapidement de la voiture. Les deux hommes avaient déjà vidé le coffre de la Seat de Jérôme quand Romane réussit enfin à se réveiller tout à fait et à s'extirper de la voiture. Ses jambes commençaient à lui faire sentir qu'ils en étaient à leur quatrième journée de randonnée. Elle fut attirée par un mouvement derrière la grille du portillon du cimetière. L'oiseau noir, un Chocard à bec jaune lui avait rappelé Bertrand, était posté sur la stèle d'une vieille tombe en pierre, tel un gardien. Il ne bougeait pas. Le volatile les observait immobile. Sentinelle des morts.

« - Il est bizarre cet oiseau, à chaque fois que je le vois j'ai l'impression qu'il me regarde, qu'il veut me dire quelque chose » dit-elle à ses compagnons de marche.

« - Hou la la, ça y est ! Tu te crois dans un roman de Stephen King, » la taquina son mari.

« - Ou alors dans le film d'Hitchcock, *"Les Oiseaux"*, » continua Jérôme. « Fais gaffe ils vont nous attaquer ! »

« - Non mais sérieusement, il n'est pas censé avoir peur de nous et s'envoler là ? On est tout près de lui, on a claqué les portières, on parle fort, on fait du bruit. Et lui, il nous regarde tranquillement, normal !

- Il est certainement sourd » conclut Jérôme sur un ton extrêmement sérieux, les deux hommes s'esclaffèrent. Et Romane aussi les suivit dans ce fou-rire, ils étaient tous fatigués.

L'oiseau, lui, resta impassible. Il les regarda s'éloigner et les alerta d'un cri bref et strident avant de s'envoler.

Les trois randonneurs ne croisèrent personne en traversant le hameau avant d'arriver à la maison. Chacun était rentré chez soi, la fête des voisins s'était apparemment terminée tôt. Dans la maison, visiblement les parents étaient montés faire une sieste. Ils trouvèrent, Lætitia et Hélène devant un film d'animation, elles avaient l'air fatigué et pas du tout attentives aux images qui défilaient devant leurs yeux. Anne-Sophie n'était pas encore rentrée. Elle prenait son temps, elle voulait certainement avoir la certitude que les festivités entre voisins seraient bien terminées à son retour. Elle n'avait pas envie de raconter une énième fois aux anciens du village, que, oui, les enfants grandissaient, oui, son mari avait toujours trop de travail et cela l'empêchait de passer le week-end avec eux, et qu'il ne venait jamais au Dahut Perdu et blablabla.

« - Ho purée ! Vous avez loupé quelque chose les marcheurs ! » Attaqua Lætitia.

« - Quoi ? » Questionna Jérôme.

« - Moi je vais à la douche vous me raconterez tout ça plus tard, » décida Romane.

« - T'as raison Romane, ah oui, je me disais bien qu'il y avait une odeur ! C'est ça, allez donc vous laver, vous ne sentez pas la Rose tous les trois ! » Plaisanta Lætitia.

Les corps lavés, les vêtements propres et les sacs de randonnée vidés, tout le monde se réunit à la cuisine. A la fois pour préparer quelque chose à manger pour le soir, pour boire un apéritif et pour raconter le déjeuner de la fête au Dahut. Et surtout, Lætitia leur raconta l'évènement quelque peu embarrassant concernant Lucien. Durant la conversation, Bertrand descendit de l'étage après un bref repos. Celui-ci, plutôt compatissant, plaignait Lucien, cet homme perdait la tête le pauvre. Brigitte descendit péniblement l'escalier en se cramponnant à la rambarde. Elle vint se joindre à eux. Elle les écoutait d'une oreille, ne disait rien, elle regardait par la fenêtre, l'esprit ailleurs.

« - Anne-Sophie n'est pas encore rentrée ? » Demanda-t-elle en regarda l'horloge murale qui affichait 19h25.

« - Elle vient justement de m'envoyer un message, elle va bientôt arriver, » répondit Lætitia.

Après le repas, ils allèrent se coucher rapidement, la journée avait été longue et éreintante. Le dîner avait fini tard. Et puis, pour certains, il fallait se lever tôt le lendemain matin, encore une fois, pour la randonnée du vendredi, la dernière de la semaine. Ils avaient donc besoin d'un certain nombre d'heures de sommeil réparateur pour être en forme le lendemain. Jérôme avait prévu une marche un peu moins longue par rapport aux autres jours de la semaine. Une balade sympa et avec pas trop difficultés pour le dernier jour. Ils mettraient le réveil à sept heures du matin tout de même. « Enfin, une grasse matinée ! » Avait plaisanté Romane. Une grasse matinée, comparée au réveil à cinq heures du matin, bien avant le lever du jour, pour les randonnées précédentes.

Tout le monde au lit, sauf Anne-Sophie et Romane qui ne s'étaient pas vues depuis longtemps et n'avaient pas vraiment sommeil. Elles parlèrent de tout et de rien, de leurs vies respectives, toutes les deux attablées sur la terrasse, sirotant une dernière chartreuse. Malgré la chaleur de la journée, l'air était bizarrement frais et humide ce soir, Anne-Sophie avaient enfilé un pull, Romane un poncho en laine.

Anne-Sophie revint sur l'épisode que sa sœur leur avait raconté au sujet de Lucien.

« - Lucifer porte bien son surnom, ce taré ! ça lui va comme un gant ! Et apparemment cela ne s'arrange pas avec l'âge. »

Romane tentait de tempérer la réaction et les paroles du sexagénaire. Malgré tout, son esprit embrumé par l'alcool, divaguait et revenait sur cet oiseau noir, synonyme de mauvais présage, et qui prenait trop de place dans son esprit.

« -Oh. Apparemment il commence à avoir des soucis au niveau de la tête...

- Tu essaies de lui trouver des excuses Romane, mais c'est parce que tu ne le connais pas vraiment. C'est un salaud ce type, » cracha Anne-Sophie.

« - Taré. Salaud. Tu y vas un peu fort quand même. Non ?

- Ouais, t'as peut-être raison. En tout cas je ne l'aime pas trop, et je ne suis pas la seule. »

Anne-Sophie hésita un instant et se décida à faire une confidence à Romane. Un non-évènement selon Romane, cela la rendit dubitative. Elle ne pensait pas que l'animosité de Anne-Sophie vis-à-vis de cet homme soit réellement justifiée. Elle ne dit rien se contenta d'écouter Anne-Sophie qui avait visiblement besoin de parler ce soir.

Un léger vent et quelques gouttes de pluie mirent fin à la conversation. Les deux femmes rentrèrent et finirent par aller se coucher. Malgré la fatigue, Romane mis un peu de temps à s'endormir. La pluie avait cessé rapidement, mais elle entendait au loin le tonnerre gronder. Il avait fait vraiment chaud ces jours-ci, l'air était lourd, pesant, il fallait bien que cela éclate quelque part dans les montagnes.

*

Vendredi 15 juillet 2022

6h57

Lorsque Romane arriva devant le portillon en bois de la maison, elle vit la vieille femme, sous la pluie battante, les genoux à terre, pleurant, hurlant. Elle s'était écroulée à côté d'un fauteuil de jardin. Sur le vieux siège du salon de jardin en plastique blanc, la jeune femme reconnut le dos de Lucien, avachi, la tête penchée sur son épaule gauche et les bras ballants de chaque côté des accoudoirs. Lui, avec sa carrure si imposante la veille encore. Ils étaient sous l'averse. Cette pluie diluvienne s'intensifiait à chaque seconde comme pour effacer la chaleur étouffante de ces derniers jours.

Romane, dont les longs cheveux bruns dépassaient de la capuche de chaque côté de son visage, était trempée, elle aussi, non plus seulement de sueur, mais de l'eau dont le ciel se délestait. Cette eau qui lavait tout, même ses yeux, elle n'y voyait plus rien, tout cela lui semblait irréel. Était-elle en train de rêver ? Oui c'était cela, forcément. Un mauvais rêve. Elle était pétrifiée sur place, elle attendait une échappatoire, elle ferma les yeux un instant, espérant se réveiller enfin, sortir de ce cauchemar.

Dans un regain de force, Francine hurla plus fort. Romane sursauta. C'est à ce moment précis qu'elle aurait dû se réveiller, dans son lit, au sec, à l'abri des éléments. Elle rouvrit les yeux.

« - Francine ? » Osa-t-elle d'une petite voix tremblante qui lui semblait venir d'un autre monde.

« - Francine ! » Cette fois elle cria de tout son souffle.

Francine tourna doucement la tête vers elle. Un moment suspendu. Le silence. Leurs regards se croisèrent et Romane compris qu'elle ne rêvait pas. Un fluide glacial s'immisça en elle.

Passée la sidération, Romane rassembla ses forces, l'adrénaline circula dans ses jambes qui se décidèrent enfin à bouger, à avancer. Le cœur battant, elle s'approcha de Francine et de Lucien. Elle contourna Francine et se retrouva face au visage défait de Lucien. Les yeux grands ouverts, toute vie les avait désertés. La peau translucide. La tête penchait sur son côté gauche, légèrement vers l'arrière. Malgré l'eau qui ruisselait sur tout son corps, elle distinguait des traces brunâtres dans les plis de son cou.

Lucien était mort, aucun doute là-dessus. Francine pleurait, la tête sur les genoux de son époux maintenant.

Après un instant d'égarement, Romane se reprit subitement, déformation professionnelle. Elle fit rapidement le point dans son esprit. Aucune urgence vitale, ça c'était clair. Libérer la scène, ne pas la polluer, ce n'était peut-être qu'un accident, mais dans le doute... Elle s'était mise en mode automatique, les réflexes. Elle apposa son index et son majeur droit à l'intérieur du poignet de Lucien, elle cherchait son pouls, ne le trouva jamais. Elle s'adressa à Francine, doucement, avec empathie. Elle tenta de l'éloigner de son mari. Mais celle-ci refusait de redresser son corps, un poids mort, lui aussi.

Romane entendit des voix et perçut des mouvements derrière elle. Elle ne s'était pas rendue compte que des personnes étaient arrivées, ils avaient certainement été réveillés, eux aussi, par les hurlements de Francine. Marcel, le plus proche voisin, Armand et Bertrand étaient là, tout près d'eux. Elles leur demanda de transporter Francine à l'intérieur, de ne toucher à rien et de composer le numéro de la police. Il fallait leur dire qu'un homme était mort, de ne pas raccrocher avant d’avoir donné l’adresse exacte. Ils obéirent machinalement à l’autorité de Romane qu’ils ne lui connaissaient pas habituellement.

Les trois hommes s’exécutèrent, ils portèrent la femme anéantie à l’intérieur. Romane qui ne quittait pas le cadavre des yeux, se sentie soudainement observée. Elle releva la tête, son regard passa au-dessus de Lucien. A cinq ou six mètres de là, devant le portillon ouvert, Philippe la regardait, les sourcils froncés, inquiet. Les autres avaient suivi, ils étaient six ou sept, elle ne chercha pas à voir qui était là, sa vue se brouillait avec la pluie.

« - Ne vous approchez pas. Rentrez vous mettre à l'abri ! » Leur cria-t-elle. « Il n’y a plus rien à faire, je vais attendre la police. Ne restez pas sous la pluie, ça ne sert à rien. »

Ils rebroussèrent chemin les épaules basses, se protégeant comme ils pouvaient de la pluie qui redoublait, sauf Philippe. Il resta là, il restait présent pour sa femme, pour être à ses côtés, même s’il ne pouvait rien faire, ni même s’approcher. Romane avait parlé d’une voix ferme, son autorité professionnelle avait pris le dessus.

Romane recula de quelques pas pour mieux observer la scène. Lucien, qui ruisselait, portait une tee-shirt bleu, qui autrefois aurait fait ressortir la couleur de ses yeux. Ce matin il avait pris une couleur brunâtre. Du sang ? Son bermuda beige était complètement souillé. Au pied, des charentaises. Elle regarda dans l'herbe autour du siège en plastique, rien. Enfin, elle ne voyait rien, mais avec cette abondance subite d'eau, des flaques boueuses se formaient çà et là. Il serait impossible de distinguer des traces de pas. Elle tourna la tête vers la terrasse abritée et remarqua un mégot de cigarette au sol près de la table en plastique blanc. Des premières questions se bousculèrent dans son esprit. Que faisait-il assis là sous la pluie ? A quelle heure s'était-il levé ? Avait-il passé la nuit sur ce fauteuil ? S'il s'était levé ce matin, pourquoi s'asseoir sous la pluie alors qu'à un mètre et demi de là, il disposait d'une terrasse couverte ? A quelle heure la pluie avait-elle commencé à tomber ?

Elle fut tirée de ses pensées par la voix de Bertrand.

« - La police arrive. Francine est allongée sur son canapé. Marcel va dire à Pierrette de venir l'aider à se changer, je ne sais pas depuis combien de temps elle était là sous la pluie mais elle est complètement trempée, elle va tomber malade.

- Merci Bertrand. D'accord, mais alors juste Pierrette. Vous, rentrez chez vous tous les trois. Je vais attendre la police ici.

- Tu es sûre ? Si tu veux je reste avec toi.

- Non merci Bertrand ça va aller. Rentrez chez vous. Rentrez, il faut vous changer, vous êtes trempés vous aussi. Romane se déplaça lentement et se mit à l'abri de la pluie sur la terrasse sans jamais quitter le cadavre des yeux. Elle ne toucha à rien et resta debout.

- Le pauvre vieux, il a dû faire un AVC ou une crise cardiaque », conclut Bertrand d'une voix basse avant de s'éloigner.

Marcel était déjà partir prévenir son épouse. Aussitôt Pierrette arriva, elle avait attendu devant sa porte ouverte, d'avoir des nouvelles sur ce qui se passait. Elle alla directement à l'intérieur s'occuper de Francine. Claude, qui était resté avec Francine jusque-là, sortit de la maison.

Avec Bertrand, sans un mot, ils remontèrent doucement la pente les épaules basses.

Romane s'immobilisa sur la terrasse, les minutes s'engrenaient, une éternité, elle attendait la police depuis une éternité lui semblait-il.

Moins d'une vingtaine de minutes plus tard, elle entendit les moteurs de deux véhicules, les sens en alerte. Trois policiers en uniforme dévalèrent la petite pente et arrivèrent sur les lieux.

Après avoir posé deux ou trois questions à Romane, le plus vieux des trois hommes de loi, la trentaine, entra à l'intérieur interroger l'épouse. Les policiers étaient suivis par l'équipe du Samu, qui se demandaient maintenant ce qu'ils faisaient là. La vie avait quitté ce corps translucide depuis un moment, rien à faire.

Romane informa les deux très jeunes policiers restés près du corps, qu'elle n'avait touché à rien, à part chercher le pouls de l'homme.

« - Oui, oui c'est bien, vous pouvez remonter chez vous ma p'tite dame, » la congédia le jeune blanc bec d'une vingtaine d'années.

Romane ne releva pas, elle marcha jusqu'au portail, et se posta à côté de Philippe qui lui posa simplement la main sur l'épaule. Ils restèrent un instant à cet endroit, sans bouger.

La pluie stoppa subitement comme par magie et laissa place aux premiers rayons du soleil qui pointaient derrière les montagnes.

Ils virent Pierrette sortirent de la maison par la porte d'entrée, elle passa près d'eux, échangèrent un regard compatissant, elle regagna sa maison juste à côté.

Ils continuèrent à observer la valse des policiers quand l'un d'eux poussa une exclamation.

« - Ho putain. On n'avait pas vu ça ! » Souffla le bleu.

Il relevait la tête du mort, qu'il pensait avoir succombé à un arrêt cardiaque ou quelque autre malaise, quand il vit une plaie béante dans le cou.

Sans grande surprise, Romane vit les policiers s'agiter et s'affairer à passer des coups de fil. Les bleus s'adressèrent au couple avec véhémence.

« - Qu'est-ce que vous regardez ? Rentrez chez vous, on vous a dit ! Y'a rien à voir ici. »

Sans rien répondre, Romane et Philippe firent demi-tour et remontèrent doucement la pente. Arrivés dans la maison des Humbert, Philippe entra se changer. Romane retira le cirée des Humbert et le remit là où elle l'avait trouvé un peu plus tôt, suspendu sur un clou, sur le mur de la maison. Philippe lui apporta son poncho en cachemire pour lui mettre sur les épaules mais réalisa qu'elle était complètement trempée. Elle resta un instant sur la terrasse qui lui faisait un excellent poste d'observation sur la scène du crime, maintenant elle en était sûre. Elle n'avait pas voulu toucher le corps tout à l'heure, mais les traces brunâtres dans les plis du cou et sur le tee-shirt n'augurait rien de bon. De même que les flaques de boue d'un brun rougeâtre trop foncé à ses pieds. Et ce visage exsangue… Elle rentra se sécher et se changer, puis revint s'asseoir sur la terrasse.

Environ, quarante minutes plus tard… Elle avait emprunté la montre de Philippe qui ne quittait jamais son poignet, il dormait avec. C'était le genre de montre qui vous dit si vous dormez bien… Quarante minutes après donc, une voiture banalisée arriva dans le hameau. Romane reconnut la haute silhouette et la carrure de bûcheron du commandant Ambrosini. Joseph Ambrosini. Sa surprise ne dura qu'un bref instant. Finalement, elle ne s'étonnait pas tant que ça de le voir encore en poste, et sur le terrain, alors qu'il aurait déjà pu prendre sa retraite... Ou alors se la couler confortablement planqué dans un vaste bureau. Elle le savait basé dans le quart sud-est du pays. Alors c'était lui qui se retrouvait en charge de l'enquête... Ça allait barder pour les bleus s'ils avaient salopé la scène de crime...

Romane avait connu Joseph Ambrosini en 1999, au tout début de sa carrière dans la police, un instructeur de premier ordre. Strict, intransigeant, mais extrêmement attentif et disponible pour les jeunes recrues qui avaient de la motivation et de l'instinct. Il fonctionnait énormément à l'instinct. Certains disaient qu'il était rusé comme un renard... Il détestait cette expression. A l'époque, il avait rapidement pris la jeune flic sous son aile et lui avait inculqué toutes les ficelles du métier, un peu comme un père spirituel. Ce petit bout de femme avait de l'énergie et une force mentale à toute épreuve, disait-il à l'époque. En région parisienne, il en fallait de la force de caractère ! Après plusieurs années de travail ensemble, elle était repartie en province et lui avait tracé sa route, multipliant les affaires élucidées, récoltant les honneurs et le respect de tous ses pairs. Ils étaient restés en contact un temps. Puis l'éloignement avait eu raison de leur entente professionnelle et de leur amitié. La dernière fois qu'ils s'étaient vus physiquement remontait à une quinzaine d'année. Elle, s'était mariée, lui, était devenu veuf. Mariages, enterrements, les occasions de revoir les gens qu'on aime. Elle le regarda se diriger vers la maison de Lucien et Francine Vermer.

Il arriva silencieusement sur la scène de crime sans que les deux jeunes policiers ne s'en aperçoivent.

« - Commandant Ambrosini ! » Se présenta-t-il. « Tout va bien ? Je ne vous dérange pas ? » s'introduit-il sur un ton ironique.

La voix grave, calme, mais imposante, fit sursauter les deux bleus qui s'étaient assis sur les chaises en plastique blanc de la terrasse. Ils se levèrent d'un bond.

« - Bonjour commandant, » bafouillèrent-ils, surpris par l'arrivée du grand chef qu'il ne voyait pas souvent dans le coin. C'était calme habituellement par ici. Et ils ne l'attendaient pas aussi tôt. Il était censé venir de Grenoble, une bonne heure de route.

Sans plus leur prêter la moindre attention, Ambrosini s'approcha et observa silencieusement, attentivement, longuement, le corps dégoulinant. Il s'attarda sur les flaques boueuses autour du fauteuil en plastique blanc. Il tourna la tête vers la terrasse abritée, observa la position de chaque chaise autour de la table du salon de jardon.

Il souffla, s'adressant aux deux bleus.

« - Remettez les deux chaises sur lesquelles vous avez posé vos culs exactement à la place où vous les avez trouvées. Et ne touchez pas au mégot qui se trouve au sol ! »

N'attendant aucune réponse, si ce n'est que l'exécution de ses ordres, il tourna la tête vers le haut du hameau. L'équipe scientifique venait d'arriver, avec le médecin légiste. Il les accueillit, échangea quelques mots avec *Bistouri*, le médecin avec qui il travaillait depuis des années, ce surnom lui allait comme un gant. C'est lui qui allait réaliser l'autopsie.

Il se retourna vers les jeunes flics sur la terrasse.

« - Je veux l'heure à laquelle la pluie a commencé à tomber, qui a trouvé le corps, le nom des premières personnes arrivées sur les lieux, qui a appelé la police, le nom de tous ceux qui se trouvent dans le hameau, ils ne doivent pas être nombreux. Et prévenez immédiatement tout le monde, personne ne sort du Dahut Perdu aujourd'hui, ni avant que j'ai pu les voir. En attendant, qu'ils restent chacun chez soi. Et interdiction de laver son linge. On réquisitionne tous les vêtements portés hier et aujourd'hui. On met tout le monde sur écoute. Tout de suite !

- Mais commandant, nous n'avons pas encore de commission rogatoire… » Tenta un des officiers.

« - Rien à cirer, » le coupa Ambrosini, sa réponse était sans appel.

Le commandant se dirigea d’un pas rapide vers la porte d’entrée, l’ouvrit et entra pour aller s’entretenir avec la veuve. Il faisait encore sombre à l’intérieur, l’entrée donnait directement sur une salle à manger qui faisait également office de salon. La vieille femme gisait littéralement sur le canapé. Une autre dame, qui semblait un peu plus jeune qu’elle, lui tenait la main, assise à ses côtés. Le flic assis sur une chaise en bois près de la table de salle à manger, surfait sur son smartphone. Il se leva d’un bond lorsqu’il aperçut le chef.

« - Commandant Ambrosini, » s’annonça-t-il, il présenta sa carte à la veuve qui ne la regarda pas. « Je vous présente mes condoléances Madame Vermer. » Il se tourna vers Pierrette, la voisine, et lui demanda de bien vouloir les laisser, un instant. Il s’entretint avec Francine Vermer, patiemment.

Le couple s'était couché vers vingt-trois heures. Francine s'était réveillée vers six heures environ, elle ne savait plus très bien. Son mari n'était déjà plus dans leur lit. Cela ne l'a pas étonnée, il se levait toujours très tôt, aux aurores quelquefois, bien avant le lever du jour. Il avait l'habitude d'aller fumer une cigarette sur la terrasse, tous les matins dès son réveil. Elle ne s'était pas levée tout de suite, elle trouvait qu'il était encore tôt. Un peu plus tard, elle n'a pas regardé l'heure, elle s'était levée. Elle avait cherché son mari dans la maison, il n'y était pas, pourtant il pleuvait à verse. Elle jeta un œil dehors du côté de la terrasse et le vit sur le fauteuil sous la pluie. Elle avait aussitôt compris qu'il y avait un problème, elle était sortie et l'avait trouvé là, dans cet état. Ensuite elle ne savait plus. Elle se souvenait avoir crié.

« - Avez-vous de la famille à prévenir dans l'immédiat ? Vous avez des enfants ? » demanda le commandant.

« - Oui… Mon fils, notre fils, Laurent. Oh mon dieu c'est terrible. » La pauvre femme se remit à pleurer.

« - Madame Vermer. Nous allons l'appeler, » il fit signe au jeune flic toujours debout près de la table, celui-ci s'activa enfin. « Madame Vermer, après vous, quelle est la première personne à être arrivée ? »

« - C'est Romane, » lui répondit-elle dans un souffle. « Elle m'a sûrement entendue crier. »

« - Romane ?

- Oui. Romane, elle vient tous les ans passer une semaine de vacances chez les Humbert, » finit-elle entre deux sanglots.

*

Sur la terrasse des Humbert, Romane observait toujours la demi-douzaine d'agents de l'équipe scientifique concentrés chacun et chacune sur leurs taches respectives. Photographier, prélever, délimiter, mesurer. Elle avait vu arriver un petit homme, rond et chauve, la cinquantaine bien entamée, tenant une mallette dans sa main gauche. Le médecin légiste. Elle regardait et réfléchissait à mille à l'heure en attendant qu'on vienne la chercher. Ils n'allaient pas tarder à venir. Elle était la première personne arrivée sur la scène de crime après les appels au secours de Francine.

Elle attendit encore une quinzaine de minutes mais elle n'y tenait plus. Elle traversa l'unique rue du hameau, passa à côté des véhicules de police et descendit rapidement la pente qui s'arrêtait devant le portillon de la maison de Lucien et Francine Vermer. Le policier qui l'avait congédiée un peu plus tôt s'adressa à l'intruse avec véhémence.

« - On vous a dit de rester chez vous ma p'tite dame, qu'est-ce que vous n'avez pas compris la dedans ? On vous le fera savoir quand on aura des questions à vous poser !!! »

Romane n'eut pas le temps de répondre. Une voix caverneuse, grave et imposante raisonna clairement et fermement dans le dos du flic.

« - Messieurs, je vous présente le commandant Bélino… Romane Bélino. » Sa voix, pourtant ferme et autoritaire pour des oreilles non averties, dissimulait manifestement une émotion venue des profondeurs de son âme. Seule Romane pouvait la déceler. Ambrosini était sorti de la maison, il l'avait certainement vue arriver par la fenêtre, bien sûr.

« - Commandant Bélino, » la saluèrent officiellement les deux jeunes bleus, visiblement très embarrassés.

Romane ne leur prêta aucune attention, elle dut réfréner l'irrésistible envie de sauter au cou de celui qui lui avait tout appris dans les premières années de sa carrière. Ensuite, elle avait continué à travailler avec lui durant près de dix ans. Il était son père spirituel. Ils s'approchèrent lentement l'un de l'autre. La jeune quarantenaire et le sexagénaire se serrèrent chaleureusement et longuement la main devant le regard effaré de leurs collègues. Aujourd'hui presque plus personne ne se serrait la main. A la limite un check… Sans se parler, d'un accord tacite, les deux vieux amis se déplacèrent pour s'éloigner des autres.

« - Alors tu n'as pas encore raccroché ? Tu pourrais pourtant. » Engagea Romane.

Ils n'avaient pas besoin de se dire qu'ils étaient heureux de se retrouver, malgré les circonstances. Ils ne se sentaient pas obligés non plus d'échanger des banalités. C'était comme s'ils s'étaient quittés la veille. Le regard de l'un accroché à celui de l'autre.

« - J'arrête bientôt... Pour tout te dire, cette histoire sera ma dernière affaire, » il se tut un instant puis reprit. « Et comme par enchantement tu te trouves là. Tu as commencé ta carrière avec moi, je vais finir la mienne en ayant le bonheur de t'avoir à mes côtés. » Il lui sourit.

Romane ne sut que répondre, cette simple phrase lourde de sens l'émut au plus haut point. Ils restèrent silencieux quelques minutes, observant les hommes s'affairer autour du corps. Le légiste s'approcha des deux commandants.

« - Bon on va décoller, on embarque le corps.

- Bistouri, je te présente le commandant Bélino, Romane Bélino, aujourd'hui basée dans l'est de la France, du côté de Metz.

- Ha ! Metz ! Une cathédrale magnifique ! Enchanté de faire votre connaissance Romane, je peux vous appeler Romane ? Joseph m'a beaucoup parlé de vous, j'ai l'impression de vous connaître. » S'enthousiasma le médecin.

Romane était extrêmement étonnée d'apprendre que son mentor suivait manifestement son parcours professionnel. En revanche, il l'appelait toujours par son nom de jeune fille, cela la fit sourire.

« - Bonjour Docteur… » elle hésita. *Bistouri…* était-ce vraiment son nom ?

Le toubib compris son embarras et vint à son aide.

« - Biltouri, Ali Biltouri, mais comme vous pouvez le constater, certains s'amusent à mes dépends, » il sourit et fit un clin d'œil à Ambrosini. « Mais appelez-moi Ali, je vous en prie Romane. »

Le médecin redevint subitement sérieux.

« - Heure du décès : entre quatre et sept heures ce matin. Une plaie au cou. Apparemment un objet pointu, de forme circulaire, long d'une dizaine de centimètres tout au plus. A vue d'œil, planté à plusieurs reprises dans la carotide gauche. Il, ou elle, a visé juste. Le pauvre homme s'est vidé de son sang. Tu auras les résultats de l'autopsie en fin de soirée, vers vingt-trois heures je pense. »

Ali Biltouri salua Romane à la manière d'un bouddhiste, il inclina sa tête en avant tout en joignant ses deux mains devant lui.

« - Ma chère Romane, passez donc nous voir à l'institut.

- Au revoir Docteur Biltouri… Heu… Ali… Au revoir Ali... Elle lui rendit son salut bouddhiste respectueusement. »

Le médecin légiste repartit vers son véhicule en se dandinant et en sifflotant.

« - Romane, je retourne m'entretenir un peu plus longuement avec l'épouse Vermer. Je peux te voir après ? Disons dans une heure.

- Bien sûr Joseph, je serai chez la famille Humbert. La maison blanche en haut », elle la lui montra d'un signe de tête.

« - Je préfère un endroit où nous serons seuls, tu comprends.

- Oui tu as raison, retrouve-moi sur le banc devant l'église, tu vas au bout de la rue, tu ne peux pas te perdre, » elle lui fit un sourire entendu.

Ils se séparèrent, Romane remonta la pente. Le commandant se dirigea vers la porte d'entrée de la maison des Vermer.

Joseph Ambrosini prit place face à Francine Vermer qui s'était maintenant installée à la grande table en chêne. Elle avait pris un calmant, mais semblait encore capable de répondre à quelques questions. Il ne fallait pas laisser passer trop de temps, les souvenirs traumatisants peuvent s'envoler très rapidement ou s'enfouir profondément dans les profondeurs de l'inconscient.

« - Madame Vermer, est-ce que quelqu'un a des raisons d'en vouloir à votre mari ? » Il entra directement dans le vif du sujet.

Elle leva ses yeux ébahis sur le visage du commissaire.

« - Pourquoi ? Qu'est-ce que… Vous croyez que quelqu'un l'a tué ? » demanda-t-elle stupéfaite.

« - C'est fort probable, oui. » Il ne voulait pas la choquer en lui parlant de la plaie dans le cou, elle ne l'avait pas vue apparemment. Ou alors elle faisait semblant. Le conjoint est toujours le premier suspect...

« - Non, ce n'est pas possible, on connaît tout le monde ici, et depuis si longtemps. Pourquoi ? Non, tout le monde est gentil ici », sa tête pivotait, sans qu'elle s'en rende compte, de droite à gauche et de gauche à droite, en signe de dénégation.

« - Il ne s'est jamais disputé avec personne ?

- Si, bien sûr, mais c'était insignifiant. Des petites bagarres de voisinage, mais rien de grave.

- Ah bon ? Et avec qui s'est-il disputé ?

- Hé bien… Heu… Mais c'était des disputes de rien du tout. Pas au point de le tuer, ce n'est pas possible… » La pauvre femme secouait la tête compulsivement.

*

Romane arriva chez les Humbert, Philippe, Bertrand, Lætitia et Jérôme l'attendaient sur la terrasse en buvant un café.

« - Alors ? Qu'est-ce qu'il s'est passé ? » Demanda Bertrand.

« - Désolée, je ne peux rien dire. Et… On ne bouge pas d'ici aujourd'hui.

- Oui, on sait, ils sont passés nous prévenir, personne ne quitte le hameau, pas de lessive ex-cetera. » Répondit Philippe.

« - Oui… Je vais prendre une douche.

- Je te prépare un thé ?

- Oui je veux bien merci. »

Elle les quitta sans attendre. Troublée, tant par la découverte macabre du matin que de l'apparition de Joseph Ambrosini.

Brigitte et Anne-Sophie buvaient un café dans la cuisine. Elles avaient préféré rester à l'intérieur et ne pas avoir sous les yeux le ballet des agents de police, ni la tentation de risquer un regard vers la terrasse des Vermer. Une tente blanche opaque avait été dressée afin de soustraire la scène de crime aux yeux des badauds, mais cela restait glauque quand les yeux se posaient involontairement de ce côté du hameau.

Francine vit Romane passer devant la porte de la cuisine.

« - Romane. Tu es là. Il a été assassiné ?

- Bien sûr qu'on l'a tué, Mman ! » Répondit Anne-Sophie à sa mère. « Sinon ils ne nous auraient pas séquestrés tous ici. Ce n'est pas pour rien si on n'a pas le droit de laver nos fringues. S'il avait fait un malaise, il n'y aurait pas tout ce remue-ménage. On va tous être interrogés tu vas voir. »

Francine se tourna vers Romane et l'interrogea du regard.

« - Je ne peux rien dire. Mais… Effectivement la tournure des événements et les dispositions prisent par la police parlent d'elles-mêmes », elle inspira profondément. « Je vais prendre une douche. »

*

Assis l'un à côté de l'autre, sur leur lit, dans leur chambre, Romane et Philippe avait pris le temps de se retrouver un peu tous les deux. Romane s'était lavée et changée, elle portait une robe longue noire à manche courte et des sandales tout aussi colorée. Philippe, un tee-shirt rouge sur un bermuda noir.

« - Je n'en reviens pas que quelqu'un du Dahut Perdu ait pu faire ça, » commença Philippe stupéfait.

« - Pareil, et pourtant…

- Tu ne me diras rien je sais, mais ils doivent déjà bien avoir un suspect.

- Ho je crois que dans cette affaire, on va tous être suspects. A part les enfants bien sûr.

- Quand tu étais sous la douche leur fils est arrivé. Le fils des Vermer.

- Ah bon ? Si vite ? Romane savait que Laurent vivait à au moins trois heures et demi de route du hameau.

- Oui. Il paraît qu'il se trouvait par hasard dans le coin, dans la vallée. Il a encore des amis au bourg.

- Par hasard ? Hum… Il est comment ?

- Tu ne l'as jamais vu ?

- Non. Quand je suis venue ici la première fois, c'était il y a quinze ans, lui ne venait déjà plus, il ne parlait plus à son père depuis un moment déjà.

- Ah oui c'est vrai. Bah je ne l'ai vu qu'une fois, j'étais venu rejoindre Jérôme pour une semaine de randonnée, je me souviens d'un jeune sympa, plutôt le caractère de sa mère, il était toujours souriant. Il était grand comme son père, un peu la même carrure. Il devait avoir environ heu.. Entre vingt et vingt-cinq ans à l'époque. Aujourd'hui je pense qu'il ne doit pas être loin de la cinquantaine.

- Okay, » acquiesça-t-elle, d'un signe de tête, elle était pensive. « Bon j'y vais, Joseph doit certainement m'attendre. »

*

Le soleil cognait maintenant, le macadam était déjà sec. Romane traversa le hameau sans croiser personne. Chaque famille avait reçu le "conseil" de rester chez soi et de ne pas trop converser avec ses voisins. Les habitants du Dahut Perdu s'étaient donc enfermés dans leurs maisons en attendant la suite des évènements. Elle arriva rapidement devant l'église, le commandant l'attendait effectivement assis sur le vieux banc en bois. Il portait une chemise bleue ciel aux manches relevées sur les avant-bras, un pantalon en toile bleu marine et des chaussures en cuir brun. Une cigarette fumait entre ses lèvres. Son visage était tourné vers la grille du cimetière. Romane suivit son regard. L'oiseau noir immobile sur son perchoir attitré regardait l'homme, impassible. Arrivée à hauteur du banc, Romane s'assit à côté de Joseph qui l'avait bien évidemment entendue arriver, mais n'avait pas bougé. Il prit sa cigarette entre le pouce et l'index.

« - Il est étrange ce corbeau, il était déjà là quand je suis arrivé et il ne s'est pas envolé à mon approche.

- C'est un Chocard à bec jaune, on en voit beaucoup ici », le renseigna Romane.

« - Tu es devenue ornithologue à tes heures perdues ? » Plaisanta-t-il, en pivotant enfin vers sa protégée ? Il lui fit face. Romane sourit.

« - C'est Bertrand, il aime les oiseaux, on peut tout lui demander, il connaît leurs noms, leurs habitudes. Pour les fleurs c'est pareil d'ailleurs, c'est un puits de savoir cet homme. Et toi ? Tu t'es remis à fumer ? » Elle regardait la cigarette en partie consumée entre les doigts imposants de Ambrosini.

« - Seulement quand je croise un homme mort... C'est qui Bertrand ?

- D'accord. On va commencer par la famille Humbert alors, » se lança Romane. « Bertrand Humbert, époux de Brigitte. Soixante-deux ou soixante-trois ans. Ils ont acheté la maison blanche dans les années quatre-vingt-dix, je ne sais plus exactement. La deuxième maison à gauche en arrivant. Ils ont décider de passer la moitié de l'année ici maintenant qu'ils sont tous les deux à la retraite. Avant, ils venaient y passer leur période de vacances scolaires. Ils ont trois enfants. Anne-Sophie l'aînée, le deuxième c'est

Jérôme, l'ami de Philippe. Dis-moi que tu te souviens de Philippe ?

- Oui, c'est ta très chère moitié », il sourit.

« - Oui, » le visage de Romane jusqu'ici concentré s'éclaircit un bref instant. « Revenons aux enfants Humbert. Ils sont tous les trois ici au Dahut actuellement. La plus jeune c'est Lætitia, elle est venue seule, tout comme sa sœur. Jérôme, lui, est venu avec Hélène, sa fille, elle a neuf ans. Donc cela fait huit personnes présentes dans la maison, avec Philippe et moi. »

Joseph enregistrait mentalement, ne prenant que quelques notes ici et là dans son carnet.

« - Cette semaine, au Dahut Perdu, seulement six maisons sont habitées, avec celle des Humbert. Donc, quand tu arrives, la première maison à gauche c'est Armand et Fernande Martin. C'est une maison qui leur vient de la famille de Fernande. Je ne connais pas leurs âges exacts, dans les soixante-dix ans je dirais. Ils font partie des plus anciens du hameau. »

Joseph hocha la tête et, sans rien dire, l'encouragea à continuer, il aurait des questions plus tard, certainement.

« - Passons au côté droit de la rue, toujours en arrivant. La première maison. Marine et Nicolas Jardinier, des trentenaires. Ils vivent ici à l'année, travaillent au bourg, ils ont deux enfants, huit et dix ans. Ils se sont installés au Dahut après le premier confinement. Avant cela, ils y venaient deux ou trois fois par an en vacances, c'est aussi une maison familiale. Marine, elle, y venait l'été quand elle était enfant avec ses parents. Les anciens du village l'ont vue grandir. » Romane hésita à continuer, elle ne savait pas s'il voulait en savoir plus tout de suite ou plus tard.

« - OK, passons à la deuxième maison à droite, » Joseph vint à son secours. Ils se comprenaient sans se parler.

« - La deuxième maison appartient à Claude et Catherine Morel, je dirais entre cinquante-deux et cinquante-cinq pour elle, un peu plus pour lui. Ils ont encore une activité professionnelle. Ils passent tous leurs congés ici. Et ils viennent également les week-end, il me semble que leur résidence principale est à deux heures de route.

- Si mes calculs sont bons, il reste les deux maisons en contrebas à droite.

- C'est bien ça. Donc la maison de Lucien et Francine Vermer. Et la maison d'à côté, avec le jardin accolé, séparé par un grillage, c'est Marcel et Pierrette Perrin. Ils sont propriétaires depuis très longtemps, je ne saurais pas te dire depuis quand. Ils étaient là bien avant les Vermer.

- Je te remercie Romane pour ces premières informations. Je les interrogerai tous et je reviendrai vers toi après. Dis-moi... Est-ce possible que quelqu'un d'autre soit venu au Dahut Perdu cette nuit sans que personne ne s'en aperçoive ?

- Hier soir Armand avait mis sa voiture au bout de la rue, à l'entrée de la ruelle, il n'est donc pas probable qu'une voiture soit entrée dans le hameau. En revanche, il n'est pas impossible que quelqu'un soit venu à pied, par les chemins de terres. Un chemin relit le Dahut Perdu au hameau juste au-dessus et un autre mène au hameau en dessous, à une demi-heure de marche.

- C'est noté. Romane… Tu seras également officiellement interrogée, comme tu t'en doutes. »

Ils hochèrent tous les deux la tête. Le cri perçant de l'oiseau noir mit fin à leur conversation informelle. Le volatile s'envola sous les regards dubitatifs de Romane et de Joseph.

« - Ah vous êtes là ! Commandant Ambrosini. Le fils Vermer est arrivé. Je vous ai cherché dans toutes les maisons », venait le prévenir un des jeunes bleus.

« - Très bien j'arrive. »

Le jeune agent fit demi-tour. Joseph se tourna vers Romane.

« - A plus tard Romane », il se leva prestement du banc et se dirigea vers l'autre bout du petit hameau.

Romane pencha sa tête en arrière, regarda le ciel bleu, inspira un maximum d'air dans ses poumons. Elle resta en apnée un instant, souffla. Quelle triste tournure venait de prendre cette fin de semaine de vacances ! Elle repensa aux propos d'Anne-Sophie Humbert, la veille, durant leur discussion nocturne sur la terrasse avant d'aller se coucher. Elle se remémora leur conversation sous un ciel noir, sans étoile.

En effet, la veille du meurtre, Romane avait alors tenté de minimiser la réaction et les propos que Lucien Vermer avait tenus lors du déjeuner avec ses voisins. Elle se remémora sa conversation avec Anne-Sophie. Son esprit était alors embrumé par le vin bu durant le dîner, il divaguait et revenait sur cet oiseau noir, synonyme de mauvais présage, et qui prenait trop de place dans son esprit.

« - *Tu essaies de lui trouver des excuses, mais c'est parce que tu ne le connais pas vraiment. C'est un salaud ce type, avait craché Anne-Sophie.*

- Mais quand même Anne-So. Taré. Salaud. Tu emploies des termes un peu forts tout de même. Non ?

- Ouais, t'as peut-être raison. En tout cas je ne l'aime pas trop, et je ne suis pas la seule.

Après un instant de réflexion, Anne-Sophie avait hésité, puis elle avait continué.

- Pour tout te dire, je pense que ce mec c'est un vicieux. Je vais te raconter un truc Romane, elle se tut un bref instant.

Romane avait senti arriver une révélation importante, d'un signe de tête, elle l'avait encouragée à poursuivre.

Anne-Sophie avait pris une grande inspiration dans l'air frais du soir.

- Quand j'étais ado, je l'ai surpris une fois à me reluquer en douce, il était caché derrière les buissons près du grillage de son jardin. A cette époque, mes parents n'avaient pas encore acheté la maison, on campait sur le terrain. Bah, son terrain justement, celui qui est toujours en friche d'ailleurs. Il le cédait à mes parents en échange de travaux que mon père effectuait chez lui. C'était la dernière année où on a campé sur son terrain d'ailleurs. L'année suivante mon père a acheté la maison. Bref. Je trouvais que c'était un vicelard, mais bon je m'en fichais à vrai dire. Les gens de ce village ne m'intéressaient pas. Mais un jour, j'étais en maillot de bain, pour une fois que je me mettais en bikini ! J'étais couchée sur un transat, bien sûr. Ce jour-là, il m'a regardée... Différemment... Avec une grande insistance et j'ai vu un regard de fou.

J'ai cru que les yeux allaient lui sortir de la tête. Vraiment. Pour la première fois il m'a fait peur. A croire qu'il n'avait jamais vu une jeune fille en bikini ! Première fois que je me mettais en bikini, avant j'étais tellement complexée que limite je passait l'été en jean et tee-shirt. Enfin ! Du coup, j'en ai parlé à mon père. Il m'a demandé de ne surtout rien dire à ma mère, sinon elle allait s'inquiéter et elle n'avait pas besoin de ça. Alors je ne lui ai rien dit. Je n'ai rien su de plus, mon père ne m'a jamais dit s'il s'en était mêlé. Toujours est-il, qu'après ça, Lucien s'est fait beaucoup plus discret. J'avais même l'impression qu'il m'évitait la plupart du temps. L'année suivante je ne suis pas venue au Dahut, j'avais trouvé un job d'été. Enfin, voilà, bon, maintenant que j'en parle... C'est vrai que c'est vieux tout ça... »

Romane avait alors pensé que ce n'était que le sentiment d'une adolescente rebelle qui se sentait observée et en voulait à la terre entière comme tous ses congénères entre douze et dix-huit ans. Cela ne faisait pas de lui un pédophile non plus. Mais elle avait acquiescé aux paroles d'Anne-Sophie, pour ne pas la blesser, d'un signe de tête.

- Comme tu dis, Anne-So, c'est vieux tout ça.

- Oui, et puis on s'en fout. Il ne va pas nous gâcher notre grand week-end ce vieux fou. Pour une fois qu'on est tous ensemble, ça fait longtemps que ce n'est pas arrivé ! En plus, on ne va sûrement plus le croiser, il doit avoir honte maintenant, il va se terrer dans sa baraque comme d'habitude. »

Ce soir-là, elles avaient mis fin à leur conversation là-dessus et étaient allées se coucher.

Aujourd'hui, assise sur le banc, Romane se remémorait cette conversation avec un tout autre regard. Avec le meurtre de Lucien, absolument aucune éventualité ne pouvait être mise de côté, cependant, il fallait se montrer prudent tout de même. Elle attendrait le témoignage de tous les habitants du Dahut Perdu avant d'en parler à Joseph. Histoire de ne pas prendre le risque de l'influencer d'avance. Et attendre surtout qu'Anne-Sophie en parle elle-même aux policiers.

*

Le commandant Ambrosini avait traversé le hameau à la hâte, il ne souhaitait pas laisser trop de temps au fils et la mère. Il espérait au moins qu'un des jeunes policiers était resté avec eux à l'intérieur de la maison et ne les avait pas laissés ensemble sans surveillance un seul instant avant qu'il ne puisse parler au fils, Laurent Vermer.

Il s'introduit dans la maison par la porte d'entrée restée entrouverte, sans frapper. Un policier se tenait à l'extérieur. Les deux autres étaient, l'un, seul dans la cuisine et l'autre dans la salle à manger en compagnie de la mère et de son fils.

« - Commandant Ambrosini. » Il montra furtivement sa carte au fils qui soutenait sa vieille mère, un bras par-dessus son épaule.

Laurent Vermer, au moins un mètre quatre-vingt-dix, ressemblait certainement à son père lorsqu'il était jeune. Ses cheveux bruns étaient parsemés de quelques lueurs grises, ses yeux bleus semblaient secs. Il tourna la tête vers le commandant.

« - Bonjour commandant. J'ai fait aussi vite que j'ai pu. Que s'est-il passé ?

- Je vous présente mes condoléances monsieur Vermer. Nous n'en sommes pas encore aux réponses. Seulement aux questions. Vous êtes arrivé très vite au hameau » ! Il fixait le fils du regard.

« - Oui, en fait, je me trouvais chez des amis de longue date. Un couple, ils vivent tout près d'ici dans la vallée.

- Quand êtes-vous arrivés chez eux ?

- Hier matin. Je suis venu passer le week-end du quatorze juillet chez eux. J'avais prévu de repartir dimanche après-midi. Mais… » Il souffla longuement.

« - Et… Êtes-vous venu voir vos parents hier ? Ou alors vous aviez peut-être prévu de venir les voir avant la fin de votre week-end ? Êtes-vous sorti sans vos amis hier soir ou cette nuit ?

- Non, je ne suis pas sortie sans mes amis. Et je ne suis pas venu au Dahut. Et… Je ne prévoyais pas de monter durant le week-end non plus. Non… » Il inspira.

Le commandant l'interrogea du regard et d'un signe de tête l'incita à continuer.

« - Mon père et moi ne nous parlions plus. Je ne suis pas venu au Dahut depuis longtemps, » Laurent baissa la tête.

Il releva la tête et compris que le commandant attendait une explication.

« - Mon père et moi n'avions pas le même caractère, et puis il voulait diriger ma vie. A vingt-quatre ans j'ai décidé de partir vivre ma vie et ne plus me soucier de son avis. Tout bêtement. »

Le commandant ne chercha pas à en savoir plus. Pas maintenant.

« - Hier soir vous avez donc passé la soirée chez vos amis. Vous avez dormi chez eux ?

- Oui.

- Quand avez-vous appris le décès de votre père ?

- Ce matin, quand la police m'a appelé. Je dormais encore. Nous nous sommes couchés tard hier soir. Vous pouvez appeler mes amis, ils vous confirmeront.

- Ça sera fait monsieur Vermer, pas d'inquiétude. Mes hommes vont prendre leurs coordonnées, » le commandant scrutait le visage du fils. « Vous restez dans le coin... »

« - Oui pas de problème, je vais rester là avec ma mère. »

Laurent se tourna vers la vieille femme qui s'était endormie sur le canapé, les tranquillisants qu'elle avait avalés faisaient leur effet.

*

Plus haut dans le hameau, chez Marine et Nicolas Jardinier, l'heure était n'était pas à la fête, c'est le moins qu'on puisse dire. Les enfants étaient encore au lit, ils avaient veillé tard la veille et faisaient la grasse matinée. Le couple était assis à la table de la cuisine. Ils buvaient, lui, son café, elle, son maté. De leurs chaises, ils observaient le bal des policiers par la fenêtre qui donnait sur la rue d'un côté, et de l'autre, surplombait le niveau inférieur du Dahut Perdu.

Marine observait son mari qu'elle trouvait manifestement très agité.

« - Arrête de te stresser comme ça. Qu'est-ce qui te prend ? » Lui demanda-t-elle en penchant la tête sur le côté, elle voulut lui prendre la main sur table.

« - Ça ne te fait rien à toi ce qu'il s'est passé ? On dirait que tu t'en fous ! » Il retira sa main et se leva.

« - Non, je ne m'en fous pas. Ça me fait même de la peine pour lui si tu veux savoir. Je suis stupéfaite bien sûr, comme tout le monde ici, parce que je n'arrive pas à imaginer qui aurait pu faire ça. C'est certainement un rôdeur. Enfin, on n'y peut rien, c'est comme ça. Ce qui est, est. Amor fati. » Elle usait volontiers d'adage et de locutions latines. « Mais, par contre, je ne comprends pas pourquoi tu t'énerves autant. »

« - Tu ne comprends pas ? C'est qui le dernier à s'être engueulé avec lui ?

- Je ne vois pas où tu veux en venir Nicolas.

- Tout le monde nous a vus, ou entendus, nous engueuler lui et moi la semaine dernière.

- Et alors ?

- Les flics vont croire que c'est moi qui l'ai tué ! C'est sûr ! » Nicolas faisait maintenant les cent pas dans leur petite cuisine en regardant par la fenêtre.

« - Enfin, arrête, tu exagères. C'était des broutilles. Des histoires parce que les gosses sont allés jouer sur son terrain. C'est rien.

- Tu n'étais pas présente Marine. Je me suis vraiment énervé, j'ai gueulé comme un malade. Je me suis étonné moi-même. Il m'a mis hors de moi ! Jusque-là je ne disais jamais trop rien, mais là j'ai pété les plombs. Je ne sais pas ce qui m'a pris. Je crois que j'en avais marre de le voir toujours surveiller nos enfants, à les observer et à attendre qu'il franchisse son terrain juste pour avoir enfin le plaisir de les engueuler ! On dirait qu'il passait son temps à les épier ! C'est pas normal ! »

Nicolas était dans un tel état d'agitation qu'il en tremblait. Se passant la main sur le visage, il ne tenait pas en place. Marine demeurait calme, même si le comportement excessif de son mari l'inquiétait un peu. Elle n'avait pas l'habitude de le voir ainsi. Elle tenta de l'apaiser.

« - Nicolas tu n'as aucune raison de te mettre dans cet état.

- Ah oui ! Tu crois vraiment ? On sait bien que des innocents pourrissent en prison ! » Il cria sa dernière phrase.

« - Arrête de crier, s'il te plaît, moins fort, tu vas réveiller les enfants. » Marine se leva et jeta un œil vers l'escalier qui menait aux chambres. « Tu devrais aller prendre une douche, ça te fera du bien, ou même un bain. »

Nicolas acquiesça et se dirigea vers la salle de bain. Quand il disparut dans le couloir, Marine se prit la tête dans les mains, les coudes sur la table. Elle ferma les yeux et s'essaya à quelques exercices de respiration. Malgré son calme apparent, elle n'était pas si tranquille que ça. La situation demeurait vraiment angoissante. Ne serait-ce que de savoir qu'un tueur rodait dans les parages. On frappa à la porte, cela ne pouvait être que la police. On leur avait gentiment conseillé de ne pas discuter avec les voisins aujourd'hui. Elle se leva doucement et ne se pressa pas pour aller ouvrir, elle souhaitait reprendre ses esprits et se donner une certaine contenance avant de se montrer au policier qui allait lui poser des questions. C'était inévitable, elle le savait. Arrivée derrière la porte elle inspira profondément, souffla, figea un sourire sur son visage et saisit la poignée qu'elle abaissa avant de tirer la porte vers elle.

« - Bonjour messieurs.

- Commandant Ambrosini. Êtes-vous bien Marine Jardinier? » Il continua sans attendre la réponse. « Puis-je entrer un instant ? »

« - Oui c'est moi, entrez », elle se mit de côté laissant le passage libre.

Les yeux scrutant tous les coins de la maison, le commandant demanda à Marine, où étaient son mari et leurs enfants.

« - Mon mari est sous la douche. Les enfants dorment encore, nous avons veillé tard hier soir. Nous avons joué à des jeux de société.

- Bien, je n'ai que quelques questions dans un premier temps. Madame Jardinier, à quelle heure vous êtes-vous couchée exactement ?

- J'ai mis les enfants au lit vers minuit et demi, il faisait chaud, nous avons profité de la terrasse. Et moi je suis allée me coucher vers une heure je pense. J'ai lu un peu avant de m'endormir, peut-être vingt minutes, une demi-heure maximum je pense.

- Vous êtes-vous réveillée la nuit ? A quelle heure vous êtes-vous réveillée ce matin ?

- Non je ne me suis pas réveillée durant la nuit. Ce matin j'ai été réveillée par le bruit du moteur de la première voiture de police qui est arrivée au Hameau. Je n'ai pas regardé l'heure.

- Est-ce que vous avez entendu Madame Vermer crier ce matin ?

- Non, je n'ai rien entendu avant le moteur de la voiture. Et après j'ai regardé par la fenêtre et j'ai compris qu'il était arrivé quelque chose chez les Vermer, il y avait déjà des voisins devant leur maison. Ils étaient sous la pluie. Oui... Il pleuvait à verse.

- Lorsque vous vous êtes réveillée, au bruit du moteur donc, votre époux était-il endormi ? À vos côtés dans votre lit ? » Le commandant dévisageait Marine, on aurait pu croire qu'il étudiait un à un les pores de la peau de son visage.

« - Oui. En fait, on s'est réveillés en même temps à cause du bruit de la voiture. Il s'est tout de suite levé, il a regardé par la fenêtre entre la fente des volets, il m'a dit que c'était une voiture de police. Nous étions étonnés, ce n'est pas courant, et je me suis aussitôt levée aussi. »

Ses yeux encrés dans les iris de Marine, le commandant trouvait cette jeune femme impassible, l'air indifférent à ce qui se jouait dans son petit hameau. Ou alors elle tentait de se montrer plus sereine qu'elle ne l'était réellement. Il fut tiré de ses pensées par une petite voix enfantine dans son dos.

« - Maman, c'est qui le monsieur ? »

Tous deux se tournèrent, deux petites silhouettes d'enfants se tenaient dans l'encadrement de la porte menant vers un couloir. Ils étaient pieds nus, en pyjama d'été, un garçon et une fille.

« - Bonjour les enfants », dit-il en souriant, « je m'appelle Joseph Ambrosini. Je suis juste venu discuter un peu avec votre maman. Aujourd'hui je vais discuter avec tous les voisins du Dahut Perdu. Et... Je suis policier. Mais j'ai fini avec votre maman, je m'en vais. Je vous laisse prendre votre petit déjeuner. »

Il savait que les enfants allaient vite comprendre qu'il s'était passé quelque chose de grave. La police n'allait pas cesser de défiler devant leurs fenêtres. Aux parents d'expliquer la suite. Il se leva, fit un signe de tête vers Marine.

« - Je repasserai voir votre mari plus tard », il se leva et disparut rapidement par la porte d'entrée.

*

Aussitôt le commandant sorti de la maison, Nicolas apparut comme par enchantement dans l'encadrement de la porte qui menait à la salle de bain. Il avait bien évidement suivi toute la conversation sans se montrer.

Le commandant Ambrosini se retrouva dans la ruelle, se sentant observé il se tourna rapidement vers la maison qu'il venait de quitter. Il aperçut un mouvement furtif à la fenêtre derrière le rideau blanc, certainement le mari, pensa-t-il. A la mi-matinée, l'air se faisait déjà lourd et le soleil qui cognait avait pratiquement séché la pluie du matin, la terre avait grand soif ces temps-ci. Le hameau était désert, chacun chez soi, comme il l'avait demandé. Il observa la première maison en contrebas, celle dont le jardin était accolé au jardin des Vermer. Il décida d'aller rendre une petite visite au couple Perrin.

Le commandant n'eut pas besoin de frapper à leur porte, celle-ci était grande ouverte et Marcel Perrin se trouvait dans l'embrasure. De taille moyenne, l'embonpoint jovial et le ventre proéminent, il portait un marcel blanc sur un short kaki. Sur sa tête, un béret cachait sa calvitie plus que naissante. L'homme ne laissa pas le temps au commandant de se présenter.

« - Entrez commandant, j'imagine que vous avez plein de questions à nous poser », il se poussa sur le côté et laissa le passage libre.

Le commandant entra dans ce qu'on appelle une vraie maison de montagne. Les meubles en bois, d'un autre âge, en imposaient de par leur taille. La décoration sur les murs se limitait à des casseroles en cuivre, et des planches à découper en bois où l'on pouvait lire des adages d'un autre siècle. L'odeur de café fort lui rappela qu'il n'avait pas beaucoup dormi cette nuit.

« - Voulez-vous boire quelque chose commandant ? » La voix de Pierrette, douce et aimable, apportait certainement un supplément de bien-être et de chaleur à cette maison en d'autres circonstances.

« - Je vous remercie Madame Perrin, je veux bien un café. »

Marcel aida son épouse à prendre les tasses et les cuillères dans le vaisselier. Pierrette servit le café et posa un sucrier en porcelaine blanc sur la table. Ils s'assirent tous les trois en silence autour de la table en chêne massif. Le couple semblait très choqué par l'évènement du matin. Pierrette, les yeux rougis, ne cachait pas sa peine, elle reniflait et s'essuyait fréquemment le nez avec un mouchoir froissé qu'elle gardait dans ses mains.

Après un long moment de flottement, Marcel prit la parole. Il se disait abasourdi par ce qu'il s'était passé. Tous deux étaient non seulement tristes de la mort subite de leur voisin mais surtout, l'incompréhension et la peur se lisaient sur leurs visages. L'entretien dura une bonne heure. Ils prenaient leur temps pour répondre aux questions du commandant, ils se souciaient de donner la bonne information, de ne rien oublier.

Pour le vieux policier, le problème était qu'ils n'avaient rien de bien concluant à lui apporter. Ils s'étaient couchés vers vingt-trois heures environ. Ils avaient dormi toute la nuit, Pierrette s'était levée vers trois heures pour aller aux toilettes et ils s'étaient tous les deux réveillés aux cris de leur voisine. Ils ne s'étaient pas levés tout de suite persuadés qu'il s'agissait d'une bête. De plus, il pleuvait à verse, ils ne se sont donc pas aventurés à l'extérieur. Lorsque Marcel sortit du lit et descendit au rez-de-chaussée, il se décida à ouvrir un volet, mais ne voyait rien car la terrasse des voisins est sur le côté.

C'est seulement lorsqu'il avait vu des silhouettes descendre des maisons du niveau au-dessus qu'il comprit qu'il s'était passé quelque chose de grave et qu'il se décida à sortir de la maison. Ils avaient entendu ces cris vers six heures trente ou sept heures, ils n'ont pas vraiment fait attention à l'heure. Non, ils ne voyaient pas qui avait pu faire ça. Oui, ils s'entendaient bien avec leur voisin, même s'il était un peu rustre, il n'était pas méchant. Est-ce qu'ils n'avaient jamais eu de problème avec lui ? Oui, une fois, mais c'est du passé, c'était rien, c'est tellement vieux.

« - Même si cela n'a aucune importance à vos yeux, j'aimerais que vous me racontiez cette histoire s'il vous plaît », le commandant les encourageait à continuer.

« - Et bien, ils ont acheté leur maison en 1985, nous, nous habitions déjà ici depuis dix ans. Les Vermer ont rapidement emménagé, ils n'ont pas fait beaucoup de travaux au début. Ils avaient un garçon, Laurent. Le gamin devait avoir dans les dix ou douze ans je crois, » il chercha de l'aide en se tournant vers sa femme.

« - Il avait douze ans, le petit Laurent. Il était adorable cet enfant, tout le caractère de sa mère.

- Voilà, c'est ça, il avait douze ans. Plein de cheveux bruns en bataille, toujours à sauter partout, une belle énergie, toujours prêt à apporter son aide, il voulait participer à la vie du hameau. » Marcel souriait à l'évocation de ses souvenirs, il s'égarait.

« - Revenons à... Euh… Au problème que vous avez eu avec Monsieur Vermer à l'époque s'il vous plaît », le commandant recadra gentiment le sujet.

« - Oui c'est vrai... Alors ils se sont installés. Tout s'est bien passé. Et quelques temps après j'ai vu débarqué des gens de la mairie sur mon terrain. Ils m'ont informé de la plainte que mon voisin avait déposée soit disant parce que mon grillage, qui était là depuis au moins dix ans, soit dit en passant, était sur son terrain et que, en gros, je lui avais volé deux mètres de terre sur tout le long. J'étais vexé, ça oui, je peux vous le dire. Non seulement il me traitait de voleur. Mais en plus, il ne m'en avait pas parlé et avait directement déposé plainte sans discuter avec moi. S'il était gentiment venu me voir, on se serait arrangés entre nous, sans faire d'histoire. Mais de cette façon-là, ça ne se fait pas entre bons voisins. » Le vieil homme secoua la tête, l'air désolé, il semblait également contrarié. Puis il reprit son récit.

« - Bref, s'en est suivi plusieurs disputes entre lui et moi, on était têtus tous les deux. La mairie était bien embêtée car leurs plans étaient tellement vieux, rien n'était à jour. Les médiateurs ont organisé des rencontres de conciliation. Ils nous ont proposé de couper la poire en deux. Alors Pierrette m'a convaincu d'accepter de lui lâcher un mètre de terrain. J'ai dû déplacer mon grillage sur tout le long. Je n'étais pas content à l'époque, je lui en ai voulu. Mais avec le temps ça s'est apaisé. C'était il y a presque quarante ans, vous vous rendez compte. De l'histoire ancienne. Ça faisait longtemps que je n'y pensais plus d'ailleurs. Mais vous savez, c'était un homme pas commode. Alors des disputes il en a eu avec tout le monde. Mais rien de grave. On ne tue pas un homme pour des choses sans grande importance.

- D'accord. Et ces derniers temps, s'était-il disputé avec quelqu'un ? »

Marcel et Pierrette se regardèrent un long moment. Se jaugeant l'un l'autre, l'homme inspira longuement.

« - Eh bien... Il s'est disputé la semaine dernière avec Nicolas. Le jeune qui habite la maison juste au-dessus. Je crois que vous êtes déjà allé les voir. » Il attendait un mot, un mouvement de la part du commandant Ambrosini, mais celui-ci resta impassible. Marcel continua. « Je crois que c'était mardi de la semaine dernière. En fait, le terrain juste au-dessus, après le grillage, celui qui est en friche, appartient aussi à Lucien. Il ne s'en occupe pas, mais il ne veut pas que qui que ce soit passe par là. Il ne supporte pas que les enfants aillent y jouer. Alors eux bien sûr, bah ils y vont, soit pour l'embêter justement, soit parce qu'ils aiment y jouer à cache-cache comme que tout est en friche. Il y plein de buissons qui font des cachettes ou des cabanes naturelles où les enfants peuvent s'amuser. Et donc, il a vu les deux gamins sur son terrain et il les a bien sermonnés tous les deux. Il a même un peu secoué un des deux par le bras. Nicolas a déboulé, et avec Lucien ils se sont accrochés. Bon, ils ne se sont pas tapé dessus bien sûr, mais on les a bien entendu crier tous les deux.

- Et ils disaient quoi ?

- Oh... Les trucs habituels. Lucien criait qu'il en avait marre de voir les gosses sur son terrain. Que les parents feraient mieux de surveiller leurs enfants au lieu de passer tout leur temps à faire je ne sais quoi. Et Nicolas répondait que lui en avait marre de savoir un vieux tout le temps en train d'épier des enfants, qu'il trouvait ça louche qu'il passe son temps à regarder où se trouvaient les petits. Je crois que je n'avais jamais vu Nicolas s'énerver comme ça. Il est sorti de ses gonds. » Il inspira, souffla et continua à parler.

« - Heureusement cela n'a pas duré longtemps. Francine a supplié Lucien de rentrer à l'intérieur et Nicolas est retourné chez lui. Les enfants avaient déjà détalé. Je crois que Marine n'était pas là, c'était en début d'après-midi, elle n'était pas encore rentrée du travail je pense. Elle travaille au Bourg dans la vallée. Après cela, je ne les plus vus, ni se parler, ni se disputer. Voilà c'est tout. Vous voyez ce n'est rien que des petites bagarres de voisinage, rien de grave. On ne tue pas quelqu'un pour des bêtises comme cela, je vous le répète. »

*

Le commandant quittait la maison de Marcel et Pierrette Perrin au moment où une voiture banalisée arrivait dans le hameau.

Le capitaine Abdoul Marchand était parti pour un grand week-end à la mer avec sa famille. Quand il avait été prévenu du meurtre survenu dans ce hameau de montagne, cela lui fournit un prétexte parfait pour laisser sa femme et ses ados sur la plage. Lui, ça l'emmerdait au plus haut point de rester coucher sur un transat à attendre je ne sais quoi. Il venait de faire trois heures de route pour rejoindre son chef au Dahut Perdu et l'épauler dans cette affaire qui semblait étrange. Il avait passé son trajet au téléphone avec son adjoint qui lui faisait un rapport complet régulièrement, en temps réel. Pour l'instant, aucun mobile, à priori pas d'histoire d'argent, pas d'histoire de sexe non plus et aucun suspect. Et bien sûr personne n'avait rien vu ni rien entendu. Mais bon, il était encore tôt, il n'avait pas loupé grand-chose à son avis.

Le capitaine Marchand n'était pas grand, mais son corps fin et musclé compensait sa petite taille. Ses parents originaires de Guinée, lui avait grandi en région parisienne, c'est là-bas qu'il avait connu Ambrosini. Il avait suivi son mentor à Grenoble depuis quelques années déjà. En sortant de son véhicule, le quarantenaire repéra immédiatement son chef et le rejoignit en dévalant la petite côte en un instant.

« - Je te croyais sous les palmiers», ironisa Ambrosini.

« - Je me suis sacrifié, j'ai quitté femme et enfants pour venir t'aider, je sais que tu ne peux plus te passer de moi », fit-il en riant.

« - Dis plutôt que tu t'es enlevé une épine du pied », le commandant connaissait bien son bras droit, Abdoul Marchand.

Les deux hommes s'éloignèrent de la maison pour échanger sur l'affaire en cours. Abdoul observait les quelques maisons du hameau, il appréciait le calme et la solitude que procurait cet endroit. Il se disait qu'il se verrait bien prendre sa retraite dans un coin comme celui-là plus tard. Enfin, il en était encore loin.

« - Il me reste à voir le couple Morel et la famille Humbert. Cela fait neuf personnes en tout. Et le mari

Jardinier aussi, qui était sûrement planqué quelque part dans sa maison quand j'ai parlé à sa femme. Sans compter les deux enfants Jardinier et une gamine chez les Humbert. Je te propose qu'on aille les voir ensemble. Et, s'il te plaît, je te laisse les mômes, je ne suis pas à l'aise avec eux, tu t'en occuperas, tu les feras rire toi au moins.

- Tu veux que j'aille déjà voir le mari Jardinier ?

- Non, j'ai envie de le laisser mijoter un peu, nous irons le voir en dernier. On va passer chez les Morel, c'est la maison juste à côté des trentenaires justement. »

Ils se dirigèrent d'un pas rapide vers la maison apparemment récemment rénovée. Enfin récemment, il fallait le dire vite, disons qu'on voyait que les habitants avaient emménagés moins d'une vingtaine d'années auparavant. La porte était close, le capitaine Marchand frappa deux grands coups sur le bois vernis. Aussitôt, le rideau de la fenêtre sur la droite bougea, un visage féminin apparut et disparut prestement.

L'époux ouvrit la porte. Claude Morel, l'œil torve, laissa entrer les deux policiers en civil. De taille moyenne, l'homme était athlétique, il ne paraissait pas encore avoir atteint les soixante ans, cinquante-cinq peut-être. Les cheveux parsemés de gris affichaient encore une teinte d'un brun foncé. Il était rasé de près. Claude les guida vers le salon où se trouvait Catherine. Sa femme semblait un peu plus jeune que lui, blonde, les cheveux longs, les yeux surlignés de noir et le rouge aux lèvres. Élancée et fine, elle attirait le regard. Une robe rouge près du corps finissait de parfaire le personnage. Le commandant ne se fiait jamais aux apparences, le capitaine non plus d'ailleurs.

« - Vous venez nous interroger ? » Attaqua l'homme d'emblée, visiblement sur la défensive.

« - Non, ce n'est pas un interrogatoire à proprement parler. Vous n'êtes pas suspect. Nous recherchons des éventuels témoins. Pour le moment nous souhaitons juste discuter avec le voisinage, au cas où quelqu'un aurait vu ou même seulement entendu quelque chose. Nous recueillons les témoignages si vous préférez, monsieur Morel. Donc, si vous ne souhaitez pas nous parler, il n'y a aucun problème », le commandant avait répondu d'une voix posée, d'un calme olympien.

« - Mais non. Voyons, nous n'y voyons aucun inconvénient voyons. N'est-ce pas mon chéri ? » Intervint son épouse, très avenante. « Asseyez-vous donc messieurs », elle leur désigna le canapé. Elle, s'installa sur un des deux fauteuils winchester qui se trouvaient face au divan, elle fit signe à son mari de se poser également, celui-ci resta debout.

« Puis-je vous offrir quelque chose à boire messieurs… Hum… Comment devons-nous vous appeler ? Commandant ? Commissaire ? » Elle regardait le commandant Ambrosini.

« - Excusez-nous, nous ne nous sommes pas encore présentés. Je suis le commandant Ambrosini et voici le capitaine Marchand », désignant Abdoul assis à sa droite.

Passées les habituelles premières questions, il en ressortait qu'ils n'avaient rien vu, rien entendu. Ni l'un, ni l'autre, bien sûr. L'homme se montrait peu loquace, répondant par un oui ou par un non, par des signes de tête. En revanche l'épouse, un brin aguicheur, se montrait volubile et très avenante, avec le capitaine plus particulièrement. Malheureusement elle n'avait rien de bien intéressant à leur apprendre. Si ce n'est qu'ils avaient acheté leur maison en 2001. Madame avait totalement refait la décoration intérieur, Monsieur, lui, s'était occupé des gros travaux et de l'extérieur. Le couple disait n'avoir jamais eu de problème avec Lucien Vermer, et ne voyait pas qui pouvait souhaiter sa mort, même s'il n'avait jamais été très sympathique et qu'il avait déjà eu des histoires avec "presque tout le monde" au Hameau.

Le commandant Ambrosini et le capitaine Marchand quittèrent leur maison avec un goût d'inachevé, ils reviendraient certainement voir ce couple.

« - La maison des Humbert est celle qui est juste en face, de l'autre côté de la rue » dit Ambrosini à son collègue. « Ha ! Hum ! Je dois te dire que par le plus grand des hasards… »

« - Romane s'y trouve en ce moment même en vacances, c'est une amie de la famille, je suis au courant », le coupa le capitaine.

- En effet, c'est une amie proche de la famille. Elle vient en vacances ici tous les ans.

« - Et c'est elle qui est arrivée la première sur la scène du crime en entendant les cris de l'épouse à sept heure moins le quart ce matin.

- Tu as bien potassé dis donc ». Joseph feignit d'être étonné. Il savait Abdoul consciencieux et ne doutait pas une seule seconde qu'il avait déjà épluché toutes les informations inhérentes au dossier de Lucien Vermer.

Le commandant et le capitaine furent en quelques pas devant la demeure des Humbert. Ils n'eurent pas besoin de frapper à la porte. Celle-ci était grande ouverte et Romane les vit arriver. Elle sortit saluer Abdoul. Les deux se revoyaient avec plaisir, ils avaient également travaillé ensemble en région parisienne, dans une autre vie.

Sur le côté de la maison, Hélène était attablée sur la terrasse avec son père, Jérôme, sa tante Lætitia et son grand-père Bertrand. Ils jouaient à un jeu de société, histoire de passer le temps. Philippe tentait de lire assis sur un transat. Il leva sa tête et regarda en direction de sa femme, il vit Romane qui parlait avec les deux hommes devant la maison, mais il ne lui était pas possible d'entendre la conversation. Le frère et sa sœur, Jérôme et Lætitia, suivirent son regard. Bertrand, lui, continuait de jouer avec sa petite-fille.

« - Romane, on aimerait discuter avec chacun d'entre eux », commença Joseph. « J'imagine que toi, tu as déjà glané quelques informations. Pour l'instant, ne me dis rien, Abdoul et moi allons converser avec eux et nous reviendrons vers toi en dernier si tu es d'accord.

- Bien sûr Joseph, tu peux t'installer à l'arrière de la maison il y a un coin d'herbe, j'y ai installé une table de camping et des chaises sous un parasol. Tu souhaites commencer avec qui ?

- Peu importe. Je les verrai tous. Je vois que tous les hommes sont sur la terrasse. C'est qui la fille ?

- Lætitia, la plus jeune.

- Okay. Allons-y Abdoul.

- Je vous laisse faire tous les deux, je retourne à la cuisine, je préparais le déjeuner avec Brigitte et Anne-Sophie, la fille aînée ».

La mère et la fille se trouvaient en effet dans la cuisine, elles les observaient à travers la moustiquaire qui ornait la porte ouverte. Romane les rejoignit à l'intérieur.

« - Ils vont commencer par les garçons et Lætitia. Ils vont s'installer derrière. Allez on s'y remet. Même si je pense qu'on mangera un peu plus tard aujourd'hui. »

Le commandant Ambrosini et le capitaine Marchand saluèrent les trois hommes, Lætitia et la petite-fille, Hélène, en arrivant sur la terrasse couverte et se présentèrent. Bertrand Humbert, en bon chef de famille, prit la parole le premier, présenta ses deux enfants et sa petite-fille. Et aussi Philippe, l'ami de longue date qui faisait partie de la famille. Joseph et Abdoul reconnurent ce dernier qu'ils avaient déjà vu à quelques occasions. Bertrand leur demanda s'ils souhaitaient leur parler en même temps ou s'ils préféraient les voir un à un.

« - Si vous n'y voyez pas d'inconvénient, nous aimerions vous parler l'un après l'autre », répondit le commandant.

« - Alors allons-y », Romane nous a installé un coin tranquille derrière la maison.

Bertrand s'était levé à l'arrivée des deux hommes, il leur fit signe de le suivre. Ils traversèrent la terrasse sous les yeux, mi méfiants, mi admiratifs, de la petite Hélène. Ils contournèrent la maison. Le regard du commandant Ambrosini s'arrêta sur un cirée vert à capuche qui finissait de sécher, accroché sur un clou au mur de la maison. Ils s'installèrent sur les trois chaises en bois que Romane avait prises dans la salle à manger. L'arrière de la bâtisse donnait sur une pente montante sur une clairière bordant une petite forêt de pins. Le capitaine Marchand s'imaginait facilement des animaux, biches ou chevreuils, sortir de la forêt à la tombée de la nuit, quel beau spectacle ce devait être. Il était près de midi, le soleil au zénith, les bêtes se protégeaient sûrement de la chaleur, et des hommes aussi, à l'ombre des arbres. Eux se trouvaient à l'ombre d'un parasol, mais Abdoul commençait tout de même à transpirer, des auréoles se formaient déjà aux aisselles et aux plis du tissu de coton de sa chemise hawaïenne. Une idée de sa femme cette chemise à fleurs, elle lui répétait que les couleurs vives lui allaient bien au teint, évidemment. Le capitaine, soulagé de ne pas devoir se prélasser sur la plage, aurait apprécié une grande balade en forêt. La voix de Bertrand Humbert le sortit de ses pensées.

« - Je vous propose quelque chose à boire messieurs ? » Le père de famille n'en oubliait pas les bonnes manières.

« - Non, je vous remercie Monsieur Humbert. Nous allons essayer d'être bref. Que pouvez-vous nous dire ? Avez-vous entendu ou vu quelque chose d'anormal cette nuit ou ce matin ? A quelle heure vous êtes-vous réveillé. Quelles étaient vos relations avec Monsieur Vermer ? Avez-vous une idée de qui aurait pu souhaiter la mort de votre voisin ? Enfin, dites-nous tout ce qui vous vient à l'esprit, tout ce dont vous vous souvenez. Si un évènement inhabituel s'est produit ces jours-ci par exemple. »

Le commandant Ambrosini avait énuméré volontairement plusieurs questions à la suite. Il souhaitait déstabiliser cet homme qui lui semblait fort comme un roc, à la tête d'une grande famille. Celui-ci pensa effectivement que le commandant était direct, mais il ne s'en offensa pas, il pouvait comprendre, le policier portait sur ses épaules un meurtre à élucider. Assis tous les trois autour de la petite table, Bertrand répondit calmement aux questions. Il s'était réveillé aux cris de Madame Vermer. Il avait d'abord pensé à une bête, comme tout le monde au Dahut apparemment, avant de comprendre qu'il se passait quelque chose de grave. Il n'avait jamais eu de problème avec Lucien Vermer. Il ne parvenait pas à se convaincre que quelqu'un du Hameau, ait pu commettre un tel acte. Ses voisins, ils les connaissaient depuis des années, ce ne sont pas des assassins.

Bertrand Humbert quitta sa chaise, debout, les deux mains dans les poches de son pantalon de randonnée kaki, il se tourna vers les bois un peu plus haut.

« - Quelqu'un a très bien pu venir d'un hameau voisin, celui du dessus, en passant par les chemins de terre, ou à travers bois. » Il se tourna en direction de la maison de Lucien Vermer qu'il ne voyait pas de là où il se trouvait. Il fit un signe de tête vers le bas, « Ou alors celui d'en dessous, un sentier de randonnée relit chaque hameau depuis le bourg dans la vallée, jusqu'au col en haut. »

Il faisait maintenant des gestes de ses bras pour indiquer les directions.

« - Ça doit être un rôdeur. Cela ne peut être qu'un rôdeur, un inconnu au Dahut.

- Pourquoi un inconnu ? » Demanda le capitaine Marchand.

« - Parce qu'il est impossible que les personnes qui se trouvent au Dahut Perdu aient pu tuer un homme, un des nôtres qui plus est. Je connais tout le monde ici, ce ne sont pas des assassins. »

Il avait l'air visiblement très affecté par la mort de Lucien Vermer.

« - Mais alors pour quelle raison un inconnu, un rôdeur comme vous dites, aurait tué Monsieur Vermer ? Monsieur Humbert, il y a toujours un mobile. Un rôdeur pourrait tuer pour voler. Mais rien n'a disparu, ni chez les Vermer, ni ailleurs à priori. Alors pourquoi ? Je pense que quelqu'un lui en voulait pour une raison ou pour une autre. » Le capitaine Marchand crut mettre fin à la discussion par cette affirmation.

Mais le commandant Ambrosini ajouta une dernière question.

« - Avez-vous entendu votre épouse se lever cette nuit ou ce matin avant les appels de Madame Vermer ?

- Non, je m'étais couché tard hier soir avec la venue des jeunes, et j'ai dormi d'un sommeil profond. Et puis, vous savez, elle prend des cachets pour dormir alors... Elle se lève rarement la nuit. Elle s'est réveillée après moi ce matin, lorsque je me suis levé pour aller voir ce qu'il se passait dehors.

- Merci Monsieur Humbert, » finit le commandant.

Bertrand Humbert se retira et marcha lentement en direction de la terrasse.

Les autres conversations des deux policiers avec Jérôme, Lætitia et Philippe n'avaient pas été plus fructueuses. Jérôme Humbert, le fils aîné, n'avait rien entendu, il s'était réveillé une fois dans la nuit car Hélène, sa fille, s'était levée pour aller au toilette, vers trois heures, puis il s'était rendormi jusqu'au matin. Il avait entendu Romane ouvrir le volet qui grinçait toujours un peu. Sa chambre se trouvait juste à côté de celle de Romane et Philippe. Il s'était demandé ce qu'elle allait faire dehors avec ce déluge. Il n'avait même pas entendu les appels de Madame Vermer.

« - J'ai cru comprendre que, de votre fratrie, vous êtes celui qui vient le plus souvent au Dahut Perdu », la voix du commandant se faisait plus basse. D'un signe de tête, il invita Jérôme à répondre à cette question qui n'en était pas une.

« - C'est cela, en effet. Ma plus jeune sœur, Lætitia, vit à Paris et la grande, Anne-Sophie, à Cannes. Je suis celui qui habite le plus près, et le seul à aimer la montagne aussi, il tourna la tête vers les hauteurs baignées de soleil. J'habite à une heure de route, je viens de temps en temps le week-end pour faire de la randonnée. Disons deux week-end par mois. Et je passe la plupart de mes congés ici aussi.

- Vous connaissez donc bien tout le monde ici.

- Oui. Enfin, bon, je les connais depuis longtemps, effectivement, mais connaître est un bien grand mot. Je ne suis pas très, comment dire, ce n'est pas vraiment mon truc de discuter avec les voisins. Je pars souvent en randonnée à la journée. Alors…

- Que pensez-vous de Monsieur Vermer ?

- Ce que j'en pense ? Pas grand-chose. C'est un homme pas super sympa, plutôt bourru, mais pas méchant non plus je pense. Un voisin du Dahut comme les autres, c'est tout. »

Le commandant se faisait la réflexion que Jérôme parlait de Vermer au présent, il n'avait pas encore assimilé la mort de l'homme. A première vue, ce n'était pas lui le meurtrier, ou alors il était très malin. Cet homme, aux allures d'adolescent avec un tee-shirt licence et une casquette vissée sur la tête malgré le parasol, l'intriguait. Sous ses airs faussement décontractés, il décelait un être angoissé, nerveux.

« - Avez-vous eu vent de problèmes qu'il aurait eu avec quelqu'un ?

- Lucien ? Des problèmes avec quelqu'un ? » Jérôme se mit à rire malgré lui. « Lucien n'était pas sympa, je vous l'ai dit. Donc oui il a eu des problèmes avec presque tout le monde ici. Mais c'est des problèmes de cons, des disputes de voisins qui n'ont rien d'autre à foutre. C'est jamais rien de grave.

- Vous avez eu des différents avec lui, vous ?

- Moi ? Non. Parce que je m'en fous. Il râle quand les enfants vont sur son terrain. Il faisait déjà ça quand on était gamins mes sœurs et moi. Il n'a pas changé, il continue avec ma fille parfois et avec les enfants de Nicolas et Marine. Mais on ne va pas se prendre la tête pour ça. On fait avec, ce n'est pas grave. Je suis plutôt cool.

- Et votre père ? S'est-il déjà disputé avec lui ?

- Mon père ? Ah ça non. D'ailleurs je crois que c'est le seul parmi les habitants du hameau. Mon père est quelqu'un de gentil, il laisse couler. Et puis il s'en fout aussi.

- Je vous remercie. » Le commandant mit fin ainsi à l'échange.

Les conversations suivantes avec Lætitia, la fille qui venait de Paris, et Philippe le mari de Romane, ne donnèrent rien de plus. Lætitia ne venait plus en vacances au Dahut depuis ses dix-huit ans, elle n'aimait pas la montagne, c'était une citadine et ne connaissait pas trop les gens. Elle confirma les dire de son frère quant au caractère de Monsieur Vermer.

Philippe, lui, passait une à deux semaines de vacances par an chez les Humbert, mais ils partaient souvent randonner à la journée, parfois même sur deux jours pour bivouaquer et ne connaissait pas très bien les voisins du hameau. Ce matin il avait été réveillé par le grincement du volet lorsque Romane l'avait ouvert pour sortir sous la pluie.

*

Le commandant Ambrosini discutait avec Romane, devant la maison des Humbert. Il l'informait que lui et Abdoul partaient rejoindre le reste de l'équipe au commissariat du Bourg. Ils reviendraient en milieu d'après-midi pour voir Madame Humbert, sa fille Anne-Sophie, et le couple Martin, Armand et Fernande Martin. Au même moment, le capitaine Marchand s'approcha de Jérôme et de sa fille, Hélène, maintenant sur le bord de la rue. Visiblement le père réparait la trottinette de la gamine.

« - Tu vas vite avec cet engin ? » Lui demanda-t-il avec un sourire franc.

« - Ça dépend. Si ça descend oui, si ça monte non », lui répondit la gamine.

Le capitaine se demanda un instant, si elle se moquait de lui, le ton de sa voix lui avait semblé ironique. L'approche n'était visiblement pas un succès.

« - Ha... Je demandais ça juste parce que mon fils, qui a dix ans, en a une semblable. C'est exactement la même, et il dit qu'elle ne va pas assez vite », le capitaine feint l'indifférence et tourna le dos à la gamine, s'éloignant déjà d'elle.

« - Attendez, c'est peut-être parce qu'il faut huiler les roues. Si on ne le fait pas, à force, ça accroche et ça freine quand on veut accélérer. Du coup, on va moins vite. Il suffit d'observer et d'écouter le bruit que fait la trottinette. Il a mis de l'huile ? Ou de la graisse ?

- Heu, non je ne crois pas. Ha… Tu sais, mon fils n'est pas très débrouillard. A mon avis il n'y a pas pensé.

- Vous n'y avez pas pensé non plus », lui fit remarquer la petite femme du haut de ses neuf ans, sous le regard amusé de son père.

« - C'est vrai. Tu as raison. Je ne suis pas très débrouillard moi non plus. Toi, en revanche tu m'as l'air d'être très perspicace et observatrice, n'est-ce pas ?

- Il me semble que oui », répondit fièrement la fillette.

« - Sais-tu qu'il s'est passé quelque chose de grave ce matin ici au Dahut Perdu ?

- Oui je sais. Lucif… Heu… Pardon. Lucien est mort », elle regarda son père qui l'encouragea à poursuivre. « Et comme il y a beaucoup de policiers depuis ce matin, bah j'ai compris qu'il a été tué. Et mon père me l'a confirmé.

- C'est cela. Il a été tué.

- Comment ?

- Quoi comment ?

- Bah… Je veux dire. Il a été tué comment ? Empoisonné ? Poignardé ? Avec un pistolet muni d'un silencieux ? Un coup de bûche sur la tête ?

- Ha … Et bien, ça je ne peux pas te le dire pour l'instant. Mais pourquoi cela t'intéresse ?

- Bah j'aime bien lire des romans policiers jeunesse. Ce sont des enquêtes policières menées par de enfants. Et la plupart du temps j'arrive résoudre les énigmes et trouver le ou les coupables.

- Ah ! Hé bien bravo à toi. Alors si tu veux bien m'aider à mener notre enquête, tu peux le faire.

- Ah bon ? Mais… Comment ? » Fit-elle, soudain intéressée.

« - Hé bien… Pour commencer. Tu pourrais me dire si tu as entendu quelque chose d'inhabituel hier soir, cette nuit ou ce matin.

- Non, je n'ai rien entendu d'inhabituel.

- T'es-tu réveillée cette nuit ?

- Non. Hum. Ah oui, une fois pour aller au petit coin.

- Sais-tu l'heure qu'il était ?

- Non je n'ai pas regardé.

- Et ce matin tu t'es réveillée à quelle heure.

- Je ne sais pas, j'ai entendu parler dans la maison, quand je me suis levée tout le monde était debout. Tout le monde avait l'air inquiet.

- Je suppose que tu connaissais monsieur Vermer.

- Oui.

- Et ?

- Et quoi ?

- Comment le trouvais-tu ce monsieur.

- Bah, il n'est pas très gentil, quand on allait sur son terrain. Sinon ça allait il n'était pas méchant je crois. Et puis on ne dit pas du mal des morts », dit-elle flegmatique.

« - Bien, bien, je te remercie pour ton aide, si quelque chose te revient n'hésite pas à me le faire savoir, des agents vont rester au Hameau, tu peux les interpeler pour leur dire que tu veux me parler. D'accord ? Un grand merci pour ton aide.

- Je ne vous ai pas beaucoup aidé.

- Oh si ! Pour la trottinette », l'homme lui fit un clin d'œil et la quitta après un signe de tête à Jérôme qui s'affairait sur l'engin à roulette tout en suivant la conversation d'une oreille plus qu'attentive.

*

Au commissariat du Bourg, les agents s'étaient réunis dans la salle de réunion. Enfin, s'il était concevable d'appeler cette petite pièce une "salle de réunion". Cet endroit aux allures de cagibi tenait lieu, tour à tour, de salle de repos et de cuisine. Le commandant Ambrosini les avait convoqués afin de faire un premier point sur cette affaire qui allait leur flinguer leur week-end. Le commandant Ambrosini et son capitaine s'étaient arrêtés pour avaler rapidement un steak et des frites au Bourg avant la réunion. La cafetière électrique sifflait dans la petite pièce, Marchand prit le temps de servir tout le monde avant de commencer. Les trois policiers arrivés les premiers sur les lieux étaient présents, ainsi que deux hommes et une femme de l'équipe du commandant qui étaient venus de Grenoble, chacun un ordinateur portable ouvert devant les yeux. Le commandant avait demandé à Marchand de prendre la parole.

« - Lucien Vermer, soixante-huit ans, mort entre cinq et sept heures ce matin. Une plaie dans le cou coté gauche, certainement un objet coupant circulaire. Lucien Vermer était marié à Francine. Un fils, Laurent Vermer, quarante-neuf ans. Le fils n'adresse plus la parole à son père depuis environ vingt-cinq ans et n'est plus venu voir ses parents au Dahut Perdu depuis. On ne connaît pas la raison. L'épouse dit ignorer le fin mot de l'histoire. Le fils est resté évasif ce matin. Il faudra qu'il parle. Il habite à trois heures et demi de route du Dahut Perdu. Mais ce matin, il dit qu'il se trouvait, par hasard, dans le coin. Il passait son grand week-end chez des amis dans la vallée. Il dit avoir appris le décès de son père ce matin, par téléphone, par la police. Dans le hameau, jusqu'ici, personne n'a rien vu, rien entendu. C'est l'épouse qui a trouvé son mari mort sur un fauteuil de jardin, sous la pluie battante, ce matin lorsqu'elle s'est réveillée. Elle a crié, appelé à l'aide. Romane Bélino, commandant de police, en congé estival, se trouvant en vacances au hameau a entendu ses cris. Elle est arrivée la première sur la scène de crime, les autres voisins ont suivi, alertés par les cris. Pour l'instant, nous n'avons aucun suspect et aucun mobile. L'arme du crime n'a pas été retrouvée sur les lieux, rien sur la terrasse à part un mégot de cigarette. Résultat ADN d'ici un à deux jours, mais il y a fort à penser que l'ADN sera celui de la victime, selon son épouse, il avait pour habitude de fumer une cigarette le matin au réveil. Nous aurons les résultats de l'autopsie ce soir vers vingt-trois heures. Malheureusement, aucune trace de pas, aucune empreinte, s'il en existait, la pluie diluvienne de la fin de nuit a tout effacé, impossible de trouver quoi que ce soit dans toutes ces flaques de boue mêlée de sang. Trois unités ont été déployées dans le hameau et alentour pour rechercher des indices ou un objet susceptible de correspondre à l'arme utilisée. La carotide a été transpercée. On continue à investiguer auprès du voisinage. L'homme, Lucien Vermer, n'avait pas la réputation d'être quelqu'un d'aimable. Il peut donc avoir des ennemis. Mais jusqu'à présent, les conflits ne sont que le l'ordre du voisinage. Pour l'instant, nous n'avons trouvé aucune histoire plus sérieuse. Mais nous savons tous que l'on peut tuer pour pas grand-chose quelquefois. Alors on creuse encore. Je veux tout savoir sur chacune des personnes se trouvant au Dahut Perdu les huit derniers jours. Avec le fils Vermer, et les trois enfants, ils sont vingt en tout. Vous avez les noms de chacun et chacune. Au travail, on a du pain sur la planche. »

Le capitaine Marchand aimait les expressions toutes faites et les vieux adages. Il rassembla ses maigres notes et se tourna vers le commandant.

« - On y retourne, il nous reste à voir Brigitte Humbert, la mère, et Anne-Sophie Humbert, la fille aînée, le couple Martin et le mari Jardinier », il inspira profondément. « Et Romane également bien sûr. »

*

La famille Humbert avait décidé de se retirer à l'intérieur pour le déjeuner, non pas que la chaleur de la mi-journée les dérangeait. Mais plus certainement parce que leur terrasse avait une vue plongeante sur la maison des Vermer. Vue à laquelle chacun préférait se soustraire. Ils n'avaient pas encore commencé à manger, ils attendaient le retour de Romane. Celle-ci s'était affairée à préparer deux parts de lasagnes pour Francine et son fils Laurent, elle était ensuite descendue leur apporter.

Romane frappa à la porte semi-ouverte gardée par deux agents de police du Bourg. Aucun des deux n'osa lui demander si quelqu'un lui avait donné son accord pour venir dans cette maison, ils avaient entendu parler les liens qui unissaient les deux commandants.

« - Entrez ! »

La voix de Laurent ressemblait étrangement à celle de son père. Une voix grave et tourmentée, se dit Romane. Une voix sur la défensive, mais n'était-ce pas normal après ce qui s'était passé ce matin ? Romane entra et se trouva face à un grand brun aux yeux bleus perçants, d'une corpulence athlétique. Le quadragénaire portait une chemise en coton froissé de couleur beige sur un pantalon en lin gris anthracite. Celui-ci tombait négligemment sur des mocassins d'une couleur qui rappelait sa chemise.

« - Je suis Romane, je loge chez les Humbert, je suppose que vous êtes Laurent. Je vous présente mes condoléances, je suis sincèrement désolée pour votre papa... Je me suis permise de vous apporter quelque chose à manger.

- Merci… Oui je sais qui vous êtes, ma mère m'a souvent parlé de vous.

- Je ne veux pas vous déranger, je ne m'attarde pas. Tenez », elle lui tendit une assiette, emballée dans de l'aluminium. « C'est encore chaud... Comment va votre maman ?

- Entrez un instant, venez la voir, elle vient de se réveiller. Les cachets l'ont assommée elle a dormi un bon moment », il la débarrassa de l'assiette et l'invita à entrer dans le salon.

« - Maman, c'est Romane. Elle nous apporte quelque chose à manger. »

La désormais veuve se trouvait sur son canapé, on eut dit qu'elle avait vieilli de dix ans en quelques heures. Elle leva son visage marqué et ses yeux rougis croisèrent ceux de Romane qui vint s'asseoir près d'elle. Elles se prirent les mains, Francine posa sa tête sur l'épaule de Romane et versa encore quelques larmes avant de se reprendre subitement.

« - Qu'est-ce qui s'est passé Romane ? Qui a fait ça ?

- Je ne sais pas Francine. Je suis désolée. Mais l'enquête a commencé et toute l'équipe de la police travaille sur cette affaire », elle faillit continuer à parler pour tenter de la rassurer, lui dire qu'ils allaient trouver le coupable, qu'il serait arrêté, mais stoppa son élan. Elle ne voulait pas prendre le risque de lui donner de faux espoirs. Elle savait qu'ils disposaient de très peu d'éléments, aucune preuve matérielle, aucun suspect à appréhender. Et le mobile… quel mobile ?

Elles restèrent dans cette position, sans parler, un long moment. Romane observait cette maison de l'intérieur pour la première fois. Il semblait qu'ici le temps s'était arrêté depuis au moins vingt-cinq ans. Tout était vieux, jusqu'aux rideaux qui avaient dû être blancs à une autre époque. Ils n'étaient pas sales, non, juste vieux et jaunis par le temps. La tristesse se respirait à plein nez. Mais cette tristesse était-elle récente ? Depuis la mort de Lucien ? Ou était-elle installée depuis bien plus longtemps ? Romane penchait pour cette deuxième hypothèse. Elle se demanda ce qui pouvait lui provoquer ce sentiment. Mais elle finit par se dire que ce n'était pas si surprenant que cela. Comment des parents pouvaient-ils être heureux alors qu'ils étaient fâchés avec leur propre fils depuis plus de deux décennies ? Leur fils unique , qui plus est. Se sentant observée, elle fit pivoter sa tête sur le côté. Laurent, le fameux fils, se trouvait dans l'embrasure de la porte, il les regardait en silence. Lorsque leurs regards se croisèrent il détourna les yeux. Romane s'adressa doucement à Francine.

« - Francine, je vais vous laisser avec votre fils. Essayez de manger un peu s'il vous plaît. »

Elle serra la main de Francine dans les siennes et se leva, se tournant vers Laurent. Celui-ci s'effaça pour la laisser passer.

« - Je vous raccompagne », lui dit-il en la suivant jusqu'à la porte.

Une fois dehors elle se retourna pour faire face à Laurent.

« - Je vous remercie de m'avoir laissée entrer un instant.

- Je vous en prie, je sais que ma mère vous apprécie. »

Romane lui tourna le dos fit un pas pour s'éloigner et se ravisa. Elle s'arrêta, le regarda à nouveau.

« - Excusez-moi. Tout à l'heure, vous m'avez dit que votre maman vous avait souvent parlé de moi.

- Oui.

- J'avais cru comprendre que vous n'étiez plus en contact avec vos parents depuis de nombreuses années... » Elle pencha la tête sur le côté en signe d'incompréhension.

Laurent baissa les yeux. Ses épaules se voûtèrent subrepticement. Il releva la tête et le buste certainement sans en avoir conscience.

« - Je ne parlais plus à mon père, c'est vrai. Mais je n'ai jamais vraiment rompu le contact avec ma mère. Elle n'y est pour rien. Alors, de temps en temps, on se téléphone. Et quand je viens dans le coin, elle descend parfois me rejoindre dans la vallée, au bourg, pour passer un moment avec moi. Mon père ne l'a jamais su naturellement. »

Romane brûlait d'en savoir plus sur la raison qui avait séparé à jamais un père et son fils, mais elle ne s'accorda pas le droit de poser la moindre question. Ce n'était pas son enquête. Elle faisait même partie des témoins potentiels. Mais témoin de quoi ? Personne n'avait rien vu. Elle se contenta de répondre de façon laconique.

« - Je comprends. Merci. Si vous avez besoin de quelque chose… »

Il hocha la tête en signe de remerciement. Romane franchit le petit portail en bois et remonta rapidement la pente.

*

Le commandant Ambrosini laissait son regard divaguer, la tête penchée vers la fenêtre ouverte sur sa droite. Il profitait du léger vent que provoquait la vitesse de la voiture, malheureusement même le vent était chaud. Ils sortaient à peine du Bourg et les virages commençaient déjà à rythmer les mouvements du véhicule conduit habilement par le capitaine Marchand. Tous deux gardaient le silence. Joseph se laissait bercer par la voiture et profiterait peut-être d'une vingtaine de minutes de sieste avant d'arriver au Dahut Perdu.

Abdoul, lui, essayait de construire mentalement le puzzle qui s'amorçait dans cette enquête. Il fonctionnait comme ça, les puzzles, ça le connaissait, avec ses trois enfants il en avait assemblé des centaines. Pour lui, les enquêtes se présentaient de la même manière, des pièces de puzzle qu'il fallait emboîter les unes avec les autres pour découvrir le résultat final, la résolution de l'enquête, à l'instar d'une image de Marvel. Vraiment, ça l'embêtait, pas d'histoire de sexe, pas d'histoire d'argent, le nerf de la guerre. Forcément quelque chose dans le genre allait ressortir à un moment ou à un autre. Et pourtant, avec son expérience, il savait bien que l'être humain était capable de tuer pour bien moins que ça, pour un phare abîmé ou un regard de travers. Il voulut faire part de ses pensées à son supérieur, mais se rendit compte que celui-ci voguait désormais dans un autre monde, dans les bras de Morphée.

Lorsqu'ils arrivèrent au hameau, il n'y avait pas âme qui vive à l'extérieur, il stoppa à l'entrée de la ruelle, il bloquait le passage, mais qu'importe. Ambrosini ouvrit les yeux instantanément à l'arrêt de la 308 anthracite. Les deux collègues se regardèrent, sans parler ils hochèrent la tête et ouvrirent les portières. Ils marchaient lentement dans la ruelle vers la maison de Fernande et Armand Martin. Le capitaine Marchand observait au passage des escargots qui traînaient leur bave dans l'herbe sur le côté de la rue, la pluie matinale les avaient fait sortir de leur trou. Joseph le tira de cette pensée furtive.

« - Armand et Fernande Martin, la première maison sur notre gauche. Des anciens », annonça le commandant.

Ils montèrent la douzaine de marches qui menait à la porte d'entrée qui était fermée, le commandant ouvrait la marche. Il frappa trois coups à la porte en bois datant d'un bon demi-siècle. Ils durent attendre une bonne minute avant de la voir s'ouvrir doucement. Fernande Martin apparut dans l'encadrement de la porte.

« - Oh ! Excusez-moi messieurs, j'ai été un peu longue, à mon âge on ne se déplace plus aussi vite qu'à vingt ans. »

La petite dame mesurait tout au plus un mètre quarante-cinq, la couleur de ses cheveux courts était difficilement définissable. Un gris bleuté qui passait à l'argenté au fur et à mesure de ses mouvements et du reflet du soleil. Elle portait un pantalon leggings noir qui lui faisait des jambes très fines, en contraste avec son buste et une poitrine plutôt imposante sous un chemisier fleuri à manches courtes. Un collier de perles blanches ornait son cou désormais marqué par les signes de la vieillesse. Malgré son âge, ses yeux vifs passaient rapidement de l'un à l'autre, elle dévisageait les deux policiers. Le commandant fit les présentations et demanda à Fernande Martin si elle et son mari accepteraient de discuter avec lui et son collègue quelques instants.

« - Hé bien, oui oui bien entendu, entrez donc, je manque à mes obligations, excusez-moi encore. Suivez-moi. »

Elle se tourna et se dirigea vers l'intérieur de la maison.

« - Armand ! Armand ! Deux messieurs de la police voudraient discuter avec nous un moment, je les fais entrer. »

Ils traversèrent un couloir long de deux ou trois mètres avant d'arriver dans un salon. Armand Martin était assis sur un vieux canapé en velours donnant du relief à des grosses fleurs dans les tons bordeaux sur fond brun. Un canapé qui affichait manifestement un grand âge lui aussi, mais fort bien entretenu. Visiblement, l'appel de son épouse le réveillait à l'instant. Il se frottait les yeux avec son poing droit et ne put retenir un léger bâillement. Cet homme de taille moyenne à l'embonpoint joyeux, massait son ventre proéminent qui dépassait de sa chemise à carreaux. Un bon vivant aux cheveux éparses d'un blanc éclatant. Lorsqu'il réalisa qu'il se trouvait en présence de policiers, Armand se leva prestement pour les saluer cordialement.

« - Bonjour Messieurs, je m'étais assoupis, installez-vous », il leur désigna les chaises autour de la table rectangulaire qui trônait au milieu de la pièce. Puis il se tourna vers son épouse.

« - Tu nous apportes du café Fernande s'il te plaît, je crois que ces messieurs vont en avoir besoin. »

La femme d'intérieur s'exécuta. Le capitaine Marchand lui proposa son aide et la suivit dans la cuisine sans attendre sa réponse. Il la complimenta sur la tenue de sa cuisine, cette pièce étant visiblement son domaine. Fernande apprécia l'amabilité et la serviabilité de ce jeune homme.

L'entretien dura plus d'une heure. Armand se montra volubile. Bien évidemment, lui et sa femme n'avaient rien entendu et s'étaient réveillés en entendant "tout ce raffut" dans leur hameau habituellement très calme. Ils connaissaient très bien le couple Vermer qui était arrivé au moins trente-cinq ans plus tôt. Eux, ils habitaient dans cette maison depuis 1970, des gens du cru. "*On est chez nous ici*". Bien sûr, ils n'avaient aucun problème avec Lucien Vermer, et n'avaient aucune idée de qui avait pu commettre ce crime ignoble.

« - Bon, hé bien, nous vous remercions monsieur et madame Martin. Si quelque chose vous revient n'hésitez pas à nous en faire part. Si vous vous souvenez d'un évènement inhabituel, même s'il vous semble anodin, appelez-nous », finit le commandant.

Le commandant se leva, imité par le capitaine Marchand. Le couple Martin les raccompagna jusqu'à la porte d'entrée. Lorsque les deux policiers furent sortis de la maison. Le couple garda le silence un instant. Fernande suivit son mari dans la cuisine, celui-ci jeta un œil par la fenêtre pour s'assurer que les deux hommes s'éloignaient bien de leur maison. Il se retourna vers sa femme qui l'interrogea du regard.

« - Quoi ? Qu'est-ce qu'il y a ? » Aboya l'homme.

« - Tu sais bien. Pourquoi tu n'as pas raconté que vous aviez eu une dispute dans le passé ? Si les voisins leur racontent ça vous nous retomber dessus.

- Pour une histoire de Génépi ? Tu penses ! Qu'est-ce qu'ils en ont à faire. Et puis c'est tellement vieux. Il secoua la tête… Non, ne t'inquiète pas, personne n'en parlera.

- Comment peux-tu en être si sûr ?

- Réfléchis une seconde bon Dieu. Pour commencer, ça date d'il y a tellement longtemps. Et puis, pour finir, tout le monde ici a eu des histoires avec lui. Chacun tiendra sa langue.

- Qu'est ce qui te fait croire ça ?

- Parce que chacun de nous a peur qu'un autre le balance.

- C'est-à-dire ?

- Mais tu ne comprends rien ! Par exemple, si Nicolas raconte ma dispute avec Lucien, et bien moi je raconterai sa belle engueulade de la semaine dernière. Si Claude parle de Marcel et de son histoire de grillage, hé bien Marcel balancera le fait que Claude s'en était pris à Lucien qui draguait Catherine. Ex cetera. Et puis… On est une grande famille au Dahut Perdu, personne ne dira rien. Ils n'ont qu'à le chercher ailleurs leur coupable. On n'est pas des assassins chez nous au Dahut.

- Mais Armand ! Tu ne peux pas être sûr que personne n'a pas déjà raconté ton histoire de Génépi avec Lucien.

- Ils ont déjà vu presque tout le monde, je le sais, je les ai observés par la fenêtre. Si quelqu'un leur en avait parlé, les deux policiers nous l'auraient dit. Ils auraient dit un truc du genre : "monsieur Martin nous savons que vous avez eu un différend avec lui par le passé veuillez nous expliquer votre version". Et voilà. Mais ils n'ont rien dit du tout, donc ils ne savent rien. Et puis franchement, cette histoire, ça frise le ridicule, ils ne vont pas s'attarder là-dessus.

- Si tu le penses vraiment... » Répondit Fernande pensive, elle ne semblait pas totalement convaincue.

A peine sortis de la maison, arrivés en bas des escaliers, les deux hommes se tournèrent l'un vers l'autre.

« - Je suis sûre que Madame nous cache quelque chose », commença le commandant Ambrosini.

« - Oui, cela me paraît évident, et certainement lui aussi, mais il a su faire bonne figure, contrairement à son épouse.

Cela n'a peut-être rien à voir avec notre affaire mais il faudra tout de même les faire parler. »

Une ombre passa, le deux coéquipiers levèrent la tête simultanément. Un oiseau noir volait bas dans le ciel bleu sans nuage.

« - Ha ces corbeaux, il y en a vraiment partout », dit Abdoul, en secouant la tête.

« - C'est un Chocard à bec jaune », affirma Joseph, sûr de lui, la tête haute.

Le capitaine écarquilla les yeux, il fut, une fois de plus, impressionné par l'érudition de son chef. L'étonnement de son comparse n'échappa pas à Joseph, un léger sourire en coin se dessina sur son visage. Ils se dirigèrent vers la maison juste en face, de l'autre côté de la petite rue. L'habitation de Marine et Nicolas Jardinier et leurs deux enfants.

Derrière la fenêtre, Nicolas guettait les va-et-vient des policiers depuis le début de la journée. Il n'avait quitté son poste d'observation que pour ses besoins naturels, ne s'était occupé de rien d'autre depuis le matin. Au grand dam de Marine et des enfants qui l'avaient sollicité à plusieurs reprises sans succès.

« - Ça y est, ils arrivent, c'est pour moi cette fois », dit-il à sa jeune épouse.

« - Mais c'est normal Nico, tu croyais vraiment qu'ils allaient voir tout le monde au Hameau sauf toi ? Arrête de te stresser pour rien, tu nous fais passer une journée de merde, aux enfants et à moi aussi ! »

Les deux enfants se tenaient dans l'embrasure de la porte de la cuisine. Le garçon, l'aîné, entourait sa petite sœur de son bras droit, la main sur son épaule. L'inquiétude se lisait sur leurs visages. Non seulement, ils savaient que Lucien Vermer était mort. Mais ils avaient également compris qu'il avait été assassiné, ce qui les mettait en situation de danger, un meurtrier n'était peut-être pas loin. Et pour couronner le tout, leur père se montrait extrêmement nerveux et irritable depuis leur réveil. Maman essayait tant bien que mal de le calmer sans y parvenir. Leur père suivit le regard de sa mère, il vit leurs enfants.

« - Montez dans votre chambre et ne redescendez pas avant que je vous le dise », aboya-t-il, lui qui était si doux habituellement.

« - Mais papa... » tenta le plus grand.

« - Ne discute pas », il haussa le ton encore un peu plus.

Marine sourit à ses enfants et s'approcha d'eux.

« - Venez mes loulous », elle ébouriffa leurs cheveux roux de ses mains en un geste d'amour et les emmena au bout du couloir, dans la chambre du garçon.

Les coups frappés à la porte d'entrée firent sursauter Nicolas, bien qu'il s'attendait évidemment ce bruit familier. Il lui semblait que ces trois coups venaient heurter l'intérieur de sa boite crânienne. Il souffla et secoua la tête pour tenter de retrouver son calme. Il ouvrit la porte sur les deux policiers qu'il avait réussi à éviter le matin même.

« - Bonjour monsieur Jardiner, commandant Ambrosini et voici le capitaine Marchand. Pouvons-nous entrer un instant ? » Le commandant avait montré furtivement sa carte au trentenaire au cheveux plutôt longs qui se trouvait dans l'encadrement de la porte.

« - Bonjour. Heu... Oui bien sûr », hésitant, il tenta de sourire afin de paraître détendu face aux policiers. Il se décala et laissa les deux hommes de loi entrer dans sa maison.

Il portait un bermuda imprimé camouflage de couleur kaki, un tee-shirt rouge à l'effigie du Che Guevara et des tongs aux pieds, des tongs en cuir, de fabrication artisanale visiblement. Un silence de mort régnait dans la maison qui semblait vide. Pas habituel pour un endroit où vivaient deux enfants. Ils s'installèrent autour de la table de la cuisine. L'hôte ne leur proposa pas de café, ni rien d'autre à boire. Il avait d'autres chats à fouetter. Face au commandant et au capitaine, la petite table les séparant, Nicolas ressentait l'ambiance d'un véritable interrogatoire, il ne manquant plus qu'une caméra, se disait-il intérieurement. Assis, Ambrosini se pencha en avant vers lui au-dessus de la table et lui parla d'un ton sec.

« - Monsieur Jardinier, vous savez que votre voisin, Monsieur Vermer, a été retrouvé mort tôt ce matin. Avez-vous vu ou entendu quelque chose d'anormal dans la nuit ou ce matin ?

- Non.

- Que faisiez-vous ce matin entre cinq heures et sept heures ?

- Je dormais.

- A quelle heure vous êtes-vous réveillé ?

- Vers sept heures, sept heures et demi, je ne sais pas exactement, quand on a entendu les voitures de fli… De police arriver.

- Connaissez-vous des ennemis à Monsieur Vermer ou à son épouse ?

- Bah à peu près tout le monde » il tenta un sourire avorté, « mais bon, pas au point de le tuer si c'est ce que vous voulez savoir. »

Nicolas parlait doucement, de manière détachée. Cependant, ses mains en disaient long sur son état psychologique. Il ne cessait de se frotter une main contre l'autre compulsivement, et se grattait le bras énergiquement de façon régulière. Il s'agitait tel un lapin prit au piège dans les phares d'une voiture.

« - Que voulez-vous dire par là ?

- Bah on a déjà dû le vous dire... Lucien n'était pas très sympathique, toujours à chercher des noises pour un oui pour un non.

- C'est-à-dire ?

- Comment ça c'est-à-dire ? » Nicolas commençait à se mettre inconsciemment sur la défensive. Son front perlait, des gouttes de sueurs coulaient sur ses tempes. Il se leva et dans un geste instinctif, alla ouvrir la fenêtre, impression de suffoquer, il lui fallait de l'air. Malheureusement pour lui, il faisait encore plus chaud à l'extérieur, et ce n'est qu'un souffle étouffant qui entra dans cette cuisine pourtant à la température plus qu'acceptable en ce temps de canicule. Il revint s'asseoir sous les yeux des deux hommes. Le capitaine Marchand n'avait pas encore dit un mot. Il prit la parole pour la première fois, sur un ton extrêmement bienveillant. Le gentil flic, pensa ironiquement Nicolas Jardinier.

« - Monsieur Jardinier, vous ne vous sentez pas bien ? Buvez un verre d'eau, cela vous fera du bien, hydratez-vous.

- Non, non, c'est bon, ça va aller. » Il se releva pour refermer la fenêtre et retourna à sa place, visiblement agité.

« - Respirez. Prenez votre temps Monsieur Jardinier. Mais si vous avez des choses à nous raconter, il faut le faire. Quand le commandant Ambrosini vous a demandé si vous connaissiez des ennemis à Monsieur Vermer, vous avez répondu "Tout le monde". Qu'entendez-vous par là ?

- Non, pas des ennemis, le terme est un peu trop fort. Je veux seulement dire qu'ils n'avaient pas vraiment d'amis. C'était un mec pas du tout sympa, je ne sais pas si je l'ai déjà vu sourire. Et il cherche toujours des histoires à tout le monde pour rien. Je ne sais pas comment expliquer, on aurait dit qu'il en voulait à tout le monde, alors qu'on lui a rien fait. »

Ce qui devait être un simple recueil de témoignage prenait des allures d'interrogatoire. Peut-être parce que l'homme se comportait en suspect. Nicolas se mit à se balancer très légèrement, d'avant en arrière. Les deux gradés l'observaient avec attention, et il en était parfaitement conscient. Une mouche se posa sur la table entre les trois hommes. Le temps semblait s'être arrêté ici au Dahut Perdu, Marchand l'invita gentiment à continuer.

« - Afin de nous aider à comprendre, donnez-nous des exemples, Monsieur Jardinier, même un seul. »

Nicolas réfléchissait à une vitesse qu'il n'aurait pas pensé possible. Devait-il parler de son altercation avec Lucien quelques jours auparavant ? Devait-il s'en tenir aux querelles de voisinage que le vieux avait eu avec les autres du hameau. Lequel choisir, il pensait qu'il allait, de ce fait, forcément accabler quelqu'un. Il décida de parler de l'histoire qu'il pensait être la plus ancienne. L'histoire du grillage, ça montrerait bien la connerie de l'homme qui ne veut pas céder un ou deux mètres de son domaine, de son territoire. Les deux hommes de loi voyaient bien qu'il hésitait, ils attendirent patiemment qu'il se décide à parler.

« - Hé bien… Heu... Par exemple, donc. Il y a longtemps…

- Combien de temps ? » Le coupa Ambrosini toujours peu amène. Le méchant flic, pensa Nicolas.

« - Je crois que c'était en 1983 ou 1985, oui c'est ça, c'était en 1985. Les autres vieux, enfin les autres anciens du hameau nous l'ont souvent raconté cette histoire. Mais, enfin bon, c'est ridicule », il se tut un instant.

« - Continuez Monsieur Jardinier », la voix du commandant résonnait dans la pièce pourtant bien remplie.

« - Ça date de l'époque où il a acheté la maison. Je veux dire Lucien Vermer. Il s'est installé avec sa femme et son fils. Son voisin, Marcel, était déjà là, bien avant lui. Bref, apparemment peu de temps après avoir emménagé, il est allé... Sans rien dire à Marcel hein ! Sans lui avoir parlé! Il est allé voir le maire du Bourg dont on dépend, pour déposer une plainte. Alors vous imaginez la tête de Marcel quand il a vu débarquer chez lui les gars de la mairie avec les fli… Heu avec la police...

- De quoi Monsieur Vermer s'était-il plaint ? » Demanda Ambrosini, même s'il connaissait déjà l'histoire, Marcel Perrin lui en avait fait part. Il est toujours intéressant d'entendre les différentes versions, car il y a toujours plusieurs versions...

« - Alors… Il a dit que Marcel avait placé son grillage un ou deux mètres trop loin, c'est-à-dire sur le terrain de Lucien. Parce que, en fait le terrain en friche que vous voyez là... » Il se leva, se dirigea vers la fenêtre et les deux hommes l'imitèrent. Ses gestes accompagnaient sa parole.

« - Donc là, en contrebas, sur la droite c'est la maison de Marcel, et juste à côté sur la gauche, c'est la maison de Lucien. Enfin, ça, vous le savez déjà. Donc, les maisons ne sont pas mitoyennes. Mais, par contre, là, le terrain en friche qui vient jusqu'ici, prés de ma maison, hé bien il appartient aussi à Lucien, enfin à sa femme maintenant. Et donc, en bas, il jouxte le jardin de Marcel. Donc il a dit que Marcel lui avait volé, entre parenthèse, un bout de terrain et il voulait qu'il enlève son grillage et le replace deux mètres en arrière. Et tout ça pour quoi ? Pour laisser ce terrain en friche depuis toutes ces années ! Il n'a jamais rien fait dessus, aucune construction, aucun potager ni verger. Ça sert à quoi ? Enfin, voilà quoi, et ils se sont bien engueulés. Et ils ne se sont plus parlés pendant un certain temps je crois, quelques années il paraît. Marcel n'a jamais supporté d'être traité de voleur, je crois qu'encore aujourd'hui il lui en veut, même si tout le monde croit que tout est rentré dans l'ordre », il regretta sa dernière phrase aussitôt après l'avoir prononcée.

« - Savez-vous comment s'est terminée cette histoire Monsieur Jardinier ? » reprit Marchand. « Je veux dire, qui a eu gain de cause ? Le grillage a-t-il été déplacé? Y a-t-il eu une amande de payée par l'un ou l'autre ?

- Eh bien, il paraît que les gars de la mairie étaient bien emmerdés parce que le cadastre n'était pas clair, la délimitation pas très précise, ça datait de Mathusalem, alors... Et du coup des médiateurs de la mairie ont proposé aux deux parties d'y mettre un peu du sien pour arranger les choses, de couper la poire en deux. Mais Marcel a quand même dû déplacer son grillage qui était en place depuis un bail ! Et donc, ils lui ont demandé de le mettre un mètre vers chez lui. Je pense que les femmes y sont pour beaucoup dans l'acceptation de l'arrangement, elles sont gentilles toutes les deux.

- Nous vous remercions Monsieur Jardinier », le capitaine Marchand se disait qu'ils allaient envoyer quelqu'un à la mairie pour connaître précisément le déroulement de cette histoire de cadastre.

Le commandant, qui observait toujours Nicolas en se montrant stoïque, reprit la parole de manière volontairement insidieuse, l'homme était à point.

« - Et vous ? Monsieur Jardinier?

- Comment ? Quoi moi ?

- Vous dites que tout le monde a eu des problèmes avec Monsieur Vermer. Alors je vous pose la question. Vous... Avez-vous déjà eu à faire, à un moment ou à un autre, aux sautes d'humeur de votre voisin d'en bas ? Récemment ou même un peu plus loin dans le temps ? Même une chose anodine. Vous a-t-il déjà embêté ? Je vois que sur tout le long de la rue son terrain est ouvert, il est seulement délimité du côté du couple Perrin dont vous venez de nous conter l'histoire. Mais pas du côté de la rue, juste à côté de chez vous. »

Nicolas Jardinier rougit, il détourna les yeux, son regard erra un moment de la fenêtre à la table, puis à différents endroits de la cuisine. Il cherchait manifestement quelque chose. Une échappatoire peut-être. Une deuxième mouche avait rejoint la première, dans leur ballet elles se posaient de temps à autre soit sur la table, soit sur les éléments hauts de la cuisine, à la recherche de quelques miettes oubliées. Durant ce moment qui sembla durer une éternité, on entendait les mouches voler effectivement. Toujours pas un bruit dans la maison, le commandant finit, par ironie, par se demander s'il n'avait pas assassiné femme et enfants avant de les enterrer dans le jardin, comme ce fait divers malheureusement célèbre et jamais élucidé. Le lapin apeuré, lui, semblait réfléchir, il avait manifestement quelque chose à raconter, mais ne voulait pas s'y résoudre... Il n'avait plus vraiment le choix.

« - Monsieur Jardinier ? Avez-vous compris ma question ? » La voix du commandant résonna comme si elle était sortie d'un porte-voix.

Nicolas sursauta, ils se tourna vers les hommes, baissa les yeux, regarda sa chaise vide, et s'y laissa quasiment tomber, les épaules basses.

« - Hé bien. Je pense qu'on vous l'a déjà raconté non ? »

Il releva ses yeux rougis vers les policiers les interrogeant du regard. Ceux-ci restèrent de marbre, ne répondirent pas à son questionnement. Il inspira profondément, comme s'il voulait emmagasiner un maximum d'air dans ses poumons avant de faire une plongée en apnée. Il se lança enfin.

« - Bon... La semaine dernière on s'est engueulé tous les deux, c'était mardi dernier. »

Il tourna la tête vers la fenêtre et laissa son regard errer sur le terrain en friche de Lucien Vermer.

« - Il en avait toujours après mes enfants », souffla-t-il. « Toujours à les épier, à regarder ce qu'ils font, où ils sont. Sans cesse, et dès qu'ils s'approchent de son terrain, ça y est ! Il s'en prend à eux. Je ne dis jamais rien, je laisse couler. Mais cette fois, mardi, je crois que c'était la fois de trop. J'en avais marre de me taire tout le temps comme s'il était le roi du hameau. C'est vrai, il faut toujours veiller à ne pas froisser Lucien, il est susceptible, on ne sait jamais comment il va réagir, s'il va s'énerver, s'il va faire la gueule et puis il est vieux. Ex-cetera. Bref. Mais là, c'était la goutte d'eau qui fait déborder la vase. Alors je me suis un peu énervé. Je l'ai entendu râler une fois de plus, il a traité mes enfants de "*raoudis*", je ne sais pas ce que cela veut dire mais c'est une insulte très certainement. Et il leurs a dit "*dégagez de là*", comme s'ils étaient des chiens. Et puis, il a insinué qu'on était des mauvais parents Marine et moi. Mais ce n'est pas ça qui m'a fait sortir de moi je crois. C'est le fait qu'il surveille mes enfants, parce que dès qu'ils mettent un pied sur son terrain, il le sait, et comment il le sait ? Dites-moi ? Hé bien c'est parce qu'il passe son temps à les regarder. À les observer derrière ses buissons, là, ceux qui bordent sa terrasse. Il se met derrière et il guette. Il n'a que ça à faire ? Comme passe-temps je veux dire. Je suis désolé mais moi je trouve ça louche qu'il regarde toujours les enfants sans se faire voir. Il y a un truc qui me gêne moi. Ce n'est pas normal. »

Il se retourna vers les deux hommes pour leur faire face, à bout de souffle.

« - Vous trouvez ça normal vous ? Qu'il regarde les enfants ? Franchement. Si ça trouve il y a un truc avec son fils. Vous devriez chercher par là. C'est bizarre, un beau matin son fils se barre, comme ça, il ne lui parle plus depuis tellement d'années, et on ne sait pas pourquoi. Hein ? Qu'est-ce que vous en pensez, vous ? »

Il attendit un instant la réponse des policiers qui ne venait pas, ils l'observaient et l'écoutaient attentivement. Ceux là ne voulaient pas interrompre le flot de paroles que déversait Nicolas. Plus il parlait, plus ils avaient de chances qu'il lâche le maximum d'informations. Les deux mouches observaient les trois hommes en silence du haut de leur piédestal, sur la porte du réfrigérateur, se frottant les deux pattes avant. Au bout d'un moment, voyant que le jeune homme ne disait rien de plus. Le commandant reprit d'une voix basse mais coupante.

« - Monsieur Jardinier, nous posons les questions et vous y répondez. Et non le contraire. Commençons par le commencement. Vous nous dites que vous vous êtes énervé. Bien, mais plus précisément ? Qu'avez-vous dit ? Qu'avez-vous fait ? Racontez-nous les détails. Quels mots avez-vous employé ? Faites travailler votre mémoire. » Ambrosini mit volontairement de côté la forte insinuation à laquelle Nicolas s'était laissé aller, ils y reviendraient plus tard. Ils se la gardait bien au chaud. Il voulait d'abord connaître les détails de la dispute. Enfin... La version de Monsieur Jardinier.

« - Oh... Pas grand-chose. Mais je me souviens que j'ai haussé le ton. Enfin, j'ai bien gueulé quoi. D'habitude je suis calme, mais là j'avoue que j'ai un peu gueulé.

- Et vous lui avez dit quoi exactement ? »

Nicolas se passa la main dans ses cheveux décoiffés, il recula sur sa chaise, croisa les bras sur sa poitrine.

« - Je ne sais plus, j'ai dû lui dire de laisser mes enfants tranquilles, d'arrêter de les harceler. Que son terrain était en friche, qu'est-ce que ça lui faisait qu'ils aillent y jouer ? Il ne cultivait pas de légumes, il n'y a pas non plus de fleurs qu'ils auraient pu piétiner. Je ne comprends pas. Quelque chose comme ça. Je ne me souviens pas des mots exacts, j'étais en colère. Voilà c'est tout, j'ai pris mes enfants et je suis rentré. C'est juste que j'ai crié fort et les voisins ont dû m'entendre, ils vous l'ont sûrement déjà raconté.

- Monsieur Jardinier, avez-vous menacé Monsieur Vermer ? » Questionna le commandant qui menait maintenant la danse.

« - Menacé ? Non je ne l'ai pas menacé de mort si c'est ce que vous voulez dire. Non !

- Et ne l'avez-vous pas menacé de le frapper, de lui en mettre une la prochaine fois qu'il s'en prendrait à vos enfants par exemple ?

- Non ! Il hésita. Non, je ne crois pas. »

Les deux hommes de loi se regardèrent. Abdoul Marchand prit la parole. Le gentil flic, pensa Nicolas.

« - Moi je vous comprends monsieur Jardinier. J'ai des enfants moi aussi. Faut pas qu'on les touche sinon je deviens fou. La chair de notre chair, notre sang, il ne faut pas y toucher. C'est normal quand on est un bon père qui aime ses petits bouts de choux. On se doit de les protéger. Il y a toujours la possibilité qu'ils croisent un jour des personnes malveillantes qui souhaiteraient leur faire du mal à ces pauvres êtres innocents. Ah oui... Tout est possible, il faut toujours être vigilants, moi personnellement je serais prêt à tout pour protéger les miens. Ils ont quels âges vos enfants ? Comment s'appellent-ils ?

- Ils ont dix et huit ans. Un garçon et une fille. Léo est l'aîné, Clémence c'est la petite », son visage s'éclaira un instant. « On est venu s'installer ici pour eux, justement pour qu'ils puissent grandir dans un environnement sain, dans la nature, loin des grandes villes et surtout loin de la violence urbaine. Nous sommes arrivés après le premier confinement. On a changé de vie pour eux deux, pour leur avenir. Depuis qu'on a emménagé au Dahut Perdu, tout se passait bien jusque-là. A part ce vieux qui reluque les gamins.

- Qui reluque les gamins ? Que voulez-vous dire par là ? » Ambrosini rebondit sur les mots du père de famille.

« - Hé bien, je n'en sais rien, mais bon, c'est pas normal quand même, qu'il sache tout le temps où se trouvent les enfants à tout moment de la journée. Cela veut bien dire qu'il les observait.

- Pensez-vous que Monsieur Vermer regardait les enfants de façon...Inappropriée ?

- Je ne sais pas, mais son regard...

- A-t-il déjà eu des propos ou des gestes déplacés avec les enfants ?

- Non il ne les a jamais touchés sinon… » Il se ravisa et ne termina pas sa phrase qu'il laissa en suspens.

« - Sinon quoi Monsieur Blanc ?

- Bah… Sinon je serais intervenu, je veux dire… J'aurais déposé plainte.

- Avez-vous déjà parlé de vos suspicions à quelqu'un ?

- Bah non. Ce n'est pas évident.

- Et avez-vous déjà entendu quelqu'un faire une quelconque allusion par rapport à Monsieur Vermer et son rapport aux enfants en général ?

- Heu… Je ne sais pas, faut que je réfléchisse. Là comme ça je ne sais pas. Mais en même temps, aujourd'hui il n'y a plus beaucoup d'enfants au Dahut Perdu. Juste la petite

Hélène qui vient en vacances voir ses grands-parents, Bertrand et Brigitte Humbert. C'est la fille de leur fils Jérôme, c'est celui qui vient le plus souvent au Dahut Perdu, il n'habite pas très loin et il adore la montagne. »

Il se tut quelques secondes, puis reprit d'un air accusateur.

« - Et puis, demandez aussi au propre fils de Lucien Vermer. C'est bizarre qu'ils soient fâchés, et après toutes ces années personne ne connaît l'histoire. Même sa femme dit qu'elle ne connaît pas la raison de la dispute entre son mari et son fils. Soit, vraiment elle ne sait pas. Soit, elle ne veut pas le dire, elle protège peut-être son mari. Je suis sûr qu'il y a un secret de famille la dedans.

- Bien. Avez-vous quelque chose à ajouter monsieur Jardinier ? A part votre dispute avec Monsieur Vermer, pas d'évènement anormal ces derniers temps ?

- Non. »

A ce moment précis, comme pour clore leur conversation, un bruit sourd se fit entendre en provenance de la chambre des enfants. Les trois se levèrent comme un seul homme. Nicolas se dirigea vers le couloir, Ambrosini et Marchand lui emboîtèrent le pas. Le jeune père de famille ouvrit la porte de la chambre à coucher sur son épouse et ses deux enfants qui s'affairaient à ramasser des livres tombés au sol. Marine s'excusa pour le dérangement causé.

« - Désolée de vous avoir interrompus, nous avons fait tomber la petite bibliothèque, elle était bancale.

- Ha d'accord, ça va, ce n'est rien, j'ai eu peur qu'un des gosses se soit fait mal.

- Non non papa, on n'a rien, mais j'ai bien faillit me prendre la bibliothèque sur la tête quand même », affirma le grand.

A cet instant les enfants aperçurent les deux policiers derrière leur père. Ils se figèrent.

« - Bonjour les enfants ! » Marchand les salua gaiement arborant son plus beau sourire. « Waouh vous avez une belle bibliothèque », il s'avança vers eux, se baissa et les aida à ramasser les livres. Il en profitait pour en lire les titres.

« - *Le petit prince*, un des premiers livres que je lisais à mes enfants lorsqu'ils étaient tout petits, maintenant ils n'ont plus besoin de moi pour le lire. » Prenant un deuxième livre en main. « *Ha ! La chasse au trésor*, mon fils adore ce livre, je crois qu'il l'a lu plusieurs fois. Et avec ses frères et sœur ils ont inventé un jeu qu'ils ont appelé La chasse au trésor en s'inspirant du livre.

- Nous aussi on fait ça ! » S'écria la petite, enthousiaste.

« - Ah bon ? C'est génial ! » Répondit Marchand qui, rien qu'à ces mots, s'était déjà mis la gamine dans la poche.

Le grand frère donna un coup de coude discret à sa petite sœur. Discret, mais pas assez, car il n'échappa nullement aux adultes.

« - Et vous y jouez comment alors, vous, à La chasse au trésor ? » Fit Marchand.

La gamine hésitait, elle regarda son frère, puis ses parents, puis le policier qu'elle trouvait très gentil.

« - Ben, heu. Je ne sais plus.

- Mes enfants, eux s'amusent comme ça. Il y en a un qui cache un objet dans notre appartement. Il dessine un plan. Pas très précis hein, le plan, pour que ce ne soit pas trop facile. Il met des indices, et deux ou trois croix. Et les autres doivent chercher et trouver le trésor caché.

- Et ils ont le droit de l'enterrer le trésor, eux, dans leur règlement ? » S'écria-t-elle avec des étoiles dans les yeux.

« - Ha il n'est pas possible de l'enterrer, nous n'avons pas de jardin. Ils jouent à l'intérieur de notre appartement. Vous avez le droit d'enterrer le trésor, vous ? »

La petite compris qu'elle avait dit un truc qu'il ne fallait pas lorsqu'elle vu le regard réprobateur que son frère jeta sur elle. Elle se ferma, acculée par le regret d'en avoir trop dit . C'était leur secret à elle et à son frère. Elle regarda alors ses parents. Marine l'encouragea.

« - Tu peux répondre ma chérie.

- Oui, on a le droit dans notre règlement.

- Hé bien il doit être beau le potager de papa ! » Se mit à rire Marchand.

La fille regarda son père, qui avait l'air étonné, avant de baisser la tête et de répondre.

« - Non on n'enterre jamais le trésor dans le jardin de papa. Il y a plein de légumes qui y poussent.

- Ha d'accord, alors tant mieux pour les carottes ! Alors votre règlement vous dit que vous avez le droit de l'enterrer où ce trésor ?

- C'est mon frère qui décide des règles du jeu », se défendit la petite rouquine.

Le frère n'en menait pas large, les épaules basses, il se faisait tout petit.

« - Ha oui, ça c'est un peu normal, c'est toujours les plus grands qui mènent le jeu, chez moi c'est pareil, ha ha ha », Marchand se mit à rire, il tentait de détendre l'atmosphère et de donner une allure plus anodine à cette histoire de chasse au trésor. « Et donc vous avez le droit d'enterrer le trésor à quel endroit, si ce n'est pas dans le jardin de papa ?

- Bah, on peut l'enterrer dans le terrain en friche, parce que personne n'y plante des légumes, et qu'il y a plein de buissons. On peut se cacher derrière et personne ne peut nous voir creuser un petit trou pour y mettre le trésor.

Comme ça celui qui doit le retrouver ne sait pas où chercher. Et quelques fois, on joue aussi simplement à la cachette entre nous. Hélène aussi vient jouer avec nous, pas souvent parce qu'elle habite pas tout le temps ici, mais quand elle vient en vacances elle joue à la chasse au trésor des fois. »

Les adultes se regardèrent, Nicolas faillit intervenir, mais quand Marine se rendit compte qu'il allait prendre la parole, elle s'imagina qu'il allait réprimander les enfants, alors elle l'interrompit en lui prenant le bras.

« - D'accord, ce sont de bonnes idées de jeux que vous avez là. Tu veux parler du terrain en friche de monsieur et madame Vermer ? C'est bien cela ?

- Oui oui… C'est le terrain de Lucif… Heu de Lucien.

- De qui ? Tu as failli dire un autre prénom ? »

Clémence regarda son frère, ses yeux allèrent vers ses parents, puis vers le policier sympa.

« - Ben… En fait, il a un surnom. Mais… Ce n'est pas très gentil. Surtout maintenant qu'il est mort. N'est-ce pas ?

- Ho tu sais, ce n'est pas très grave de donner des surnoms aux gens. On l'a tous fait tu sais. Tiens, nous par exemple, tu vois, on travaille avec un médecin qui s'appelle Biltouri. C'est son nom de famille. Et comme tu t'en doutes, les médecins utilisent parfois des bistouris. Eh bien, nous on le surnomme Doc Bistouri, ha ha ha. »

Dans un éclat de rire, Marchand tendit le livre qu'il tenait encore en main à la gamine qui lui sourit en retour.

« - Alors c'était quoi son surnom, à Monsieur Vermer ?

- Lucifer. Mais ce n'est pas moi qui l'ai inventé ce surnom, et ce n'est pas mon frère non plus ! » S'empressa de préciser la fillette.

« - Lucifer, Ha ha. Et ben dis donc. Il avait des cornes sur la tête ?

- Lucien, Lucifer, ça commence de la même façon. C'est sûrement parce qu'il n'était pas très gentil. Et il avait ce surnom déjà avant qu'on arrive au Dahut Perdu. Hein c'est vrai maman ? » Elle se tourna vers sa maman cherchant sa confirmation.

« - Oui c'est vrai ma chérie », Marine lissa de sa main les longs cheveux roux de sa fille dans un geste tendre et maternel, puis se tourna vers les deux policiers.

« - En effet », continua-t-elle à leur intention, « visiblement il a été affligé de ce surnom il y a bien longtemps par les enfants du coin. Lucien n'était malheureusement pas plus apprécié par les enfants d'hier », dit-elle en baissant les yeux.

Marchand reprit la parole pour s'adresser à Léo et Clémence.

« - Est-ce que Monsieur Vermer a déjà été méchant avec vous deux ?

- Oui, il nous disputait tout le temps quand il nous surprenait en train de jouer dans son champ ! » S'écria la benjamine.

« - Et que vous disait-il quand il vous disputait ?

- Il nous criait dessus, il disait que c'était une propriété privée, que c'était chez lui et qu'on n'avait pas le droit d'y aller.

- Et il vous a déjà dit autre chose ? D'autres mots ?

- Non c'était toujours la même chose.

- Est-ce qu'il vous a déjà menacés de vous frapper ? De vous donner une fessée par exemple.

- Heu… Non, je ne crois pas. De toutes façons, il nous faisait peur, avec ses cris et son regard de fou. Dès qu'il nous disputait, on se sauvait vite avec mon frère. »

L'aîné n'avait pas prononcé un mot. Léo se disait que tant qu'on ne s'adressait pas directement à lui, il ne parlerait pas. Et jusque-là, il avait l'impression que le policier s'adressait exclusivement à sa petite sœur. Malheureusement cela n'allait pas durer. Le capitaine Marchand se tourna vers lui et le questionna personnellement.

« - Et toi Léo ? Lucifer, t'a-t-il déjà embêté ou menacé d'une quelconque punition ? » le capitaine employa volontairement le surnom de l'homme qui avait été retrouvé mort.

Léo ne répondait pas. Il gardait la tête baissée, se faisait encore plus petit qu'il ne l'était réellement.

« - Si tu n'as pas envie de me répondre, ce n'est pas grave Léo. Tu n'y es pas obligé. Je ne voulais pas t'embêter », s'empressa de continuer Marchand.

« - Léo ! Il t'a fait quelque chose ? » Nicolas Jardinier haussa le ton sans s'en rendre compte. Le père s'était adressé à son fils de manière impulsive.

« - Non papa.

- Ben alors pourquoi tu ne réponds pas ?

- Je ne sais pas. » Il baissa la tête.

« - Tu es sûr qu'il ne t'a jamais rien fait ? Il ne t'a jamais touché ? Dis-moi.

- Non, non papa. Juste comme a dit Clémence. Il criait à chaque fois pour qu'on sorte de son terrain c'est tout.

- Bien, les enfants, merci à vous. Monsieur et madame Jardinier, nous vous remercions de nous avoir accordé de votre temps. Si vous vous souvenez de quelque chose qui vous a interpelés ces derniers temps, faites-le nous savoir s'il vous plaît. Si vous avez vu ou entendu quelque chose d'inquiétant ou même juste d'inhabituel, il faut nous le dire. Merci. D'accord Clémence ? D'accord Léo ? Vous pourriez ainsi nous aider dans notre enquête n'est-ce pas ? » Le policier fit un clin d'œil complice aux deux enfants espérant leur donner envie de participer et d'aider les enquêteurs. Les enfants voient et entendent beaucoup plus que ce qu'on s'imagine.

Ambrosini et Marchand tournèrent les talons et quittèrent la famille Jardinier, conscients de l'avoir quelque peu ébranlée. Se retrouvant sur la rue goudronnée, les deux hommes s'arrêtèrent un instant pour observer le terrain en friche de Lucien Vermer, juste à coté du jardin de la maison qu'ils venaient de quitter. Le regard de Nicolas Jardinier pesait dans leur dos à travers la fenêtre de la cuisine dans laquelle ils venaient d'avoir un échange des plus énigmatiques. Le commandant Ambrosini s'adressa à son collègue sans même le regarder.

« - Suis-moi. On va s'asseoir cinq minutes sur le banc au bout du hameau. »

Ils longèrent les maisons de l'unique rue du hameau. Ils arrivèrent en moins de trois minutes devant l'église qui bordait le cimetière et s'installèrent sur le vieux banc en bois. La scène se déroulait sous le regard interrogateur d'un oiseau noir perché sur la grille en fer forgé. Ils gardèrent le silence un long moment. On entendait le torrent se déchaîner en contrebas, le bruit leur conférait l'illusion d'un peu de fraîcheur sous ce soleil de plomb. L'odeur de l'herbe se mêlait aux effluves d'un barbecue s'éteignant à deux pas de là.

*

Au même moment, à l'Institut Médico-légal, Ali Biltouri, le médecin légiste, penché sur le corps inerte de Lucien Vermer, s'employait à ce qu'il savait faire de mieux, une autopsie. Le petit homme chauve et ventru était concentré sur sa tâche. Une lumière blafarde venant du plafond inondait la pièce froide. Froide dans le sens propre comme dans le sens figuré, un simple carrelage blanc ornait tous les murs. Une faible musique s'évadait d'un haut-parleur. De la musique classique, du piano. « *Nocturne numéro 20* » de Frédéric Chopin. Mélodie interrompue par moments par le bruit sec d'un outil de la mort reposé sur la table de travail. Il œuvrait toujours en silence. Même lorsqu'il n'était pas seul. Ali Biltouri ne se sentait jamais obligé de faire la conversation à qui que ce soit.

Son assistante l'observait attentivement, elle n'en perdait pas une miette. Désireuse d'en apprendre un maximum aux côtés de ce professionnel de renom. Peut-être un jour réussirait-elle à approcher, si ce n'est égaler, les compétences de son maître en la matière. Elle s'était habituée à l'odeur des cadavres, à l'odeur des organes, ouvert à l'air libre, laissant échapper des fluides aux effluves pestilentielles. Cependant, décidément elle ne s'habituerait jamais à cette musique de vieux. Ça lui donnait envie de dormir, elle avait hâte que le docteur Biltouri finisse son autopsie et lui fasse part de ses découvertes et de ses conclusions. Il lui demanderait d'abord son avis à elle, bien sûr, avant de lui donner son verdict. Mais en attendant. Cette musique… Vraiment cette musique lui devenait insupportable. Il faut dire que cette jeune femme d'à peine vingt-sept ans semblait tout droit sortir d'un thriller ou d'une série télévisée. De celles qui inondaient désormais tous les écrans, et toutes les plateformes de streaming. Éléonore, c'était son prénom, perchée sur des chaussures à plateformes, arborait un look gothique sexy assumé, à l'image de la scientifique dans une veille série américaine du début des années deux milles. Ses vêtements noirs assortis à sa chevelure laissaient apparaître de nombreux tatouages sur ses bras. Et, bien entendu, ses goûts musicaux s'orientaient vers des sons un peu plus dynamiques, pour ne pas dire métalliques, que la musique classique.

Ali Biltouri s'arrêta après avoir vidé l'estomac du macchabée de son contenu. Le médecin se releva, retira ses gants, et s'adressa à sa stagiaire.

« - Éléonore, nous allons nous arrêter un instant, une pause s'impose. Mais avant, jusque-là, que peux-tu me dire ?

- Et bien, j'ai bien peur que notre homme n'ait malheureusement pas grand-chose à nous dire. Hormis sa plaie béante au niveau de la gorge, nous informant que sa carotide a été sectionnée par plusieurs coups de... d'une arme blanche, son corps ne présente aucune autre atteinte. Aucun coup, pas de signe de défense de sa part. Il a été surpris et sa mort a été très rapide, sa chance est de ne pas avoir souffert. Il s'est vidé de son sang, point barre.

- Hum hum. Bien, il est vrai qu'aucun signe de lutte n'est présent sur son corps. Mais cela ne signifie pas forcément que Monsieur Vermer ait dit son dernier mot, n'est-ce pas Éléonore.

- Oui bien sûr, mais jusque-là, il ne nous a encore rien dit. Et, de plus, l'arme du crime semble bien difficile à définir. On peut dire que n'est pas une lame de couteau, néanmoins, la forme de l'objet est indéfinissable au regard du nombre de coups portés. Il s'est fait charcuté le pauvre. Le tueur voulait être vraiment sûr de ne pas louper la carotide. Ou alors il était vraiment en colère, enragé, et s'est acharné.

- En effet. Il est vrai qu'il, ou elle, n'y est pas allé de main morte. Cependant, on peut tout de même envisager que le tueur soit droitier ou gaucher. On peut tenter d'imaginer s'il ou elle l'a attaqué de dos ou de face également. Qu'en pense-tu ?

- Si le tueur l'a attaqué de dos, il, ou elle, est certainement gaucher. La plaie étant du côté gauche du cou de la victime. S'il est arrivé par devant, en revanche, il est fort possible qu'il soit droitier.

- C'est exact Éléonore. Pour l'instant nous ne sommes pas encore en mesure d'affirmer l'une ou l'autre de ces deux possibilités. Et que peux-tu me dire sur la taille de l'agresseur ? Je te rappelle que nous savons que monsieur Vermer mesure un mètre quatre-vingts dix.

- Hum. Tout dépend.

- Tout dépend de quoi Éléonore ?

- Eh bien, je pense que tout dépend de la position de la victime au moment des faits.

- Continue.

- Et bien tout dépend si la victime était debout, assise, couchée, accroupie. Même si Monsieur Vermer a été retrouvé assis, cela ne veut pas dire qu'il l'était obligatoirement lorsqu'il a reçu les coups. Le corps a très bien pu être déplacé après le décès.

- Bien Éléonore. Tu as parfaitement raison.

- Et dans ce cas, il faudrait que le tueur soit assez fort pour déplacer un corps pesant quatre-vingt-dix kilos. Un corps inerte. Ça nous aiguillerait sur la corpulence de l'agresseur.

- En supposant que l'agresseur ait agi seul alors, sinon...

- Vous pensez qu'il y a plusieurs agresseurs docteur Biltouri ?

- Je ne sais pas Éléonore. Mais il faut envisager toutes les possibilités. »

La musique s’arrêta soudainement jetant dans la pièce un silence de mort. Les deux médecins se tournèrent vers le corps de Lucien Vermer et attendirent. Ils gardèrent le silence et leur position comme s'ils attendaient quelque chose, comme si le vieil homme allait leur donner la solution et leur livrer le nom du meurtrier.

Son esprit est peut-être encore avec nous, se dit intérieurement Éléonore, qui malgré ses études de médecine, et son esprit cartésien, laissait toujours une porte ouverte à toutes hypothèses et encore plus à son imagination. Reprenant le cours de sa réflexion elle continua.

« - En revanche, si la victime était assise, l’assassin peut avoir n’importe quelle taille, et n’avait pas besoin d’avoir une grande force musculaire pour accomplir son acte, dans la gorge ça rentre comme dans du beurre. » Éléonore accompagna sa parole d’un geste tranchant.

« - Tu as parfaitement raison. Ce qui va rendre le travail de nos collègues policiers très difficile. En effet, n’importe qui aurait pu commettre ce crime. C’est un geste à la portée de tout le monde. Malheureusement. Bon, buvons un café rapidement et ensuite nous nous y remettrons, nous n'avons pas fini avec lui, et le rapport d'autopsie est attendu pour ce soir. »

S'adressant au cadavre, il continua.

« - Allons Monsieur Vermer. Aidez-nous à y voir plus clair. Livrez-nous quelques informations s'il vous plaît, que nous puissions contribuer à la découverte de votre assassin. Réfléchissez-y, n'avez-vous pas envie que justice soit faite ? Nous vous laissons y penser, un instant, Éléonore et moi allons boire un café. Mais nous n'allons pas loin, juste le coin cafetière par là. A tout de suite ! »

Il désigna du doigt, comme si Lucien Vermer était encore capable de tourner sa tête pour regarder vers la direction indiquée, un coin, en effet, où une table en inox était vouée, contrairement à ses pairs, à accueillir une cafetière électrique, deux tasses et un paquet de café moulu. Ils burent tous deux leurs breuvages noirs sans sucre, debout, ne quittant pas le cadavre des yeux comme si celui-ci aurait pu se sauver, ou disparaître. Aucun des deux n'avait utilisé de pommade d'eucalyptus sous leurs nez respectifs afin d'atténuer les odeurs du cadavre. L'un, parce qu'il y était tellement habitué, que ces relents en pleine putréfaction ne le dérangeaient plus, ils faisaient désormais partie intégrante de son quotidien professionnel. L'autre, Éléonore, aussi étrange que cela puisse paraître, elle aimait se sentir agressée par ces odeurs issues d'un corps qu'il fallait explorer et faire parler. Ça la motivait dans son travail de réflexion, ces odeurs la dégoûtaient, soit, mais faisaient également monter en elle une rage nécessaire à l'accomplissement de ce labeur somme toute désagréable pour le commun des mortels. Mais, Éléonore n'avait rien de commun. Médecin légiste, c'était le métier qu'elle avait choisi, et qu'elle souhaitait exercer. Parmi ses nombreux tatouages, l'un deux affirmait "Death is the door to truth[1] ". La jeune gothique trimait pour être un jour à la hauteur de son mentor. Ali Biltouri était sans conteste le meilleur dans son domaine. Elle l'admirait et avait parfaitement conscience de la chance inouïe qui s'était présentée à elle de pouvoir le seconder dans son travail au quotidien.

1 La mort est la porte de la vérité

Ali Biltouri et Éléonore terminèrent leur café en silence, comme s'ils avaient souhaité respecter le temps de réflexion dont la victime avait besoin pour se décider à les aider dans leur recherche de la vérité. Chopin, imperturbable, avait repris son envolée dans les bas-fonds du sous-sol de l'institut médico-légal.

*

Ambrosini et Marchand, qui avaient passé l'après-midi à finir les entretiens avec les éventuels témoins du Dahut Perdu, arrivèrent devant le centre hospitalier universitaire aux environs de vingt-trois heures. L'immense colosse d'allure moderne semblait tout droit sorti de terre aux pieds des montagnes majestueuses des Alpes, tel de laids cubes de béton troués de minuscules fenêtres. Deux énormes bâtiments rectangulaires imposaient leur statures juste derrière trois bâtisses identiques mais un peu moins grandes. Les lumières allumées telles de multiples petits yeux donnaient au centre hospitalier l'aspect de milliers de lucioles rectangulaires piégés derrière un gigantesque grillage.

Marchand gara le véhicule sur un parking à proximité du SAMU, afin de se rendre à l'institut médico-légal sans avoir à traverser tout le l'hôpital. Les locaux où ils devaient se rendre se situaient non seulement à l'arrière des bâtiments, mais également en sous-sol, bien à l'abri des regards, non loin de la morgue du centre hospitalier.

Ambrosini sortit aussitôt de la voiture et se dirigea d'un pas rapide vers la porte d'entrée des quartiers dédiés à la médecin légale.

Marchand, lui, prit le temps de s'étirer, de se dégourdir un peu les jambes. Une heure de route ce n'est pas grand chose, mais après cette journée éreintante, elle lui avait parut extrêmement longue. Il leva la tête vers les montagnes, il pouvait deviner leurs formes imposantes dans la nuit étoilée.

Il sentit son téléphone portable vibrer dans la poche arrière de son pantalon, le sortit, il avait trois messages non lus, son épouse certainement, et les enfants qui avaient souhaité lui dire bonne nuit. Sans écouter les messages, il appela directement sa femme. Il ne s'était pas trompé. Il passa donc ce rapide coup de fil à sa famille, il était tard mais ils étaient en vacances, il avait fait tellement chaud durant toute la journée. Marchand était sûr qu'ils étaient encore réveillés et qu'ils profitaient de la fraîcheur, toute relative, de la soirée. Un appel court, pour rassurer femme et enfants, les embrasser et leur souhaiter une bonne nuit.

Il leva encore une fois la tête vers les hauts sommets, inspira profondément avant de se remettre à marcher et de s'engouffrer dans les entrailles d'un lieu qu'il n'aimait pas particulièrement. Il inspira encore une fois avant de passer la porte, un peu d'air frais et sain avant de respirer les effluves d'une salle d'autopsie.

Après avoir pris quatre boissons fraîches dans le distributeur du hall d'entrée, Abdoul Marchand descendit d'innombrables escaliers et rejoignit son chef dans l'antre du Docteur Ali Biltouri. Les deux portes battantes qui donnaient sur la salle d'autopsie étaient percées de deux hublots vitrés, de là, deux lumières vives et blanches semblaient observer le long couloir sombre que le capitaine Marchand venait de traverser. Il s'arrêta, se mit sur la pointe des pieds, jeta un œil afin de s'assurer que son chef était déjà avec le toubib. Il vit son commandant, Biltouri et sa jeune assistante gothique déjà en pleine discussion. Abdoul souffla, cela le rendait toujours nerveux d'entrer dans cette pièce où des êtres humains, hommes, femmes ou enfants, étaient charcutés après avoir été assassinés, double peine. Mais le jeu en valait la chandelle, sans ces autopsie combien de meurtres n'auraient jamais été élucidés...

Il poussa une des deux portes et entra, les trois se tournèrent vers lui. De son air le plus enjoué il les salua, feignant l'indifférence vis-à-vis du corps inerte qu'il évita de regarder... Mais qu'il aperçut tout de même du coin de l'œil, le cadavre avait déjà été recousu, un Y lui ornait ostensiblement le torse.

« - Salut la compagnie ! Je vous ai apporté quelques rafraîchissements ! Et un soda plein de caféine bien frais pour notre demoiselle, je sais que tu ne bois que ça ! Et deux thés glacés pour nos chefs ! »

Il fit un clin d'œil à Éléonore qui attrapa son soda au vol.

« - Salut Abdoul ! Merci, ça va me faire du bien un peu de sucre et de caféine ! Mais n'es-tu pas censé être pas en vacances toi ? » Lui demanda-t-elle.

« - Hé oui, j'étais sur une belle plage à me dorer la peau au soleil avec mon épouse et mes chers enfants… Et avec presque tous les juillettistes de France je crois... Mais le devoir m'appelle. Alors je me sacrifie, que veux-tu ? C'est comme ça. »

Éléonore n'était pas dupe et lui fit un clin d'œil en souriant.

« - Arrête ton cinéma, tu vas nous faire pleurer », rétorqua Ali qui savait pertinemment que le policier n'aimait pas du tout aller s'entasser avec les vacanciers sur une plage bondée, à ne rien faire, qui plus est.

Le médecin but une longue gorgée de thé glacé.

Le capitaine enchaîna.

« - J'espère que je n'ai rien loupé ?

- Non. Nous t'attendions pour commencer », le commandant Ambrosini but à son tour directement à la bouteille en plastique verte. « Maintenant on peut attaquer. Alors Bistouri ! Quels secrets t'a livrés notre pauvre victime ?

- Et bien, pour commencer... Monsieur Vermer, ici-présent, nous a dit qu'il a mangé de la pizza, du saucisson, entre autres, et bu de la bière et du vin. Il m'a dit également que son foie n'était pas en très bon état, en passant. Mais ce n'est pas ce qui l'a tué. Ce pauvre monsieur est mort suite à l'intrusion d'un objet circulaire, mais pas totalement, et coupant, à plusieurs reprises au niveau de son cou et que l'objet à traverser son artère jugulaire gauche. Il s'est vidé de son sang, il a rapidement quitter notre planète, au revoir tout le monde. Pas de trace de lutte, ni d'une quelconque défense. Soit, il n'a pas vu son agresseur arriver derrière lui. Soit il ne s'attendait pas du tout à ce que la personne en face de lui l'attaque de façon si soudaine et inattendue. Les traces ADN relevées sur ses vêtements sont en train d'être analysées en ce moment même, résultats pas avant deux jours. Mais étant donné qu'il portait les mêmes vêtements que la veille, ils risquent de trouver l'ADN de toux ceux qu'il a côtoyé lors de leur fameux repas des voisins… On ne sera pas plus avancé. Sauf s'il apparaît un ADN supplémentaire... »

Les deux policiers et Éléonore l'écoutèrent consciencieusement détailler ensuite d'autres aspects de son autopsie.

« - Et son cerveau ? » Questionna le commandant.

« - Scanner, analyses, les résultats seront prêts demain matin. Pourquoi cette question Joseph ?

- Il paraît qu'il souffrait de la maladie d'Alzheimer. Selon son épouse, il disait des choses incohérentes ces derniers temps, il s'inventait une fille alors qu'il n'a qu'un fils. Il a eu également des accès d'agressivité. Bien qu'il n'ait frappé personne, c'était surtout verbal.

- Ah je comprends. Hé bien, je n'ai rien vu de tel dans son dossier médical. Mais peut-être n'a-t-il jamais été diagnostiqué. Souvent les familles constatent des troubles cognitifs et en réfèrent parfois au médecin traitant. Mais sans un bilan complet et des imageries, impossible de faire le diagnostic. On en saura peut-être un peu plus demain. »

Le commandant réfléchissait en silence, les questions s'accumulaient dans sa tête, il les poserait par la suite.

Abdoul reprit la parole, s'adressant au médecin légiste.

« - Quand tu dis un objet circulaire mais pas totalement, cela veut dire quoi exactement ? »

Joseph se dit que son bras droit était prêt pour prendre sa place dès qu'il partirait en retraite. Et cela le réjouissait. Il avait souvent l'impression que son capitaine lisait dans ses pensées.

Le médecin embraya.

« - Justement, je ne peux pas dire exactement, comme tu me le demandes. Au regard de la plaie, cela me parait un objet circulaire, sûrement pointu... Mais les chairs ont l'air d'avoir été labourées. Je ne sais pas trop. Le meurtrier de monsieur Vermer s'est acharné, il voulait absolument être sûr de sectionner l'artère et ne donner aucune chance de survie à sa victime. Ce que je peux dire, c'est que ce n'est donc définitivement pas un couteau. Mais j'écarterai également un outils totalement circulaire comme un tournevis ou quelque chose comme cela. Pas de résidu de l'arme du crime à l'intérieur de la plaie, il doit être fait d'un matériau de qualité, comme de l'acier par exemple. La longueur de l'arme, elle, en revanche, se situe à environ entre sept et dix centimètres, pour un périmètre d'un centimètre, une centimètre et demi tout au plus. Je parle de la partie qui est entré dans le corps bien sûr. Elle a presque complètement traversé son cou de part en part. »

Il se tue un instant puis reprit.

« - A vue d'œil, aucun corps étranger n'a pu être décelé autour de la plaie, la pluie a malheureusement lavé le cadavre. Nous avons tout de même fait de nombreux prélèvements, si de minuscules résidus ont subsisté sur la peau, les analyses nous les dévoilerons. »

Le commandant Ambrosini enchaîna.

« - Pas de trace de lutte, ni de défense. Tu penses qu'il connaissait son agresseur ?

- Si le meurtrier a attaqué monsieur Vermer de face, oui, il devait le connaître et ne pas s'en méfier du tout. En revanche, s'il est arrivé par derrière, on ne peut pas savoir. De plus, il était assis, ce qui rend l'analyse un peu plus compliquée, et ne nous dit rien sur la taille du meurtrier.

- Et au niveau de sa force physique ? » Continua le commandant

« - Pareil, impossible à dire. Dans le cou, ça rentre comme dans du beurre. Pas de lutte, pas de déplacement du corps, tu m'as dit que les flaques de sangs se situaient à ses pieds dans la boue. On ne peut pas dire, cela peut être quelqu'un de fort mais aussi une personne frêle, un homme, une femme, que sais-je... Un adolescent, un enfant pourquoi pas si on veut penser gore.

- Ho non, un enfant, pas ça, arrêtez ! » s'exclama Éléonore qui n'était pas encore intervenue, toujours un peu impressionnée par les deux policiers, elle restait sur sa réserve.

« - Bien sûr que non Éléonore, pourquoi un enfant aurait tué un vieillard ? Mais c'était juste pour souligner que nous n'avons vraiment aucune piste sur la force physique de l'agresseur. »

Les deux policiers échangèrent un regard sans un mot. Aucun d'entre eux ne souhaitait émettre cette hypothèse.

« - Toujours est-il que… Heu… Hé bien… J'ai le sentiment qu'on va bien patauger dans cette histoire… » souffla Abdoul après un moment de silence.

La dernière réflexion de médecin légiste avait mis tout le monde mal à l'aise.

« - Bon, hé bien, raison de plus pour aller se coucher, se reposer et reprendre demain cette affaire la tête reposée et les yeux en face des trous. »

Le commandant voulut paraître détendu dans ses propos, mais il devait admettre intérieurement qu'il fallait envisager toutes les possibilités. A l'heure actuelle, ils n'avaient pas avancé d'un pouce, pas l'ombre d'un suspect, même si plusieurs personnes détestaient la victime, cela ne faisait pas d'eux des meurtriers. De plus, les enfants semblaient également être la cible de Monsieur Vermer de son vivant. Le commandant Ambrosini se refusait tout de même à penser qu'un enfant puisse commettre un tel crime. Et puis, ces enfants ils les avait vus aujourd'hui, impossible qu'ils aient pu conserver un comportement somme toute naturel après avoir tué un homme. Un enfant n'en était pas capable, il aurait remarqué quelque chose de suspect, enfin, c'est ce qu'il pensait... Et il devait bien se l'avouer, il ne voulait pas finir sa carrière de cette façon là. Non, ce n'était pas possible. Et… Par dessus tout, il lui fallait trouver un mobile qui tient la route, jusque là rien ne lui semblait à la hauteur d'une haine telle qu'elle aboutisse à ôter la vie à un homme. Pourtant, Nicolas Jardinier avait osé faire, à demi-mot, une allusion des plus graves... Est-ce possible que l'homme assassiné eut été un pédophile ? Tout est possible.

Plus tard, dans la voiture de service, Abdoul, au volant, ne pouvait s'empêcher de réfléchir à haute voix, comme à son habitude.

« - Donc, les conflits entre Lucien Vermer et ses voisins du hameau se résument à :

un : un grillage déplacé d'un mètre pour le couple Marcel et Pierrette Perrin,

deux : une histoire stupide de coin à Génépi avec Armand et Fernande Martin,

trois : de la jalousie parce qu'il aurait courtisé l'épouse de Claude Morel.

Et, pour finir, quatre : les disputes avec Nicolas Jardinier qui laisserait ses enfants jouer sur le terrain des Vermer. »

Il souffla en hochant la tête en signe de dénégation .

« - Franchement Joseph, ça ne colle pas. C'est ridicule. »

Son commandant n'ayant aucune réaction, Abdoul se tourna vers lui,

« - Hé ho, chef, tu es avec moi ? Je t'ai perdu ?

- Non Abdoul, tu ne m'as pas perdu. Je me demandais seulement quel motif de dispute aurait-il pu avoir avec la famille Humbert.

- Il n'y en a pas. Ils sont catégoriques, pas de dispute avec les Humbert.

- Et tu ne trouves pas cela bizarre toi ? Un homme comme lui, plutôt chercheur de conflit. Vivre tant d'années à proximité de la cette famille, les avoir même accueillis sur son terrain, et ne jamais avoir eu un seul désaccord avec Bertrand Humbert, ni avec aucun membre de sa famille. Moi je trouve cela étonnant. Comme s'il ne fallait surtout pas qu'il y ait de problème avec eux précisément.

- Vus comme ça… Tu n'as pas tord. Mais, même si les Humbert nous auraient caché une dispute, un conflit, un problème, les voisins auraient balancé, tu ne crois pas ?

- Peut-être… Oui… Sauf s'ils ne sont pas au courant...

- Tu crois cela possible ? Dans un tout petit hameau ? Ils se connaissent tous depuis tant d'années… Tout se sait dans un lieu pareil, avec cette promiscuité.

- Justement, s'il existe un problème entre les deux familles, les Humbert et les Vermer, et qu'ils aient réussi à le dissimuler à leurs chers voisins. Cela veut tout simplement dire que le problème est de taille, certainement beaucoup plus grave que de simples broutilles de voisinage. Et que les deux familles ont tout intérêt à ce que cela ne se sache pas. Je suis persuadé qu'il faut chercher de ce côte-là.

- Oui, tu as sans doute raison. Et le fils Vermer ? Laurent, qu'en penses-tu ?

- Lui, il faut absolument qu'il lâche le morceau. Pourquoi ont-ils coupé les ponts du jour au lendemain avec son père ? Et jusqu'à la mort. Nous devons trouver la réponse à cette question. Ce matin j'ai fait mettre les téléphones des Vermer fils et mère, et ceux des Humbert sur écoute. J'ai également demandé des recherches sur les messages et les appels durant la semaine précédent le meurtre. Peut-être aurons-nous des réponses. Allez, on se retrouve demain au QG, débriefe à neuf heures avec toute l'équipe. »

*

Samedi 16 juillet 2022

L'odeur du café chaud chatouillait agréablement le nez du capitaine, quelqu'un avait eu la bonne idée d'apporter des croissants achetés à la boulangerie du bourg. Abdoul salua chaleureusement tous ses collègues, on était tous dans le même bateau ici. L'ambiance tendue se raidit d'un niveau supplémentaire à l'arrivée du commandant Ambrosini.

« - Bonjour Messieurs, Madame. »

Il hocha la tête en direction d'un policière qu'il n'avait pas vue la veille. La parité n'était malheureusement pas encore de mise dans la police. Il enchaîna sans attendre de réponse, se tournant vers un vieux tableau en liège sur lequel étaient épinglées des photos, annotées de noms, de lieux, de dates.

« - On a une victime, Monsieur Vermer Lucien, pas vraiment apprécié par ses contemporains. Vous connaissez les différents conflits de voisinage. Tué par arme blanche dont on ne connaît pas encore la nature. Aucun témoin, aucun indice, aucun suspect, aucun mobile. Un hameau isolé, une vingtaine de personnes. Des alibis en caoutchouc, tout le monde dormait, tout le monde certifie que son conjoint dormait également. On a le fils de la victime, Laurent Vermer, qui réapparaît comme par magie le lendemain du meurtre, après au moins vingt-cinq ans d'absence. On ne connaît pas la raison de la fracture entre le père et le fils. On en est à peu près là. Un des premiers objectifs, découvrir la raison pour laquelle le fils et le père ne se parlaient plus. On va aussi se rapprocher de la famille Humbert et de leur relation avec le couple Vermer. Il y a un truc qui me chiffonne, aucun problème entre les deux familles, ce n'est pas normal. »

Le commandant se tourna vers un jeune policier prometteur assis devant un ordinateur, Stefano, tête penchée en avant, lunettes sur le nez, absorbé par son écran dix-huit pouces, la pomme outrageusement croquée.

« - Adjudant Nobile, qu'est-ce qu'on a au niveau des téléphones ? »

Le jeune policier aux cheveux bruns foncés répondit sans même lever la tête.

« - Depuis hier matin, absolument rien. En revanche, quelque chose nous a interpelés la veille du meurtre. Exactement vingt-sept messages échangés entre deux personnes dans la matinée et un coup de fil. Et pour couronner le tout, les deux portables ont borné au même endroit durant la deuxième moité de la journée, à partir de midi et demi et jusqu'à environ dix-neuf heures.

- Tiens tiens ! Hum... Ça sent bon ça… Alors ? Et les deux heureux élus sont ?

Les visages de tous les policiers se tournèrent avec impatience vers leur jeune collègue, l'adjudant Stefano Nobile, la tête toujours penchée sur son ordinateur, absorbé par ce que l'écran lui dévoilait.

*

Devant son ordinateur, il relava doucement la tête, constatant tous les yeux braqués en sa direction, et l'attente impatiente, il se décida enfin à parler.

« - Quoi ?

- Quoi ? Alors ? Dis !

- Alors quoi ? Christophe Hondelatte est en route avec le commissaire Moulin. Non mais. Tu croyais quand même pas que ça allait faire la une des informations nationales ! On est dans le trou du cul du monde ici. Tout le monde s'en fout de la mort d'un mec dans un hameau d'une vingtaine d'habitants, surtout pendant les vacances scolaires. »

Jérôme se moquait gentiment de sa sœur Anne-Sophie, elle pensait que son frère allait trouver des informations sur le web.

« - Et sincèrement je doute qu'ils disent quoi que ce soit, l'enquête est en cours, il aura droit à son avis de décès comme tout le monde, mais tant qu'il y a enquête, rien d'autre, » compléta Lætitia, qui venait de rejoindre sa fratrie dans le salon de la maison de vacances de la famille Humbert, une tasse de café dans les mains.

Ce matin, personne n'avait fait la grasse matinée dans la maisonnée. Tout le monde avait déjà englouti son petit-déjeuner. Le père, Bertrand Humbert, debout depuis l'aube, bricolait sur la terrasse. La mère était plongée dans un de ces thrillers. La gamine, Hélène, était déjà partie jouer avec les enfants Jardinier. Romane cogitait, assise sur un transat, sur le balcon qui offrait une vue plongeante chez les Vermer. Et Philippe regardait les informations sportives sur son téléphone portable.

Dans chaque maison du hameau, chacun vaquait à ses occupations en essayant de ne pas trop penser à ce drame qui avait eu lieu ici, au Dahut Perdu, leur havre de paix jusqu'à ce jour... La vie reprend toujours son cours.

Laurent Vermer avait décider de s'installer chez ses parents afin de soutenir sa mère dans cette douloureuse étape de sa vie, au moins jusqu'aux obsèques. Il pouvait travailler d'ici. Le télétravail avait pris de l'ampleur ces deux dernières années.

Anne-Sophie rejoignit Romane sur le balcon et prit une chaise pliante contre le mur pour s'installer auprès d'elle.

« - Je peux? Je ne te dérange pas ? Je vois que tu ne lis pas vraiment.

- Oui... Non, viens assieds toi Anne-So. Je réfléchissais. Effectivement, je n'arrive pas me concentrer sur ce roman. J'ai l'esprit ailleurs. La réalité dépasse la fiction aujourd'hui…

- Oui, je m'en doute. Déformation professionnelle j'imagine. » Anne-Sophie sourit.

« - Oui cela doit être cela, » sourit-elle à son tour.

« - Alors qu'est-ce que tu en penses ? D'après toi c'est qui ? Claude ? Nicolas ? Marcel ? Armand ?

- Aucune idée », répondit Romane en secouant la tête. « Peut-être aucun d'entre eux...

- Allez t'as bien une idée. Laquelle des raisons est la plus valable pour tuer quelqu'un d'après toi ? Et surtout lequel de ces hommes en serait capable ?

- Je ne sais pas, il y a des choses qui ne collent pas.

- Ha bon ? Quoi ?

- Je ne sais pas. Quelque chose m'échappe... Au fait ! Comment va Céline ? » Romane souhaitait changer de conversation.

« - Qui ?

- Bah Céline ! Tu as déjeuné avec elle avant hier non ? Avec tout ça je n'ai même pas eu le temps de te demander de ses nouvelles. Elle vit toujours à Annecy ? Elle est en vacances dans le coin ?

- Ha heu… Oui oui elle va bien. Oui, enfin non, elle était juste de passage un journée, et comme elle savait que j'étais ici ce week-end, c'était l'occasion de se voir.

- Super, vous avez mangé où ?

- Heu.. A la pizzeria là au Bourg, j'ai oublié le nom.

- Et vous avez passé une bonne journée ?

- Oui nickel ! » Anne-Sophie se leva, et longea le balcon, se dirigeant vers la terrasse. « A tout à l'heure, j'aimerais bien aller faire un tour au marché ce matin pour acheter du fromage.

Romane regarda Anne-Sophie s'éloigner et demeura un instant pensive. Cette histoire ne collait pas. Ils n'avaient pas toutes les cartes en main. Philippe vint à son tour s'asseoir auprès d'elle.

« - Ça va ? Tu es beaucoup bougé cette nuit. Je paris que tu n'as pas beaucoup dormi.

- Oui ça va, ne t'inquiète pas. Mais, effectivement j'ai pas mal réfléchis. Il y a des choses qui me chiffonnent, qui me dérangent, qui me mettent mal à l'aise pour tout te dire.

- Mais tu ne m'en diras pas plus c'est bien cela ? » Philippe connaissait son épouse

« - Heu... Oui, effectivement, désolée. Je ne veux influencer en rien cette affaire. Ils vont revenir nous poser des questions. Et puis, c'est l'affaire de Joseph. Sa toute dernière affaire.

- Bravo Romane, tu l'as bien dit, tu n'es pas en poste, ce n'est pas ton affaire, alors laisse tomber. N'y pense plus.

- Hé bien, ça c'est plus facile à dire qu'à faire… On est aussi impliqués tu sais, on fait partie des potentiels suspects. »

Dans la cuisine, centre névralgique de la maison, Anne-Sophie interpela tout le monde à la volée.

« - Bon ! Moi je descends au marché, quelqu'un veut venir avec moi.

- Mais tu crois qu'on a le droit ? De partir d'ici je veux dire ? » Questionna Brigitte, de l'inquiétude dans les yeux.

« - Bah bien sûr que oui, on n'est pas séquestrés quand même, ils nous ont tous interrogés hier, on a rien vu, maintenant ils font leur boulot. On n'est pas en garde à vue, on est libres d'aller où on veut », lança Anne-Sophie, toujours cette petite colère au fond de sa voix.

« - Oui, tu as raison, mais quand même ça ne se fait pas, Lucien est mort depuis même pas deux jours.

- Depuis quand tu as de la compassion pour lui ? » Lança Anne-Sophie.

« - Arrête, c'est triste, tout de même, c'était notre voisin, et puis un peu de respect pour Francine et Laurent. D'ailleurs, tu l'as vu ? Moi je l'ai aperçu hier, c'est devenu un bel homme, le portrait craché de son père quand il était jeune. Combien de temps qu'on ne l'avait pas vu ? Au moins vingt-cinq ans. On devrait aller lui présenter nos condoléances.

- Non je ne l'ai pas vu. Heu, ouais, mais bon ça fait tellement longtemps qu'on ne l'a pas vu. C'est pas évident. Moi je n'irai pas.

- Pourtant vous étiez bien copains tous les deux un été. Ho la la, ça date.

- Oui maman, comme tu l'as si bien dit, ça date, c'était il y a un bail. Et puis un été, ça ne fait pas de nous les meilleurs amis du monde. »

Les autres habitants de la maison avaient assisté à la conversation, les uns par la porte du salon, les autres par la fenêtre donnant sur la terrasse.

Lætitia intervint afin de soutenir sa sœur.

« - Elle a raison, on ne le connaît pas, on ne l'a plus vu depuis vingt-cinq ans au moins. » Se tournant vers sa sœur, « Moi je viens avec toi.

- Ramenez du pain les jeunes, pour le reste on a tout ce qu'il faut », c'était Bertrand qui avait interrompu son bricolage.

« - Okay c'est moi qui conduis », lança Anne-Sophie

Les deux sœurs, l'une incarnant la féminité absolue alors que l'autre n'avait jamais cessé de jouer d'une virilité indéniable, sortirent de la maison et se dirigèrent vers l'entrée du hameau pour récupérer la voiture d'Anne-Sophie.

Du balcon, derrière la maison, Romane observait Laurent, le fils Vermer. Il était à l'intérieur de la maison mais elle l'apercevait par la fenêtre de leur cuisine, assis à table, il buvait un café en discutant avec sa mère, veuve depuis hier. Un cri strident la fit sursauter. Elle leva la tête pour regarder le vol de l'oiseau noir dans le ciel bleu. Quand son regard revint vers la fenêtre des Vermer, elle croisa celui de Laurent, il lui fit un sourire triste et un signe de la main. Romane lui répondit de la même manière avant de se replonger dans son livre dont elle n'avait pas tourné une seule page depuis au moins une heure.

ÉTÉ 1996

Le Dahut Perdu

Ils arrivaient enfin au Dahut Perdu. Ces sept heures de route à cinq dans la voiture lui avaient parues interminables. Ne restait plus que la montée vers le hameau. Elle avait hâte de sortir se dégourdir les jambes.

Le casque sur les oreilles, une voix féminine lui murmurait "*Zen, soyons zen...* ", elle aurait bien besoin de rester calme effectivement. Quand son père avait décidé d'acheter cette baraque, l'année précédente, cela ne l'avait pas vraiment alarmée. Elle n'était pas venue l'été passé, elle avait eu la chance de travailler les deux mois, et n'était pas partie en vacances avec le reste de la famille, le pied.

Désormais majeure, Anne-Sophie comptait bien décider elle-même de ses lieux de vacances et ne plus être obligée de suivre ses parents. Mais son père, ne voyait pas cela du même point de vue. « T*ant que tu vis sous notre toit tu feras ce qu'on voudra* » avait-il décrété. Elle avait hâte de mettre un peu d'argent de côté afin de pouvoir prendre un appartement. Elle avait passé tous ses étés dans cet endroit, le trou du cul du monde, pendant sept ans. Heureusement, cette année, elle ne resterait que trois semaines, ensuite elle repartirait en train pour reprendre le travail. « Zen, soyons zen... » scanda-t-elle a haute voix dans le dernier virage.

Anne-Sophie redécouvrit le hameau perdu dans la montagne, la maison en ruine. Elle fut particulièrement effarée, d'avoir une maison et de devoir sortir tout de même en sortir pour aller aux toilettes, même la nuit. Leur père avait déjà effectué quelques travaux dans l'habitation, il était venu à plusieurs reprises, durant l'année, seul, pour la rendre habitable pour le temps des vacances.

Tout le monde s'était installé. Les journées étaient rythmées par les randonnées, dont elle réussit à se faire dispenser dès le troisième jour en simulant une entorse à la cheville. Elle restait donc seule au Dahut Perdu pendant que le reste de la famille arpentait les sentiers en montagne. Mais, les fins de journée était aussi rythmées par les travaux dans la maison et le temps passé avec les voisins pour faire connaissance. C'est curieusement de cette partie précisément qu'Anne-Sophie tira une satisfaction toute particulière cet été-là.

Par un miracle inespéré, dès leur arrivée, elle avait fait la connaissance d'un beau jeune homme. Elle ne l'avait jamais vu auparavant car depuis que la famille Humbert venait au Dahut, depuis 1988, lui, qui habitait là, partait tous les étés pour travailler en station. Cette année, un bras cassé et plâtré, l'avait coincé ici.

Elle en été immédiatement tombée amoureuse, il était un peu plus âgé qu'elle, mais qu'importe, elle s'était toujours sentie beaucoup plus mûre que les garçons de son âge. Et puis, il avait été tellement gentil et accueillant avec elle. Il avait fait de ce lieu si nul, un paradis, il passait du temps avec elle, partageait ses anecdotes de jeune homme, déjà dans la vie active. Sûr qu'il avait eu le béguin, immédiatement, lui aussi.

Lorsque ses parents, son frère et sa sœur étaient en randonnée, elle passait tout son temps avec lui. Et, de fil en aiguille, leur idylle débuta un matin par un baiser furtif sur le banc devant l'église du village. Le flirt dura pratiquement le temps des vacances d'Anne-Sophie, presque trois semaines. Elle était dingue de lui, ils faisaient déjà des projets à long terme. Elle était certaine d'avoir rencontré l'homme de sa vie.

Lui, avait l'air très amoureux aussi, et disait être prêt à s'engager. Après avoir passé des années à faire des rencontres sans lendemain dans les stations de montagnes, durant les saisons de ski ou alors l'été, il se sentait mûr, prêt à construire quelque chose avec une fille. Après tout, ils travaillaient tous les deux, elle pourrait facilement trouver un travail dans le coin et ils prendraient un appartement ensemble dans la vallée. Il s'y voyaient déjà les deux tourtereaux, même si aucun des deux n'en avait jamais parlé à leur famille respective. Ils avaient caché leur amour durant tout ce temps.

Trois jours avant le départ d'Anne-Sophie qui devait reprendre son travail, ils décidèrent d'annoncer la nouvelle à leurs parents. L'amour de sa vie lui avait dit qu'il annoncerait cela le soir-même à ses parents. Ils avaient décidé qu'Anne-Sophie attendrait le lendemain pour se lancer à l'eau avec sa propre famille.

Malheureusement pour Anne-Sophie, leurs choses ne se passèrent pas exactement comme elle l'avait prévu. En fin d'après-midi, les deux jeunes gens se quittèrent amoureux et plein d'espoir. Le lendemain matin, comme convenu la veille, elle attendit son chéri sur le banc de l'église... En vain. Le garçon n'honora pas leur rendez-vous et elle ne le revit jamais.

Elle erra dans le hameau l'âme en peine, aux alentours de treize heures, elle vit la camionnette du facteur arriver au hameau. Elle alla chercher la clef de la boite aux lettres à l'intérieur de la maison, et récupéra le courrier. Parmi les publicités, les factures et autres lettres, une enveloppe blanche ne comportait pas de timbre, elle était adressée à Mademoiselle Humbert Anne-Sophie.

Elle jeta littéralement tout le courrier sur la table de la cuisine et se dirigea vers sa chambre pour ouvrir l'enveloppe qui lui était destinée.

~

Anne-Sophie

Nous deux c'est impossible.

Oublie-moi.

~

La missive n'était pas signée. Malgré cela, l'identité de l'auteur ne faisait aucun doute.

Anne-Sophie se sentit abandonnée, trahie, seule au monde. Cette blessure resta graver en elle.

*

2022

Samedi 16 juillet

Le capitaine Marchand conduisait la voiture anthracite, à sa droite, sur le siège passager, le commandant Ambrosini réfléchissait. Après un virage en épingle, le véhicule s'engagea dans la ruelle à droite, celle qui menait au Dahut Perdu. Ils se retrouvèrent face à une golf blanche qui s'apprêtait à quitter le hameau. Reconnaissant les deux femmes, et surtout la conductrice, le capitaine fit des appels de phares et lui fit signe de s'arrêter à leur hauteur. Fenêtres ouvertes, le commandant s'adressa à Anne-Sophie Humbert.

« - Bonjour madame Humbert.

- Bonjour, heu… Bonjour Messieurs. » Son esprit rebelle l'empêcha d'employer le grade du policier. C'était plus fort qu'elle, son refus de se soumettre à une quelconque autorité.

« - Nous sommes désolés d'interrompre votre sortie mais nous souhaitons nous entretenir avec vous.

- Nous partions au marché, avec ma sœur…

- Vous pourrez y aller après avoir répondu à quelques questions.

- Et si je ne suis pas d'accord ?

- Hé bien dans ce cas, vous serez convoquée au commissariat. »

Après un bref silence, Lætitia prit la parole.

« - Non ça ira, elle va discuter avec vous. » Les deux sœurs se regardèrent.

« - Oui tu vas discuter avec ces deux policiers et on ira au marché après. On n'est pas pressées. » Fit-elle à sa sœur en lui pinçant discrètement la cuisse.

Anne-Sophie inspira profondément.

« - Okay, je vais faire demi-tour au croisement

- Bien, nous vous attendons devant l'église. »

Le véhicule des policiers reprit la route vers le bout du village. Les deux sœurs firent demi-tour et garèrent la voiture blanche devant la maison Humbert.

« - Tu sais ce qu'ils te veulent ? » Demanda Lætitia à sa grande sœur.

« - Bah non, comment veux-tu que je le sache ?

- Je ne sais pas. Mais tu as l'air stressé d'un coup.

- Ne t'inquiète pas. » Anne-Sophie se mit à marcher en direction de l'église.

Le regard du commandant Ambrosini s'orientait vers les tombes du cimetière qu'il apercevait au travers de la grille en fer forgée noire. Le capitaine Marchand, lui, admirait le paysage époustouflant des montagnes. Ils se retournèrent simultanément en entendant Anne-Sophie arriver dans leur dos.

« - Madame Humbert, veuillez vous asseoir s'il vous plaît. » Ambrosini désigna le banc devant l'église.

Après un instant d'hésitation, Anne-Sophie s'assit. Elle aurait voulu rester debout, rester à la même hauteur qu'eux. Mais n'eut pas le courage de s'opposer au flic qui la jaugeait. Elle se permit tout de même de souffler avant de poser son postérieur sur le vieux banc en bois.

Les policiers restèrent silencieux presque une minute. Une éternité dans le cœur d'Anne-Sophie. Le temps de faire monter la pression se dit-elle.

« - Je vous laisse » lança le capitaine à son supérieur. Il tourna les talons et s'engouffra dans la ruelle qui traversait le hameau. Surprise, Anne-Sophie, ne comprenait plus rien.

« - Madame Humbert, je souhaitais revenir sur notre discussion d'hier. Vous nous avez dit avoir passé l'après-midi de jeudi avec une amie, qui se prénomme Céline si ma mémoire est bonne, après avoir déjeuné avec elle dans la vallée.

- Oui.

- Pourquoi nous avoir menti ?

- …

- Madame Humbert, avec qui avez-vous déjeuné jeudi ? Et avec qui avez-vous passé l'après-midi ? »

Anne-Sophie avait baissé la tête. Son cœur cognait dans sa poitrine. Elle ne savait pas ce qu'elle devait répondre. Où était parti l'autre policier ? Un nombre incalculable de questions se bousculaient dans sa tête. Merde, elle n'avait rien fait de mal après tout. Cela ne les regardait pas avec qui elle avait passé la journée jeudi. Quel merdier. Elle avait bien compris que le capitaine Marchand était parti "discuter" avec quelqu'un d'autre.

« - Madame Humbert ? Avez-vous entendu mes questions ? Pourquoi avoir menti ? Et avec qui étiez-vous ?

- Je ne vois pas ce que cela peut vous faire. Je suis libre de passer du temps avec qui je veux. Je n'ai rien fait de mal. Et je ne vois pas le rapport avec l'assassinat. C'est bien pour résoudre un meurtre que vous êtes là. Pas pour fouiner dans la vie privée des gens. Cela n'a rien à voir. » Souffla-t-elle à voix basse.

« - Alors, si cela n'a rien à voir... Pourquoi ne pas répondre ? Ceci n'est pas un interrogatoire. Vous voyez bien. Si cela n'a effectivement aucun rapport avec Lucien Vermer, cette conversation restera entre nous. »

Anne-Sophie se sentait acculée, et puis il avait raison, ça ne changerait rien.

« - Jeudi j'étais avec… »

Un cri perçant la fit sursauter, ils levèrent tous les deux la tête vers le ciel d'où un oiseau noir les interpelait bruyamment.

*

Au même moment, Abdoul se tenait devant une porte en bois. Il venait de frapper trois coups, il attendait que quelqu'un vienne lui ouvrir. Personne. Il réitéra un peu plus fort, vit une cloche accrochée au mur, il la fit tinter. Rien à faire. La maison était apparemment vide. Il revint sur ses pas vers l'unique rue du hameau et aperçut Romane qui marchait, tenant une vieille casserole à la main.

« - Romane ! »

Elle se retourna.

« - Ha Bonjour Abdoul, tu n'es pas avec Joseph et Anne-Sophie ?

- Non… » Il n'en dit pas plus. Un lien affectif indéniable liait Romane à cette famille. « Qu'est-ce que tu fais avec cette casserole ? Tu vas où ?

- Je vais vider le compost. Juste à l'entrée du Dahut, tu vois ces container en bois ? Écologie, écologie mon ami.

- Je t'accompagne.

- D'accord.

- Comment vas-tu ? Pas trop de stress avec tout ça ?

- Ça va merci. En effet, ce meurtre a créé une ambiance malsaine à mon goût.

- T'as une idée de… Toi qui les connais tous depuis des années, tu verrais quelqu'un faire ça ? Et surtout pourquoi ?

- Franchement, je n'en ai aucune idée. Je ne peux pas imaginer un truc pareil désolée. Heu… Il y a un problème avec Anne-Sophie ? Lætitia nous a dit que Joseph avait insister pour lui parler, alors qu'il a déjà eu une conversation avec elle hier, comme avec nous tous.

- En effet, oui, Mais… Ho ce n'est peut-être pas grand-chose. Juste un truc dans ses déclarations d'hier. Un truc qui ne collait pas vraiment. Il voulait donc éclaircir la chose avec elle. »

Romane, comprit qu'il ne lui en dirait pas plus pour l'instant. Mais elle sentait parfaitement que le vent tournait dans en sens qui ne lui plaisait pas. Elle avait bien saisi, tout à l'heure, le malaise d'Anne-Sophie, quand elle lui avait demandé des nouvelles de Céline. Elle n'était pas en sa compagnie l'avant-veille, cela ne faisait aucun doute pour Romane. Mais bon, c'était sûrement autre chose, quelque chose qui n'avait rien à voir avec l'enquête. Anne-Sophie était peut-être allée retrouver un homme dans la vallée. Le couple qu'elle formait avec le père de ses enfants n'était pas des plus serein, ce n'était un secret pour personne. La pauvre Anne-Sophie, devoir parler de sa vie intime comme ça. Elle avait un pincement au cœur pour elle.

« - Mais pourquoi tu n'es pas avec eux toi ? » demanda-t-elle à Abdoul

« - Hé bien. Je devais faire autre chose mais il y a un contretemps apparemment. » Il semblait embarrassé. Alors elle fit diversion.

« - Alors tu vois, le container de droite c'est le compost. Celui de gauche, le papier et le carton. Et celui du milieu, la sciure de bois que tu verses après avoir vidé ta petite casserole. » Son geste accompagna ses paroles, et elle referma les couvercles des différents containers.

Abdoul sourit, il lui était reconnaissant de changer de conversation. Il reprirent le chemin en direction des habitations du hameau.

*

Dans la maison des Humbert, Brigitte s'inquiétait pour sa fille aînée.

« - Qu'est-ce qu'il se passe ? Pourquoi ils interrogent encore Anne-Sophie ? Lætitia tu sais quelque chose ? Ta sœur a fait une connerie ? Je parie qu'hier elle a dit aux policiers qu'elle détestait Lucien. A tout les coups elle n'a pas su tenir sa langue. Maintenant ils vont la soupçonner. C'est fou !

- Mais non man, ne commence pas à angoisser pour rien, ils font leur boulot c'est tout. Cool.

- Ouais, ça c'est vrai. Ils font leur boulot... Mais comme ils n'ont aucun suspect, alors ils vont tous nous harceler. »
Tourné vers la fenêtre, Jérôme observait Abdoul et Romane qui remontait l'unique rue du Dahut Perdu.

*

L'oiseau noir plana un instant au dessus de leurs têtes et vint se poser sur la gille en fer forgé du cimetière, fidèle à lui-même, seul témoin d'une conversation privée. Anne-Sophie et le commandant Ambrosini avaient suivi du regard l'oiseau aux pattes rouges jusqu'à son atterrissage tout près d'eux. L'homme se tourna vers Anne-Sophie.

« - Je vous écoute, Madame Humbert.

- Hé bien. J'étais avec un homme… Mais ce n'est pas ce que vous croyez. C'était juste quelqu'un avec qui je devais avoir une conversation.

- Un ami ?

- Pas vraiment un ami… Enfin… Ou alors, un ancien ami. » Elle souffla.

« - Qui est-ce ? », il connaissait la réponse évidemment.

« - J'étais avec Laurent. Laurent Vermer »

« - Hier vous m'avez dit ne pas l'avoir vu depuis vingt-cinq ans. Pourquoi avoir menti ?

- Je n'ai pas menti. Enfin pas vraiment. On ne s'était réellement pas vus depuis vingt-cinq ans avant jeudi, c'est vrai.

- Mais vous étiez en contact, tout ce temps ?

- Non non. Aucun contact. C'est la vérité. On a repris contact jeudi.

- Expliquez-moi. »

Anne-Sophie inspira profondément. Baissa la tête, se tourna vers le volatile qui n'avait pas bougé. Elle croisa les bras devant sa poitrine, un frisson la parcourut malgré la chaleur de cette matinée d'été. Elle regarda le policier droit dans les yeux et se lança à l'eau.

« - Commandant, je vais vous raconter une chose que je n'ai jamais raconté à personne. Vraiment personne n'est au courant. C'est une blessure et une humiliation que j'ai gardé en moi des années. » Elle décroisa ses bras, se toucha une oreille d'une main tandis que l'autre s'agrippait au vieux banc en bois. Ambrosini restait silencieux, il attendait patiemment.

« - Quand j'avais dix-neuf ans, je suis venue en vacances trois semaines au Dahut avec mes parents, mon frère et ma sœur. Je n'étais pas fan de rando, alors j'ai rapidement simulé une entorse à la cheville. » Elle sourit à l'évocation de ce souvenir. « Je pense que mes parents n'étaient pas dupes, mais j'avais eu une adolescence un peu difficile, alors ils voulaient me laisser un peu tranquille. Déjà que je n'avais pas du tout envie de venir ici avec eux… Bref, je restais donc ici pendant qu'eux allaient marcher en montagne. Cette année-là, j'ai fait la connaissance de Laurent. Je ne l'avais jamais vu auparavant parce qu'il partait tous les étés travailler en station. Je savais que Lucien et Francine avaient un fils, mais je ne le connaissais pas. Cet été-là, il n'a pas pu aller travailler parce qu'il s'était cassé un bras, il était plâtré, alors il a passé son été ici. Ça a tout de suite matché entre nous. Pour la première fois de ma vie je suis tombée amoureuse. Mon premier grand amour. Durant trois semaines c'était magnifique. Il m'a dit qu'il était amoureux aussi, on a fait des projets d'avenir ensemble. Bref, on a décidé d'en parler à nos parents respectifs et de trouver rapidement un appartement dans le coin, dans la vallée. Sauf que… Il m'a trahie. Il devait parler à ses parents un soir, deux ou trois jours avant mon départ du Dahut. Je ne sais pas s'il l'a fait. Mais toujours est-il que le lendemain, il s'est barré. Il m'a abandonnée. Il n'a dit à personne où il était parti. Il m'a laissé une lettre d'adieu sans aucune explication. Et on ne l'a jamais revu. J'ai beaucoup souffert en silence. Oui je sais… Vous allez me dire que trois semaines ce n'est rien. Que ce n'était qu'un amour de jeunesse. Mais je vous assure, j'ai senti qu'on était liés par un lien plus fort que tout. Et après, je me suis sentie abandonnée, oui, abandonnée et seule au monde. Après cela je n'ai plus jamais fait confiance aux hommes. Voilà, vous savez tout.

- D'accord je comprends. » Il laissa la femme assise devant lui méditer un instant le regard dans le vide. Le bruit du torrent leur parvenait par intermittence, suivant le sens du vent. Puis il reprit en douceur.

« - Racontez-moi la suite. Comment avez-vous repris contact jeudi ?

- Hé bien. On a des amis communs. Les enfants de Marcel et Pierrette Perrin. Ils ont un fils et une fille. Durant l'adolescence, j'étais devenue copine avec leur fille. Aujourd'hui, elle habite dans la vallée et on a toujours gardé le contact, ho pas souvent, mais un message tous les deux ou trois mois pour prendre des nouvelles. Je savais qu'elle et son mari voyait Laurent de temps en temps. Ils s'étaient perdus de vue pendant plusieurs années après le départ de Laurent, mais avec les réseaux sociaux, ils s'étaient retrouvés. Il n'a jamais voulu lui dire pourquoi il était parti. Alors elle n'avait pas insisté. Au début, quand j'ai su qu'elle le revoyait, c'était il y a presque dix ans je pense, je ne voulais pas entendre parler de lui. Je lui en voulais à mort. Mais, dernièrement, je m'étais dit que ce serait bien qu'il me dise pourquoi il m'avait fait ça. Je pensais que ça me ferait du bien, même après tant d'années. Avec l'âge on s'adoucit. Mais il a refusé de me voir à deux ou trois reprises. Alors j'ai laissé tomber. Et cette année, je ne sais pas ce qui lui a pris. Pourquoi a-t-il changé d'avis ? Je ne sais pas. Mais j'ai eu la surprise de recevoir un message de sa part jeudi matin. C'est la fille de Pierrette qui lui avait donné mon numéro, il y a longtemps, d'après ce qu'il m'a dit. Et voilà, après quelques messages, on s'est donné rendez-vous au Bourg pour discuter. On a déjeuner et on a passé l'après-midi ensemble.

- Et alors ? Avez-vous eu les réponses à vos questions.

- Figure-vous que non. On a beaucoup discuté, je ne lui en veux plus, il avait certainement ses raisons. Mais il ne m'a pas donné d'explication. Simplement que je devais lui pardonner, que le lien qui nous unit sera toujours présent. Mais qu'à l'époque il devait partir et me quitter, qu'il n'y avait pas d'autre solution. Il était jeune. Aujourd'hui, il souhaitait me demander pardon. Voilà, c'est tout. On s'est quitté bons amis après qu'il m'ait serrée dans ses bras chaleureusement, mais sans aucune ambiguïté. Fin de l'histoire.

- Si j'ai bien suivi votre récit. La fin de votre idylle correspond au départ de Laurent Vermer du Dahut Perdu et… Donc à sa rupture avec son père également.

- Heu... Je ne sais pas vraiment quand il s'est disputé avec son père. Francine n'en a parlé à ma mère que quelques années plus tard, quand les gens commençaient à lui demander des nouvelles de son fils qu'on ne voyait plus.

Je crois qu'elle avait honte. Mais... Oui, effectivement, il n'est plus jamais revenu au Dahut après cette année-là… Vous pensez que leur dispute pourrait avoir un rapport avec moi ?

- C'est une éventualité. Dans sa lettre d'adieu vous a-t-il dit s'il avait finalement parlé de votre idylle et de vos projets à ses parents ?

- Non, il n'a rien écrit, juste qu'il me quittait. C'est tout. Je ne sais pas s'il en avait parlé à ses parents, mais en tout cas, ni Lucien, ni Francine n'ont jamais fait aucune allusion à ce sujet. Je pense qu'ils n'ont pas été au courant. C'est sûr même. Francine aurait lâché le morceau à un moment ou à un autre. Lorsqu'elle était jeune elle était très bavarde, et elle buvait souvent le café avec ma mère et les autres femmes du Dahut. »

*

Ambrosini retrouva Marchand à la voiture dans laquelle celui-ci l'attendait.

« - Alors ? Comment ça s'est passé ? Fructueux j'espère…

- On peut dire ça. Et toi ?

- Personne n'a répondu. Porte close.

- Ha bon ? C'est étonnant. Je n'imagine pas madame partir se promener ». Il pris son téléphone portable et composa un numéro.

« - Allo ? » La voix masculine paraissait étonnée et sur ses gardes. Personne n'aime répondre aux numéros masqués.

« - Monsieur Vermer ?

- Oui… Qui êtes-vous ?

- Commandant Ambrosini à l'appareil. Je suis avec le capitaine Marchand, nous souhaitons vous parler. Où êtes-vous ?

- Je suis au Bourg, je suis descendu à la pharmacie pour ma mère.

- Et votre mère ? Où se trouve-t-elle ?

- Bah, à la maison.

- Personne ne répond

- Elle doit dormir, ses cachets l'assomment. Mais je préfère qu'elle dorme, plutôt qu'elle pleure à longueur de journée.

- Nous allons redescendre au Bourg, veuillez vous rendre au commissariat dans une trentaine de minutes s'il vous plaît.

- Puis-je savoir pour quelle raison ?

- Nous en parlerons tout à l'heure. »

Après un moment de silence Laurent Vermer répondit un "d'accord" résigné.

*

Assis en face des deux policiers, Laurent Vermer se tenait droit sur sa chaise, ses deux mains étaient posées sur une table rectangulaire qui les séparait. La pièce n'était pas borgne et aucune miroir teinté ne venait orner le mur dans le dos des deux hommes de loi. Ce n'était pas une salle d'interrogatoire comme on en voit dans certaines séries policières, se disait-il. Derrière lui, une fenêtre qui donnait sur la rue, était fermée et occultée par un film adhésif laissant toutefois passer la lumière du jour.

Ambrosini démarra la discussion comme il l'avait fait pour Anne-Sophie Humbert. Après quelques contestations, Laurent Vermer leur conta la même histoire, omettant toutefois la partie où il est question de projets entres les deux jeunes gens, le désir d'en parler aux parents respectifs et la rupture brutale qu'il avait infligé à la jeune fille à l'époque.

Le récit terminé, le commandant Ambrosini repris la parole.

« - Donc, selon vous, ce n'était qu'un amour de vacances qui s'est terminé au départ de Madame, Mademoiselle à l'époque, Mademoiselle Anne-Sophie Humbert. C'est bien ce que vous nous dites ?

- Oui… Mais quelle importance ? Je ne comprends pas où vous voulez en venir.

- Hé bien Monsieur Vermer. Quand quelqu'un me ment, ce que vous avez fait hier en me disant que vous n'aviez aucun contact avec les gens du Dahut, hé bien quand on me ment, c'est qu'on a une raison de me mentir. Alors j'aimerais comprendre pourquoi vous n'avez pas dit la vérité. Pourquoi ne pas nous avoir dit tout simplement que vous étiez avec Anne-Sophie Humbert jeudi après-midi ? »

Laurent Vermer secoua la tête et souffla.

« - Parce qu'elle est mariée et que je ne voulais pas que les gens s'imaginent des choses. C'est tout. Donc, on s'est dit qu'on ne parlerait à personne de notre rencontre. C'est mieux. Et de toutes façons cela n'a aucun intérêt.

- Aucun intérêt… Hum peut-être, peut-être pas. »

Le capitaine Marchand n'avait pas ouvert la bouche, il observait cet homme qui lui semblait particulièrement embarrassé par une histoire de flirt datant de vingt-cinq ans. Étrange.

« - Je peux partir maintenant ?

- Vous pourrez partir quand vous aurez fini votre histoire monsieur Vermer.

- Mais... Elle est finie. Quelle importance un vieux flirt peut-il avoir, dites-moi ?

- J'ai encore deux questions monsieur Vermer. Tout d'abord, madame Humbert Anne-Sophie, ne nous a pas livré exactement la même version que vous au sujet de votre flirt, comme vous dites. Elle, Anne-Sophie, parle plutôt d'amour, de grand amour même, et d'abandon aussi. Elle dit également que vous êtes subitement parti du Dahut et que vous n'y êtes jamais revenu. Votre dispute avec votre père, à mon sens, date de cet été-là. Voyez-vous, à mon avis, cela fait trop de coïncidences. Je veux donc savoir le fin mot de l'histoire de votre rupture avec madame Humbert. Et je vous demande également la raison de votre fuite. Que s'est-il passé avec votre père? Lui avez-vous parlé de votre idylle comme vous l'aviez prévu ? Je veux connaître toute l'histoire.

- Et si je n'ai pas envie de vous la raconter ?

- Et bien, nous passerons à un niveau supérieur et vous serez bien obligé de nous parler. Sans cela vous deviendrez notre suspect numéro un.

- Quoi ? Vous imaginez que j'ai tué mon père ! Mais ça ne va pas ! Pourquoi j'aurais fait ça ? »

Abdoul Marchand prit la parole afin de calmer un peu cet homme qui commençait sérieusement à s'agiter.

« - Monsieur Vermer, inutile de vous énerver. Racontez-nous votre histoire, tout simplement. S'il n'y a pas lieu de vous inquiéter par rapport au meurtre de votre père, pourquoi ne pas dire la vérité ? »

Laurent Vermer s'était levé et tourné vers la fenêtre au travers de laquelle il ne voyait que des ombres passer au loin. Les mains dans les poches, il respirait fort. Il se passa une main dans les cheveux et secoua de nouveau la tête. Finalement, il revint vers sa chaise et s'y laissa tomber, la résignation se lisait sur son visage.

« - Anne-Sophie vous a dit la vérité. On était amoureux, on voulait vivre ensemble. Cette fin d'après-midi, je l'ai annoncé à mon père. Ma mère était peut-être allée boire une tisane chez une des voisines, je ne sais plus chez qui, Pierrette ou Fernande, je ne sais plus. J'ai retrouvé mon père dans le cabanon du jardin, je lui ai dit que j'étais amoureux d'Anne-Sophie et il est devenu furieux. Je ne l'avais jamais vu dans un état pareil. Bon, il s'énervait souvent, j'avais pris l'habitude de ses humeurs depuis quelques années, mais là, ça dépassait l'entendement. Je n'ai rien compris. Il s'est opposé rageusement à cette union. Alors, le lendemain j'ai pris mes cliques et mes claques et je suis parti. Voilà.

- Et vous avez obéit aussi facilement à votre père ? » S'étonna le commandant.

« - Il vous dit d'abandonner l'amour de votre vie et vous le faites, comme ça sans discuter ! À vingt-quatre ans, vous étiez déjà un homme tout de même.

- Non... Je me suis rebellé bien sûr, et on s'est violemment disputé. Ensuite, j'ai réfléchi toute la nuit et j'ai compris que ma rage venait plus du fait que mon père voulait toujours dicter sa loi et beaucoup moins du fait que je devais me séparer d'Anne-Sophie. J'ai compris que, oui, en effet, j'étais amoureux pour la première fois. Mais, j'ai également réalisé que je ne la connaissais pas très bien après tout. On ne se fréquentait que depuis même pas trois semaines. Et encore, fréquenter est un bien grand mot, notre relation se limitait à flirter sur le banc de l'église. Alors, je me suis dit que c'était quand même un peu léger pour s'engager à vie. Elle m'avait déjà parlé d'un éventuel mariage et avait évoqué des prénoms d'enfants. Alors, j'ai pris peur. Et, le lendemain matin, aux aurores, je suis parti. Pour fuir Anne-Sophie, c'est vrai, et aussi mon père, que je ne supportais plus, depuis quelques années d'ailleurs. »

Le silence s'installa dans la pièce, des échos de voix lointaines, parvenaient discrètement jusqu'à leurs oreilles. Laurent Vermer avait chaud, il sentait des gouttes de sueurs couler dans son dos, sous sa chemise. Il se demandait ce que les policiers attendaient encore. Après un moment qui lui parut interminable, pourtant quelques minutes seulement, le commandant reprit la parole, il s'adressa à l'homme en face d'eux en le regardant droit dans les yeux.

« - Monsieur Vermer, pourquoi votre père s'était-il opposé à votre union avec la fille des Humbert ?

- Pourquoi ? » Il baissa les yeux, regarda ses mains qui commençaient légèrement à trembler sur la table. Il releva la tête et mis ses mains sur se genoux, sous la table. « Pourquoi ? Heu… Je ne sais pas. Vous savez, avec lui il ne fallait pas chercher à comprendre quand il décidait un truc… On a dû vous dire qu'il n'était pas commode. Il était devenu irascible depuis quelques années, avec tout le monde.

- Allons... Il devait bien y avoir une raison ! A priori il n'a jamais eu aucun différent avec la famille Humbert... Bertrand et Brigitte Humbert, ce sont les seuls voisins du hameau avec qui votre père n'a jamais eu d'ennui, d'ailleurs. Des gens honnêtes, plutôt sympathiques. Pourquoi ne pas accepter cette union avec leur fille ? Il doit forcément y avoir une raison.

- Hé bien s'il y en a une, je ne la connais pas. Désolé.

- Et votre mère ?

- Quoi ma mère ?

- Est-elle au courant de cette histoire ?

- Non

- Non ? Elle ne vous a jamais demandé pourquoi vous êtes parti, pourquoi vous avez coupé les ponts avec votre propre père ?

- Oui, bien sûr elle m'a demandé, au début. Mais je ne lui ai rien raconté. Et elle a compris que ce n'était pas la peine d'insister, elle a cessé rapidement de me demander des explications et on n'en a plus jamais parlé. Elle et moi, on essayait de se retrouver une fois par mois au Bourg, c'était tout ce qui comptait pour elle, pouvoir continuer à me voir de temps en temps. Sans que mon père ne le sache jamais évidemment.

- Votre père lui en a peut-être parlé, lui.

- Impossible !!! » Il cria ce dernier mot.

« - Vous me semblez bien sûr de vous, monsieur Vermer. Pourquoi cela serait-il impossible ? Après tout, il me semble qu'il n'y a rien de vraiment grave, rien de dramatique dans votre histoire tout de même.

- Enfin... Je veux dire que c'est impossible parce que ma mère me l'aurait répété un jour ou l'autre.

- D'accord. Bien… Bien. Donc vous nous confirmez que vous ne connaissez pas la raison pour laquelle votre père s'est opposé à votre union avec Anne-Sophie Humbert. C'est bien ça ?

- ... »

Laurent Vermer acquiesça de la tête, les yeux fixes sur un point invisible sur le mur gris derrière les deux policiers.

« - Monsieur Vermer ! Je n'ai pas entendu votre réponse…

- Oui » fit-il dans un souffle. Il déglutit

« - Alors… Est-ce que notre entretien est terminé monsieur Humbert ? Vous n'avez rien à ajouter ? » C'était le capitaine Marchand qui posait la question.

« - Oui... Oui… Non, rien d'autre.

- Une dernière question, monsieur Vermer... » Ambrosini, attentif, avait mentalement noté quelque chose dans les propos de l'homme assis en face d'eux. « Vous avez dit, à trois reprises, que votre père était devenu insupportable depuis quelques années. Il n'a pas toujours eu ce caractère, heu, disons un peu désagréable ? Aviez-vous noté un changement à un moment donné ?

- Heu… Oui… En effet. Bon, il n'a jamais été un bout en train non plus bien sûr. Mais il était moins sur la défensive, moins agressif avant.

- Avant quoi ? A quel moment ce changement a-t-il eut lieu ?

- Ho je ne me souviens pas exactement. Quand j'étais enfant il n'était pas comme ça. Je dirais peut-être… Heu… Quand je suis parti, cela faisait peut-être bien cinq ans qu'il avait changé. Oui, c'est plus ou moins cela. Je ne me souviens pas très bien. Je me rappelle qu'une fois en septembre, quand j'étais revenu au Dahut, je partais tous les étés en station à cette époque. Hé bien, je l'avais trouvé différent, j'avais l'impression qu'il en voulait à la terre entière, alors que, lorsque je les avais quitté fin juin tout allait bien. Il y a peut-être eu quelque chose cet été-là. Mais je ne vois pas ce qui aurait pu le rendre si différent… Je n’ai jamais compris pourquoi. On en avait parlé avec mère, à l’époque, mais elle était dans la même incompréhension que moi. Et depuis, il est resté, cet homme aigri, agressif, toujours sur la défensive. On avait l’impression qu’il en voulait à tout le monde. »

*

Les deux policiers se retrouvèrent dans un bureau libre, à l'étage du commissariat. Par la fenêtre, ils observaient cet homme qui repartait les épaules basses, longeant les commerces, se dirigeant vers le parking à la sortie du Bourg.

« - On avance Abdoul. On avance. Doucement, mais sûrement.

- Petit à petit l'oiseau fait son nid… »

L'adage fit sourire le commandant qui s'amusait à entendre les dictons religieusement récités par son collègue, souvent dans des moments d'intense réflexion.

« - Qu'est-ce qui te vient à l'esprit Abdoul ?

- On a trois éléments en suspens. Le premier : La raison pour laquelle le père s'oppose à l'union de son fils avec la fille d'un voisin. Apparemment, c'est vraiment trop difficile pour Laurent Vermer d'en parler, même vingt-cinq ans après. Mais il sait, c'est évident, il sait pourquoi son père lui a interdit de revoir la jeune fille. Et cette raison est peut-être en lien avec le problème qu'il aurait pu y avoir entre les Humbert et les Vermer. Tu l'as dit toi-même, aucun conflit c'est étonnant. Il y en a forcément un, il faut trouver lequel.

- Entièrement d'accord avec toi.

- Deuxièmement. Hé bien… Je n'oublie pas l'insinuation de Nicolas Jardinier. Au sujet de la relation ambiguë que Lucien Vermer aurait eu avec les enfants. Laurent aurait-il été abusé par son propre père étant jeune ? C'est une éventualité. Et c'est une chose qu'il est également extrêmement difficile à évoquer pour une victime d'abus sexuel. Ou alors Lucien Vermer aurait-il jeté son dévolu sur la jeune Anne-Sophie et ne souhaitait pas la partager avec son fils… C'est une autre éventualité.

- Tu n'as pas tord… Mais à part Nicolas Jardinier, qui détestait profondément Lucien Vermer, personne n'a fait d'allusion à ce genre de problème, ni les autres, ni Anne-Sophie elle-même.

- C'est vrai... Mais cela ne veut pas dire qu'il n'y en ait jamais eu… De problèmes… Elle ne nous a peut-être pas tout dit. »

Les deux hommes échangèrent un regard.

« - Il va falloir creuser de ce côté. Il nous faut reparler avec toute la famille Humbert.

- Oui je le pense aussi.

- Et le troisième élément Abdoul ?

- Que s'est-il passé ce fameux été au Dahut Perdu ? Un évènement qui aurait pu marquer Lucien Vermer au point de le rendre nerveux jusqu'à la fin de ses jours. Si mes calculs sont bons, et si les souvenirs de Laurent Vermer sont justes. Ça devrait remonter aux environs des années 1990 ou 1991.

- En effet… Tu as entièrement raison, ces trois points sont à éclaircir. Je pense que la lumière viendra, soit d'un des membres de la famille Humbert, soit de Francine Vermer. Mais je penche plutôt pour les Humbert. On retourne les voir, tous.

- Okay chef ! … Mais, là, maintenant, je commence à avoir faim. Pas toi ? J'ai remarqué une pizzeria au bout de la rue. Ça te dit une pizza ? »

Le commandant aurait préféré un bon steak tartare, mais il acquiesça en souriant à l'estomac sur pattes qui attendait sa réponse impatiemment.

« - D'accord. Mais nous retournerons au Dahut Perdu tout de suite après le déjeuner.

- Okay Chef ! Il faut battre le fer tant qu'il est chaud ! »

Ambrosini sourit de plus belle, il tapa dans le dos de son collègue et ils se dirigèrent vers la sortie.

*

Romane avait guetté le retour des filles. Anne-Sophie et Lætitia étaient finalement descendues au Bourg pour faire un tour au marché hebdomadaire afin d'acheter des produits locaux. Lorsqu'elle les avait vues arriver à l'entrée du hameau, elle s'était précipitée afin d'aller les accueillir à la voiture.

« - Un coup de main pour porter les courses, les filles ?

- Ha oui, on veut bien, en plus du fromage et du saucisson on a pris deux caisses d'abricots bien mûrs. Ils les bradaient. On va faire de la confiture. » Lætitia avait déjà les bras encombrés d'une cagette en bois.

- Heu.. Ouais... Enfin… C'est Mman qui fera la confiture…

- Pas faux ! » Répondit la frangine.

Les bras chargés, les trois femmes, remontèrent la petite rue jusqu'à la maison. Après avoir tout rangé, Romane profita d'un moment où Anne-Sophie retourna à sa voiture. Elle avait certainement oublié quelque chose… Anne-Sophie se rendit compte que Romane l'avait suivie.

« - Ho ça va Romane, merci mais il n'y a plus rien a décharger, je venais simplement chercher mon sac à main.

- Je sais Anne-Sophie, je voulais juste te parler seule à seule.

- Tu veux savoir ce que m'a demandé le commandant. C'est ça ? »

Romane avait bien compris qu'Anne-Sophie avait menti au commandant au sujet de la personne avec qui elle avait passé son jeudi. Mais cela ne la regardait pas. Cela ne l'intéressait pas. Ce n'était pas ce qui l'inquiétait.

« - Heu… Non… Tu n'as pas à me raconter quoi que ce soit. Mais je me posais juste une question Anne-So. Je me demandais si tu avais parlé au commandant, de l'évènement que tu m'as relaté jeudi soir, quand on était sur la terrasse toi et moi. Tu sais à propos de Lucien. Quand il te regardait, adolescente, lorsque tu bronzais en bikini… »

Soulagée, Anne-Sophie, souffla, elle se rendit compte qu'elle avait retenu sa respiration. Elle n'avait pas envie de raconter son histoire avec Laurent. Même si c'était vieux, elle voulait gardé cette amour de jeunesse pour elle, dans son jardin secret. Elle ne voulait pas partager les sentiments qu'elle avait pu éprouver un jour... Elle qui se montrait toujours cynique et sans cœur. Elle croyait bien tromper son monde, mais c'était se mentir à elle-même.

« - Ha ! Cette histoire ! Heu… Non, je n'en ai pas parlé.

- Pourquoi ne pas lui en avoir parlé Anne-Sophie ?

- Franchement, je n'y ai même pas pensé. Je me suis juste contentée de répondre aux questions. Et leurs questions se sont limitées à demander si j'avais entendu quelque chose et aux conflits de voisinage alors… Tu crois que j'aurais du en parler ? Tu penses que ça peut avoir un rapport avec son assassinat ?

- Je ne sais pas Anne-Sophie… Je réfléchis… Mais tout peut avoir de l'importance.

- Tu leur a dis toi ?

- Quoi ?

- Que je t'ai raconté cette histoire ?

- Non Anne-Sophie. J'ai pensé que c'était à toi de leur en faire part, pas à moi…

- Okay... Merci.

- Mais… En revanche… S'ils reviennent nous auditionner comme ils l'ont fait avec toi… Je ne pourrais pas garder cela pour moi Anne-So, tu comprends ?

- Oui, je comprends… Peut-être qu'ils ne te demanderont plus rien à toi.

- Peut-être… Mais j'en doute fort. Ils vont revenir, c'est sûr. Il persiste trop de zones d'ombre autour de Lucien…

- Bah, écoute, on verra bien… On attend… Et on verra bien... »

Après avoir récupéré le sac à main d'Anne-Sophie, les deux femmes firent demi-tour et retournèrent vers la maison des Humbert, elle ne s'aperçurent pas que des yeux les observaient à travers les rideaux d'une fenêtre.

*

La famille Humbert au grand complet, terminait son déjeuner sur leur terrasse à l'ombre de l'avancé du toit. La chaleur de ce début d'après-midi était plombante, le hameau restait silencieux. Le repas s'était déroulé de façon agréable, mais sans l'ambiance rigolarde habituelle. Un vent d'inquiétude soufflait au dessus de leurs têtes. Anne-Sophie avait refusé de parler de l'entrevue qu'elle avait eu le matin-même avec le commandant Ambrosini. Enfin… Elle n'avait pas refusé à proprement dit… Mais elle avait esquivé les questions en répondant qu'il lui avait reposé les mêmes questions que la veille. Il n'était plus tout jeune ce flic. La mémoire lui faisait défaut, alors il était revenu. Voilà tout. Elle avait peut-être dupé certains membres de la famille… Mais le doute se lisait sur certains visages… Enfin, on faisait bonne figure et on avait tout de même essayé de passer un agréable moment autour de ce déjeuner familiale. Bertrand, Jérôme et Philippe s'occupaient des cafés et des thés à l'intérieur lorsque se fit entendre le moteur d'une voiture entrant dans le hameau. Les femmes, Brigitte, Anne-Sophie, Lætitia, Romane et la petite Hélène, restées sur la terrasse, encore assises à table, tournèrent simultanément leurs têtes en direction de l’entrée du Dahut Perdu. Un instant plus tard, elles virent les deux policiers marcher en leur direction. Durant le trajet, les deux policiers avaient décidé de commencer par les parents. D’abord le père, Bertrand, puis la mère, Brigitte. Il aperçurent les femmes sur la terrasses, s’approchèrent, les saluèrent.

*

« - Monsieur Humbert, nous aimerions vous poser quelques questions supplémentaires. »

Ils s'étaient installés à l'arrière de la maison sur l'étendue d'herbe qui s'avançait vers les arbres un peu plus haut. Ils étaient à distance de la terrasse et à l'abri des oreilles perdues.

« - Je vous écoute commandant.

- Vous nous avez dit que vous passiez tous vos étés au Dahut Perdu depuis 1988. Est-ce bien cela ?

- Oui.

- Hors… J'ai cru comprendre que vous n'avez acheté votre maison qu'en 1995.

- En effet.

- Où dormiez-vous de 1988 jusqu'à l'achat de votre maison ?

- Ho ! On plantait la tente. On avait l'habitude de faire du camping.

- Ha… Et vous la plantiez où ? Votre tente ?

- Sur le terrain là, de l'autre côté de la route, plus bas.

- Le terrain de Monsieur Vermer ?

- Oui. J'avais son autorisation. Je disposais de son terrain en échange de travaux dans sa maison. Et comme le terrain était séparé de leur habitation par une haie de buissons, ça ne le dérangeait pas. »

Encore ce terrain en friche qui revenait dans une conversation, une fois de plus, pensa le commandant. Le regard du capitaine s'alluma également. On approchait du but. Doucement mais sûrement.

« - Donc vous avez loué, troqué si on peut dire çà, le terrain des Vermer pendant huit ans ?

- Heu.. Laissez-moi calculer... Oui c'est cela.

- Pendant huit années, vous avez campé sur le terrain de monsieur et madame Vermer. Toujours contre des travaux ?

- Les quatre premières années, oui. La cinquième année, il m'a annoncé ne plus vouloir me laisser le terrain. Mais, après plusieurs discussions... En fait, j'ai pensé qu'il préférait recevoir de l'argent, alors j'ai proposé de le louer réellement, j'avais un peu plus de moyens financiers, je pouvais enfin me le permettre. Je lui ai proposé une somme. Il ne voulait toujours pas. Mais, finalement il a accepté, je pense que son épouse l'a aidé à changer d'avis. De ce fait, les quatre années suivantes, j'ai loué le terrain. Voilà.

- D'accord. Avez-vous toujours payé vos locations dans les temps ?

- Oui. Toujours à notre arrivée. Je suis quelqu'un d'honnête.

- Et durant ces huit années ou même après, jamais aucun conflit avec Lucien Vermer ?

- Non. Je vous l'ai déjà dit. Je ne suis pas du genre à faire des histoires.

- Oui… Mais Lucien, lui, l'était, du genre à faire des histoires, comme vous dites. Alors je vais vous dire le fond de ma pensée. Je trouve cela très étrange qu'il n'y ait jamais eu la moindre dispute, le moindre accrochage, entre vous.

- Hé bien vous trouvez cela étrange, mais c'est la vérité.

- Il n'y a jamais eu de problème avec vos enfants non plus ? Lucien Vermer était réputé pour... Heu... Comment dire... Disputer les enfants, leur faire peur.

- Ho mes enfants, on les a éduqués de façon à ce qu'ils soient respectueux et aussi autonomes, alors s'ils se faisaient disputer, je pense qu'ils se gardaient bien de me le rapporter. Ce n'est rien de grave. Si mes enfant font une bêtise, je ne vois pas d'inconvénient à ce qu'un voisin leur remonte les bretelles, je la jouais un peu à l'ancienne moi. Pas question de m'en prendre à une maîtresse d'école qui avait puni mes enfants. Si vous voyez ce que je veux dire...

- Je vois très bien monsieur Humbert. Avez-vous quelque chose à ajouter ?

- Non.

- Je vous remercie. J'aimerais parler à votre épouse maintenant. »

Bertrand, sur le point de se lever de sa chaise, marqua un temps d'arrêt. « Vous savez, elle est très fatiguée, elle prend un traitement assez lourd pour ses douleurs.

- Nous n'en aurons pas pour longtemps. Ne vous inquiétez pas. »

Bertrand Humbert hocha la tête et se dirigea vers l'autre côté de la maison où se trouvaient la terrasse et le reste de la famille. On vit apparaître Brigitte Humbert un instant plus tard, avec ses deux béquilles. Elle vint s'asseoir sur la chaise qu'avait occupé son mari quelques minutes auparavant. Les deux hommes s'étaient levés à son arrivée et le capitaine lui avait proposé son aide, qu'elle avait gentiment refusé.

« - Madame Humbert, depuis combien de temps êtes-vous souffrante ?

- Ha ! Vous parlez de mon corps ou de ma tête ? », elle savait que les policiers étaient au courant, les boites de calmants traînaient sur la table quand ils étaient venus la première fois. Et elle ne doutait pas, observateurs comme ils devaient l'être, que ce détail ne leur avait pas échappé.

« - Hé bien. Je voulais parler de vos douleurs, mais si vous voulez bien nous en dire plus, cela serait bien aimable de votre part.

- Alors… Dans ma tête, j'ai toujours été un peu perturbée, enfin, perturbée, je ne suis pas folle. Rien de psychiatrique. Juste un peu de mélancolie chronique. Ça arrive quelques fois à certaines personnes. Mauvaise pioche. » Elle tenta de rire.

« - En connaissez-vous la raison ? De vos mélancolies ?

- Non monsieur.

- Et vos douleurs ? Depuis combien de temps souffrez-vous physiquement ?

- Je suis bien contente que vous vous intéressiez à mon cas. Bien que je préférerais qu'un médecin trouve enfin ce que j'ai réellement. J'ai mal depuis plus de trente ans, et ils n'ont jamais fait de véritable diagnostic. Donc comment voulez-vous trouver un remède à une maladie inconnue ?

- Vous voulez dire que vous souffrez mais vous ne savez pas ce que vous avez ?

- Exactement. Ce serait psychosomatique selon mon psy, enfin bon, on voit bien que ce n'est pas lui qui a mal vingt-quatre heures sur vingt-quatre. Mes douleurs n'ont rien de psychologiques, elles sont bien réelles, je vous l'assure.

- Vous souffrez depuis plus de trente ans… Auriez-vous eu un accident. Suite auquel les douleurs seraient apparues ?

- Non monsieur.

- D'accord. Hum… Revenons à Monsieur Vermer s'il vous plaît.

- Oui... Il me semblait bien que vous n'étiez pas venu pour vous inquiéter de ma santé.

- Votre époux nous a appris tout à l'heure, que vous aviez loué le terrain des Vermer durant plusieurs années pour y planter votre tente avant d'acheter votre maison.

- C'est cela.

- Durant ces années, est-ce que tout c'est toujours bien passé entre vous et monsieur et madame Vermer ?

- Bien sûr !

- Jamais le moindre accroc ? Rien ?

- Non.

- Même pas avec son épouse ?

- Avec Brigitte ? Vous voulez rire, cette femme est une crème… La pauvre. La gentillesse incarnée. Et une patience… Il en fallait avec son mari.

- Quels étaient vos relations avec Lucien Vermer ?

- Ho le minimum. Bonjour, bonsoir. Sans plus. Pas de problème.

- Et vos enfants ?

- Mes enfants ? C'est à dire ?

- Se plaignaient-ils du comportement de monsieur Vermer.

- Non. Vous savez, on a appris à nos enfants à ne pas se plaindre. A aller de l'avant. A se débrouiller. Ho il les disputaient peut-être un peu de temps en temps. Mais rien de sérieux. »

L'audition de Brigitte ne leur apporta pas grand-chose. Si ce n'est que la période où ses douleurs étaient apparus pouvait correspondre, à peu de chose près, à l'arrivée au Dahut Perdu de la famille Humbert en 1988. Hasard ou coïncidence ?

« - Nul vainqueur ne croit au hasard… Et... Les coïncidences sont les pires ennemies de la vérité… » Abdoul avait lancé ces adages en observant les arbres immobiles sous le ciel bleu, arrachant un sourire contenu au commandant Ambrosini.

Les deux policiers s'étaient ensuite entretenus avec Lætitia et Jérôme Humbert sans grand succès, le frère et la sœur n'avaient rien apporté de concluant. Philippe non plus ne leur avait pas été d'une grande aide. Ils attendaient Romane quand le cri perçant d'un Chocard à bec jaune les fit sursauter, ils s'étaient déjà habitués à la tranquillité du hameau. A l'heure grande surprise, ce n'est pas Romane qu'ils virent s'approcher d'eux. Mais Anne-Sophie. Lorsqu'elle avait compris que Romane allait devoir leur parler aussi, elle l'avait devancée afin de leur faire part elle-même de l'épisode de son adolescence, le jour où, enfin, elle avait bravé ses complexes et s'était mise en bikini. Elle ne voulait pas mettre Romane dans l'embarras de devoir raconter cela à sa place.

« - Vous attendez Romane, mais j'ai encore un truc à vous dire. C'est rien d'important. Mais comme vous voulez tout savoir, je me suis dit qu'il valait mieux que je vous en parle.

- Très bien Madame Humbert veuillez vous asseoir.

- C'est pas grand-chose et c'est très vieux je vous préviens…

- Nous vous écoutons... »

Anne-Sophie relata ce souvenir de son adolescence lorsqu'elle avait vu Lucien Vermer l'observer à travers les buissons alors qu'elle se trouvait en bikini. Le regard exorbité qu'elle avait découvert, un regard un peu fou, qui lui avait fait peur à l'époque. Elle n'avait que treize ou quatorze ans.

- Est-ce arrivé plusieurs fois madame Humbert ?

- Non une seule fois. Vous voyez ça n'a pas grande importance. J'étais jeune, j'ai peut-être mal interprété son regard… Je ne sais pas… »

On y vient, on y arrive, le voilà le conflit caché, pensèrent les deux policiers.

« - Avez-vous parlé de cet épisode à vos parents ?

- Non… Enfin… Juste à mon père, une seule fois. Mais pas sûr qu'il m'est prise au sérieux.

- Continuez madame Humbert.

- Hé bien. J'ai dit à mon père que j'avais vu Lucien qui me lorgnait derrière les buissons. C'est tout.

- Et que vous a répondu votre père ? Qu'a-t-il fait ?

- Il m'a dit de ne pas en parler à ma mère, parce qu'elle est un peu… Elle déprime de temps en temps. Alors il ne voulait pas lui donner des soucis supplémentaires.

- Et ?

- C'est tout.

- Il n'est pas allé parler à monsieur Vermer ?

- Non je ne pense pas. Mon père n'aime pas faire des histoires.

-Et après cela, vous n'avez plus vu monsieur Vermer vous… Hum… Vous épier au travers des buissons ?

- Non.

- Jamais ? Votre sœur et votre frère sont-ils au courant de cette histoire.

- Non, Jamais. Non, je ne leur ai pas dit. Ils étaient encore petits. Ils seraient aller le répéter à notre mère.

- D'accord. »

*

« - Donc cet évènement s'est déroulé lorsque la gamine avait treize ou quatorze ans…

- Oui chef ! C'est ce qu'elle a dit. » Abdoul souriait.

« - Rappelle-moi en quelle année est née Anne-Sophie Humbert ?

- En 1977 chef… Ce qui fait qu'elle avait treize ou quatorze ans, en 1990 ou 1991…

- Tiens tiens…

- Oui chef. Ça correspond à la période où Laurent Vermer dit avoir remarqué un changement dans l'attitude de son père.

- Drôle de coïncidences... » plaisanta Joseph Ambrosini.

« - J'ai noté que Bertrand Humbert a omis de nous raconter cette histoire.

- Tout à fait. Et puis… Si un de tes enfants te raconte un truc pareil tu fais quoi toi Abdoul ?

- Je cours m'entretenir illico presto avec le monsieur voyeur en question évidemment ! »

Romane s'approcha et vint s'installer sur la chaise libre. Elle portait des lunettes de soleil noires, elle les retira aussitôt qu'elle se retrouva assise en face de Joseph et Abdoul. Elle lut dans les yeux des deux hommes une lueur nouvelle. Elle comprit qu'Anne-Sophie leur avait fait part de l'épisode qui l'avait marqué durant son adolescence. Et elle sut également que les policiers s'approchaient de leur but, ou alors qu'ils commençaient au moins à avoir des éléments de recherche.

« - Comment vas-tu Romane ?

- J'ai connu mieux en terme de vacances » elle sourit aux deux hommes qu'elle considérait comme ses amis. Elle voyait en Joseph un père spirituel.

« - Romane, est-ce qu'il y a des choses dont tu voudrais nous parler ? Des choses que tu aurais peut-être oublié de nous dire ? J'ai confiance en toi. Mais je sais aussi que tu es proche de cette famille… Et je sais que tu es quelqu'un de fidèle, on peut compter sur toi. Alors…

- Je vous ai dit tout ce que je savais, hormis un point, mais je pense qu'Anne-Sophie vient de vous mettre au courant…

- Tu parles de quoi exactement ?

- De son histoire dans laquelle Lucien l'aurait regardé d'une façon particulière alors qu'elle était adolescente et en bikini.

- Tu étais au courant de cela ? Elle vient de nous dire qu'elle n'en avait parlé à personne.

- Elle m'en a parlé jeudi soir. Après le repas. On avait un peu bu. Et elle s'est laissée aller à me raconter cet épisode. Mais, avant jeudi, je n'avais jamais entendu parler de cette histoire effectivement. Je ne vous en ai pas parlé hier parce que je souhaitais que ce soit elle qui le fasse. Et c'est fait.

- Si elle a réussi à garder cela secret durant tant d'années, vingt ou trente ans même, pourquoi en avoir parlé jeudi soir ?

- Bah, l'alcool je pense. Et puis on était en train de parler de Lucien.

- D'accord… Mais… Pourquoi avez-vous parlé de monsieur Vermer ce soir-là. Vous parliez de lui souvent ?

- Non on ne parlait pas souvent de lui.

- Alors pourquoi ? »

C'est vrai cela, pourquoi avaient-elles parlé de lui ? Romane réfléchissait. C'est alors que cela lui revint.

« - Ha oui… Parce que ce soir-là... Lorsque nous sommes rentrés de randonnée, Jérôme, Philippe et moi. Lætitia nous a raconté que Lucien avait un peu déraillé à la fin de leur repas des voisins dans l'après-midi. C'est pour cela que le comportement de Lucien est revenu dans la discussion le soir.

- Déraillé ? C'est à dire ?

- Hé bien, apparemment tout s'était bien passé durant le repas. Mais après le dessert, il s'est levé d'un coup, a dit des choses incohérentes et il est parti furieux. Sans que personne ne comprenne le pourquoi du comment.

- Qu'a-t-il dit exactement.

- Ho je ne sais plus. Je n'étais pas présente. Et puis je n'y ai pas prêté attention quand ils ont raconté la scène. D'autant plus que Francine aurait demandé de l'excuser car il devenait de plus en plus incohérent dans ses propos. Apparemment il commençait à avoir des troubles cognitifs. Et puis, je ne pouvais pas prévoir qu'on allait le retrouver mort… Assassiné le lendemain, sinon évidemment j'aurais été plus attentive…

- C'est tout de même étonnant que personne nous ait relaté cet épisode... » s'étonna le commandant Ambrosini.

« - Je pense que tout le monde a été choqué par le meurtre. Et comme Francine avait dit qu'il était souvent incohérent tout le monde a mis cela sur le compte d'Alzheimer ou d'une démence due à l'âge… Je ne sais pas… Et puis, il ne s'en est pris à personne en particulier apparemment. Ce n'était pas une dispute. Il a dit des trucs dans le vide et il est parti. Il n'y a pas eu d'accrochage avec qui que ce soit d'après ce qu'on m'a dit.

- D'accord Romane. Bon, on va demander à toutes les personnes présentes durant le repas, quelles ont été exactement les paroles de monsieur Vermer. » Le commandant regarda le ciel un instant, une lassitude l'envahit, cette affaire commençait à le fatiguer. Il se sentait comme dans la chanson de Renaud, celle que Romane aimait tant. *Fatigué... Fatigué...* Il était temps pour lui de prendre sa retraite, vraiment. Son regard revint sur Romane.

« - Romane, les résultats des examens n'ont révélé aucune anomalie, aucune maladie neurodégénérative. Lucien Vermer ne souffrait pas d'Alzheimer. » Il continua en s'adressant à Abdoul.

« - On va commencer par Bertrand Humbert. L'histoire de sa fille en bikini, et les mots de Lucien Vermer durant le repas. » Il souffla, se leva et fit quelques pas dans l'herbe sèche.

Bertrand Humbert ne comprenait pas pourquoi ces deux policiers souhaitaient encore lui parler, une troisième fois. Il était contrarié mais ne voulait pas laisser transparaître son inquiétude devant les gradés. Il adopta d'emblée un comportement plutôt décontracté.

« - Monsieur Humbert, vous avez oublié de nous faire part de deux évènements concernant Lucien Vermer.

- Ha bon ? » Répondit-il étonné.

« - Oui. Cela ne vous revient pas ?

- …

- Alors je vais vous aider. La première… La première concerne votre fille Anne-Sophie. Durant son adolescence, vers l'age de treize ou quatorze ans, elle vous a dit avoir remarqué que Lucien Vermer l'observait alors qu'elle prenait un bain de soleil en bikini. Vous en souvenez-vous ? Non ! Ne me répondez pas. Évidemment que vous vous en souvenez. Un père n'oublie pas ce genre de chose. Racontez-moi.

- Hé bien je n'ai rien de plus à vous dire, si elle vous a raconté.

- Moi, j'aimerais savoir comment vous avez réagi. Vous êtes allé parler à Lucien bien évidemment. Que lui avez-vous dit ? Que vous a-t-il répondu ? En êtes-vous venus aux mains ? Je veux les détails, tout. »

Bertrand Humbert comprit qu'il était inutile de nier, oui, il était allé parler à Lucien, c'était si loin. Il s'en souvenait parfaitement. Il se souvenait de la réponse de Lucien. Mais au-delà de tout, sa mémoire lui rappela ce qu'il avait vu…

« - Oui, je suis allé lui parler le lendemain, j'ai attendu qu'il soit seul dans son jardin, je ne voulais pas que Francine nous entende, elle était partie faire une course au bourg, je crois. Je lui ai dit que ma fille l'avait vu la regarder à travers les buissons. Il a répondu qu'il était chez lui, qu'il regardait là où il voulait. Il a tout de suite été agressif. Moi je suis resté calme. Apparemment il ne comprenait pas mon allusion. Je lui ai demandé s'il savait comment on appelait les hommes qui observaient les petites filles. Là, il a compris. Il était outré que j'insinue une telle chose. Il a dit qu'il voulait simplement regarder si on n'abîmait pas son terrain, et qu'au départ il n'avait pas vu qu'Anne-Sophie s'y trouvait en maillot de bain. Et quand il l'a vue, il s'est retiré. Il s'est excusé pour cela. Je lui ai dit calmement que je ne voulais pas que cela se reproduise et qu'il ne devait pas s'inquiéter pour l'état de son terrain. Et voilà, l'histoire était réglée. Ce n'était finalement qu'un malentendu.

- Vous l'avez cru ?

- Oui.

- Aucun témoin de votre discussion.

- Non.

- Bien... Maintenant, venons-en à quelque chose de beaucoup plus récent. Durant votre déjeuner entre voisins, jeudi, monsieur Vermer aurait eu un... Disons, un accès de colère.

- Ha ça ! Ho c'est rien, vous m'aviez demandé si quelque chose d'inhabituel s'était produit. Hors, les accès de colère de Lucien, hé bien, ça n'avait rien d'inhabituel.

- Racontez-nous.

- Ho... Il s'est levé, a dit des conneries, des trucs sans queue ni tête et il est parti. Fin de l'histoire. Il commençait un peu à débloquer le pauvre, Alzheimer ou un truc comme ça.

- D'accord. Mais nous voudrions un peu plus de détails. Qu'a-t-il dit exactement ?

- Ho je ne sais plus exactement...

- Monsieur Humbert. Nous allons poser la même question à toutes les personnes présentes lors du repas. Nous connaîtrons donc très rapidement, dans l'après-midi, toute la teneur de ses propos... »

Bertrand Humbert avait compris le message. Inutile d'insister. A cet instant, il eut un peu plus de mal à garder cet air décontracté qui lui allait si mal. Ses mains se frottaient l'une à l'autre indépendamment de sa volonté.

« - Il a dit quelque chose à propos de son fils. Enfin, il a confondu, il voulait dire son fils et il a dit sa fille.

- Qu'a-t-il dit exactement monsieur Vermer ?

- Je ne sais plus. Il a dit, ma fille, il a levé les bras au ciel et il est parti. Je n'ai pas fait attention. Il devait tout de même être triste de ne plus voir son fils depuis tant d'années. Avec l'âge et son problème de cerveau, bah c'est sorti comme ça je pense. Ça peut se comprendre.

- A ce propos, avez-vous une idée de la raison de la rupture avec son fils.

- Non, absolument aucune idée. On n'a jamais su. Même Francine n'a jamais compris la pauvre, et elle en a souffert. Faut demander à Laurent. Maintenant qu'il est revenu !

- Je vous remercie monsieur Humbert. »

*

Après être brièvement passés voir toutes les personnes du Dahut Perdu, en fin d'après-midi, les mots exacts lancés par Lucien Vermer lors du déjeuner du jeudi finirent par émerger de la bouche de Pierrette Perrin qui avait, selon elle, une mémoire d'éléphant. Elle était formelle. A ses mots, une lumière se fraya un espace dans la tête du commandant Ambrosini et du capitaine Marchand. Ils pensaient tenir leur mobile. Mais comment cela était-ce possible ?

*

Dimanche 17 juillet 2022

Les trois bureaux du commissariat du Bourg était occupés. Pas de repos le dimanche pour la criminelle. Après un débriefe avec toute l'équipe la veille au soir, ils avaient décidé de convoquer officiellement trois personnes dans leurs locaux ce dimanche matin. Les trois étaient descendu ensemble, ils allaient au même endroit, alors pourquoi prendre plusieurs voitures. On les avait rapidement séparés et installés chacun dans un bureau. On les avait laissés patienter, seul, au moins trente minutes. Le temps de cogiter. Dans le premier bureau, la porte s'ouvrit sur le commandant Ambrosini, il était suivi du capitaine Marchand.

« - Bonjour Madame Vermer. Le commandant la salua le premier.

- Qu'est-ce qu'il se passe ? Pourquoi sommes-nous ici ? Pourquoi suis-je… Convoquée ? » La dame semblait terrorisée. Mais, c'était évident, le conjoint de la victime reste le premier suspect. Non ?

« - N'ayez crainte madame Vermer. Nous allons simplement discuter un peu, vous poser quelques questions et vous pourrez rentrer chez vous. » Marchand tentait de la rassurer un peu.

« - Madame Vermer. Avez-vous, oui ou non, connaissance de la raison de la rupture entre votre mari et votre fils ?

- Non ! Jamais ! J'aimerais savoir ! Mais, ni mon mari, ni mon fils ne m'ont jamais rien dit. Avec Lucien j'ai vite renoncé, car les deux ou trois fois où je tenté de lui poser la question il s'est mis en colère. Et avec Laurent, j'ai essayé plusieurs fois, mais devant son obstination, j'ai arrêté car j'avais peur qu'il ne veuille plus me voir non plus si je continuais à l'embêter avec cela. Alors je suis restée dans l'ignorance. J'ai accepté qu'ils me tiennent à l'écart.

- D'accord. Avez-vous su, à cette époque, si votre fils avait eu une liaison avec quelqu'un du Dahut Perdu ?

- Une liaison ? Vous voulez dire… Amoureuse… Non. Jamais. Pourquoi ? Il y a quelque chose que je devrais savoir ?

- Contentez-vous de répondre à nos questions s'il vous plaît. »

L'entretien ne leur apporta strictement rien. Soit cette pauvre femme était dans l'ignorance totale, et elle ne s'était jamais rendu compte de rien. Soit elle jouait vraiment bien la comédie. Il la libérèrent rapidement. Et elle s'en alla attendre ses deux compagnons de covoiturage dans un salon de thé non loin de là.

La deuxième personne interrogée constata qu'elle se retrouvait dans la même pièce que lors de son premier entretien avec la police. Assis à la même place, toujours dos à la fenêtre occultée par un film adhésif. Lorsque Ambrosini ouvrit la porte à la volée, il surpris l'homme, les coudes sur la table et la tête entre ses deux mains. Laurent se leva aussitôt.

« - Restez assis monsieur Vermer.

- Bonjour monsieur Vermer ». Abdoul se montra agréable, comme à son habitude.

- Bonjour. »

Les deux policiers, le gentil flic et le méchant flic, s'installèrent sur les chaises libres en face de Laurent Vermer. Chacun à sa place…

« - Monsieur Vermer, avez-vous des choses à ajouter afin de… Hum… Compléter vos déclarations précédentes ?

- Non.

- Bien… Vous ne voulez toujours pas nous dire pourquoi votre père s'est opposé à votre relation avec Anne-Sophie Humbert ?

- Je vous ai dit que je n'en sais rien.

- Moi je pense que vous le savez au contraire… Enfin ! Bon… Passons à autre chose alors.

- …

- Quelqu'un vous a-t-il raconté ce qui s'est passé lors du déjeuner entre voisins au Dahut perdu jeudi dernier ?

- Je ne vois pas de quoi vous parlez.

- Votre père a eu un accès de colère et aurait tenu des propos… Hum… Quelque peu incompréhensifs. Votre mère ne vous en n'a-t-elle pas parlé ?

- Non. Elle a autre chose à penser en ce moment. Alors le repas des voisins... Et puis, apparemment, ces derniers temps il commençait à dire n'importe quoi. Ma mère m'en avait déjà parlé.

- Elle vous a répété ce que votre père disait exactement ?

- Non. Elle me disait juste qu'elle s'inquiétait, qu'il avait peut-être un début d'Alzheimer parce que des fois il racontait n'importe quoi. C'est tout.

- D'accord, alors moi je vais vous informer des paroles prononcées par votre père jeudi devant tous les voisins du Dahut Perdu... »

Laurent Vermer fut apparemment très surpris d'entendre ce que Ambrosini lui dévoila. Mais, passé l'étonnement, les deux policiers constatèrent l'effroi dans les yeux du fils de la victime. Subitement il eut peur visiblement. Jusqu'à cet instant cette émotion n'avait figuré à aucun moment sur le visage qu'il connaissait maintenant depuis trois jours. Néanmoins, ils ne tirèrent rien de plus de Laurent Vermer.

Ils avaient gardé le meilleur pour la fin. Peut-être la seule et unique personne à détenir la vérité. Obligatoirement elle savait, elle. Ambrosini et Marchand entrèrent dans le premier bureau au rez de chaussée, à l'entrée du commissariat. Ils avaient eu la bonté de lui épargner les escaliers et une trop longue marche à travers les couloirs sombres. Elle commençait à s'impatienter, seule dans cette toute petite pièce. L'angoisse l'oppressait, doucement un étau invisible, mais puissant, se resserrait sur sa frêle poitrine. La porte s'ouvrit enfin.

Après un échange, de plusieurs dizaines de minutes, qui ne mena à rien, elle s'obstinait à dire qu'elle n'avait rien à ajouter à ses précédentes déclarations, qu'elle ne savait absolument rien sur rien, Abdoul sut trouver les mots afin de l'aider à, enfin, lâcher péniblement le morceau.

« - Madame Humbert. Nous savons à quel point cela doit être difficile pour vous. Mais vous devez parler. Délivrez-vous. Ce point pèse sur vos épaules depuis trop longtemps. Tout à chacun sait qu'un tel secret est délétère. Libérez votre parole. Vous vous sentirez sûrement beaucoup mieux.

- Je ne peux pas. C'est impossible. Cela détruirait toute ma famille.

- C'est ce que vous pensez, vous essayez de vous en persuader. Mais au fond de vous, vous savez, madame Humbert, vous savez que c'est le contraire qui va se produire. Libérez-vous. »

La femme se mit à pleurer, pas bruyamment, non, pas à grands sanglots, silencieusement. Les larmes coulaient sur ses joues. Ambrosini se leva doucement et sortit de la pièce. Marchand attendit patiemment, laissant le temps à la femme assise en face de lui de se vider de ce trop plein d'émotions.

Ambrosini revient quelques minutes plus tard avec une boite de mouchoirs en papier qu'il avait déniché dans un bureau voisin. Il la déposa sur la table devant la femme recroquevillée sur elle-même.

Brigitte Humbert releva légèrement la tête, prit un mouchoir pour essuyer ses joues et se décida à parler.

« - J'espère que vous avez un peu de temps…

- Tout le temps qu'il vous faudra madame Humbert... » Abdoul tenta de lui adresser un sourire mais ses yeux lui renvoyait une immense tristesse.

Été 1976

Le Refuge Temple Écrins

Les trois jeunes filles avaient passé la nuit précédente dans une chambre d'hôtes se trouvant au hameau de la Bérarde à 1713 mètres d'altitude. Leur but, aujourd'hui, était d'atteindre le Refuge Temple Écrins situé à 2410 mètres d'altitude, au pic Coolidge. Sept cent mètres de dénivelé, elles devraient arriver au refuge en moins de deux heures quarante-cinq minutes, si tout se passait comme prévu, bien sûr. Bon, elles feraient une ou deux pauses tout de même.

Elles étaient parties tôt ce matin, pour éviter de marcher sous un soleil de plomb. Après avoir longé le torrent du Vénéon, elles atteignirent un premier refuge, le Refuge du Carrelet, où elles firent une brève pause pour admirer le paysage. Elles avaient ensuite repris leur chemin et remonté de nombreux lacets en profitant du paysage. Les trois copines découvrirent ainsi les Bans et le Cirque de la Pilatte. Après trois bonnes heures de marche, elles aperçurent enfin, juste avant d'y arriver par le devant de la terrasse, le Refuge Temple Écrins.

Sur cette terrasse, au milieu des montagnes, elles furent subjuguées par l'incroyable beauté du paysage. Elles n'étaient pas en montagne, elles ressentaient une forte sensation de se fondre en elle, de faire partie de la carte postale. Elles en eurent le souffle coupé et une émotion forte s'empara d'elles. Le belvédère offrait une vue imprenable sur la Barre des Écrins, Les Bans, les Rouies, l'Ailefroide et d'autres sommets environnants.

Elles avaient prévu de passer la nuit au Refuge Temple Écrins et de repartir le lendemain matin vers une autre randonnée en Direction du Col de la Temple. Six cent mètres de dénivelé pour environ deux heures trente de marche. Elle voulait découvrir les paysages du Vallon de la Temple, lieu sauvage où elles espéraient croiser le chemin des marmottes et des chamois, et aussi d'observer le vol des aigles. Mais, demain est un autre jour. Pour le moment, elles étaient sous le charme que leur offrait ce belvédère, enivrées par tant de beauté. Elles s'étaient délestées de leurs sacs à dos et elles se disaient, du haut de leur dix-huit ans, qu'elles avaient choisi le meilleur endroit du monde pour leurs premières vacances sans leurs parents, et aussi leurs premières randonnées sans aucun accompagnateur.

Après avoir déposé leurs affaires dans un des dortoirs du refuge, elles s'installèrent sur un des bancs en bois sur la terrasse devant le bâtiment bas. Cette marche leur avait ouvert l'appétit. Elles allaient grignoter un peu. Deux couples étaient déjà assis sur d'autres bancs, des trentenaires, peut-être un peu plus. Ils échangèrent quelques mots avec elles. *D'où vous venez ? Vous allez où ? Vous dormez ici ce soir ? Et demain quoi de prévu ?*

Quelques mots, pas de grandes discussions. Ce lieu magnifique inspirait la méditation, pas les papotages sans grand intérêt.

Les trois jeunes randonneuses terminaient leur déjeuner par quelques carrés de chocolat quand elles virent arriver, par un chemin situé au bout de la terrasse, côté sud, quatre jeunes hommes, entre vingt et vingt-cinq ans peut-être. Après les avoir saluées, les garçons s'installèrent sur le banc à côté des jeunes filles, évidemment... Ils sortirent des cannettes de bières de leurs sacs à dos et en proposèrent aux trois copines qui refusèrent aimablement. Elles avaient tout ce dont elles avaient besoin, merci. Les quatre garçons dans le vent déjeunèrent de pain, de saucissons et de fromage. Ils adressaient la parole, de temps à autres, aimablement et souvent sur le ton de la plaisanterie, aux trois filles qui avaient fini par les trouver très sympathiques.

L'après-midi se déroulait dans une ambiance paisible, ce lieu ressemblait à un paradis, chacun vaquait à ses occupations, petites balades dans les alentours sans s'éloigner pour certains, photographie pour d'autres. Quelques échanges avec le gardien du refuge qui les informaient sur les différentes randonnées possibles, sur la vie au refuge et leur proposait une petite visite de son potager des hauteurs. Un couple s'adonnait à une sieste réparatrice allongé dans l'herbe. Les douze personnes présentes au refuge s'étaient mélangées. Et les filles faisaient connaissance avec les garçons.

Une des trois jeunes filles, Brigitte, dix-huit ans, petite, menue, les cheveux châtains clairs attachés en queue de cheval, buvait les paroles d'un des garçons arrivés peu après elles. Il lui proposa un petit tour sur un sentier qui ne s'éloignait pas trop du refuge, mais qui offrait une vue splendide. Marchant à côté d'elle, ce grand brun charpenté aux yeux bleus, n'était pas insensible à cette jeune femme dont les yeux bruns contrastaient avec la bancheur de sa peau et ses cheveux clairs. Il chassa rapidement ses arrières pensées, il était marié et père d'un enfant en bas âge. Ils passèrent une bonne partie de l'après-midi ensemble, à parler, à rire, sans qu'il ait évoqué une seule fois sa vie de famille, et il ne portait jamais son alliance...

Le dîner au Refuge se déroula dans la bonne humeur. Les deux couples plus âgés partirent se coucher rapidement après le repas, le lendemain on devait se lever tôt. Les jeunes, eux, prolongèrent la soirée en jouant aux différents jeux de société dont disposait le refuge. La fin de soirée fut agrémentée par quelques verres de Chartreuse et de Génépi.

Malgré la fraîcheur des hauteurs, ils sortirent prendre l'air sur la terrasse, l'alcool aidant, ils n'avaient pas froid les jeunes. Ils allèrent se coucher au compte goutte, chacun son tour, lorsqu'ils sentaient la fatigue les emporter. Tard dans la soirée, Brigitte se retrouva seule avec le grand brun qui lui plaisait tant. Ils ne s'étaient pas vraiment aperçus que leurs amis les avaient quittés les uns après les autres. Les deux jeunes gens se sentaient enivrés par l'alcool. Et ce qui devait arriver, arriva. Ils ne purent résister et passèrent la nuit ensemble dans une pièce du refuge où se trouvait un canapé. Lorsque Brigitte se réveilla, aux aurores, son bel inconnu n'était plus à ses côtés. Elle apprit, quelques instants plus tard, par le gardien du refuge, que les quatre jeunes hommes étaient déjà partis depuis plus d'une heure en direction de la Bérarde, là d'où elles étaient arrivées la veille. Ils suivaient un parcours contraire au leur. Les trois filles, elles, allaient partir de l'autre côté. Leurs chemins s'étaient croisés, il resterait un beau souvenir dans le cœur de Brigitte. Après tout, la révolution sexuelle avait eu lieu, la liberté était de mise. Elle ne devait jamais oublier cette fameuse nuit au Temple Écrins. Toute sa vie, elle s'en souviendrait...

Elle prenait son petit déjeuner avec ses deux copines, elles ne leur avaient rien dit. De toutes façons, lorsqu'elle était revenue dans le dortoir ce matin, celles-ci dormaient encore. Aucune des deux ne s'étaient rendues compte de l'absence de Brigitte durant la nuit. Après avoir préparé leurs sacs à dos et enfilé leurs chaussures de randonnée, les trois comparses se remirent en route en Direction du Col de la Temple.

*

Dimanche 17 juillet 2022

Commissariat du Bourg

Brigitte avait narré son histoire d'une traite, elle ne s'était pas arrêtée un seul moment de parler, le flot de parole s'était écoulé sans discontinuer. Les yeux dans le vague, elle semblait avoir quitté le commissariat pour intégrer un souvenir longtemps, trop longtemps refoulé au plus profond de sa mémoire. Reprenant ses esprits, elle réalisa qu'elle était toujours en compagnie des deux hommes qui l'écoutaient sans l'avoir interrompue une seule fois. Son regard revint se poser sur les policiers, elle inspira profondément, souffla, à deux reprises.

« - Puis-je avoir un verre d'eau s'il vous plaît ?

- Bien sûr madame Humbert », le capitaine se leva immédiatement pour aller chercher à boire.

Marchand revint très rapidement. Il posa sur la table trois verres, une bouteille d'eau et deux cannettes de soda qu'il proposa à Brigitte Humbert. Celle-ci refusa, préférant de l'eau. Il remplit les verres et se rassit à sa place. Après avoir avalé un grand verre d'eau, Brigitte reprit.

« - C'est la première fois de ma vie que je raconte cette histoire.

- Et nous vous en remercions madame Humbert ».

D'un signe de tête le commandant l'invita à poursuivre.

« - Ho... Je pense que vous avez très bien compris la suite. Pas besoin de vous faire un dessin. N'est-ce pas ?

- Qui est au courant ? » Ambrosini reprit les choses en main.

« - Personne !

- En êtes-vous sûre madame Humbert ?

- Oui, absolument sûre… Sinon ma famille aurait éclatée depuis longtemps. Ça a toujours été ma hantise d'ailleurs.

- Quand avez-vous rencontré votre époux ?

- Une dizaine de jours après être rentrée de vacances. Je devais travailler tout le mois d'août en tant qu'animatrice dans un centre aéré pas loin de chez moi. Un job d'été avant de reprendre les cours en septembre. Et quelques jours après mon arrivée, j'ai fait la connaissance de Bertrand, il venait faire des réparations dans les locaux du centre. Il était apprenti chez un ébéniste du coin. On a vite accroché, tous les deux amoureux de la montagne, de la nature. Il était beau et fort, j'ai vite oublié le grand brun des vacances… Enfin, je pensais que j'allais vite oublier cette nuit… Bref, Bertrand et moi sommes rapidement tombés très amoureux. C'était du sérieux.

- Lui avez-vous dit que vous étiez enceinte ?

- Je ne le savais pas moi-même !

- Au bout de combien de temps avez-vous appris votre grossesse.

- Ho... Au moins deux mois. Je n'avais jamais eu de cycles réguliers. Il m'arrivait souvent de ne pas être indisposée durant deux ou trois mois. Je ne me suis rendue compte de rien. J'étais inconsciente. J'étais très jeune. Ensuite, j'ai commencé à sentir des transformations dans mon corps. Et voilà... J'ai su que j'étais enceinte environ deux mois après ma rencontre avec Bertrand. Évidemment, il était sérieux et a voulu assumer. Il est venu voir mes parents, qui ont ensuite rencontré les siens et nous nous sommes rapidement mariés, avant que mon ventre ne devienne trop voyant sous la robe… » Elle sourit à l'évocation de ce souvenir.

« - Vous saviez que l'enfant n'était pas de Bertrand ?

- Non ! Enfin, il l'était peut-être. Sûrement, même, puisque nous étions un jeune couple et nous étions plutôt actifs, si vous voyez ce que je veux dire. Il y avait donc forcément beaucoup plus de chances que mon bébé soit de lui. Après tout, je n'avais passé qu'une seule nuit au Temple Écrins avec… L'autre…

- A quel moment avez-su alors ?

- Lorsque la sage-femme m'a mis Anne-Sophie dans les bras, j'ai immédiatement compris. Ce bébé avait des cheveux presque noirs et des yeux déjà d'un bleu éclatant. Bertrand avait les yeux verts, les miens étaient bruns, nos cheveux à tous les deux étaient châtains clairs. Il était évident pour moi que ma fille avait, malheureusement, hérité de la couleur des cheveux et des yeux de son géniteur. Je ne m'attendais vraiment pas à ça, j'avais complètement oublié Lucien depuis longtemps. Et Bertrand semblait tellement heureux de devenir père. Il prenait son nouveau rôle au sérieux, vraiment. Je ne pouvais pas le décevoir, et le détruire avec une telle révélation. Alors j'ai décidé que cela resterait mon secret à tout jamais. Et il l'est resté… Jusqu'à aujourd'hui…

- Votre époux n'a jamais rien su ?

- Non, non, jamais. Personne.

- Et Lucien Humbert ? Lorsque vous êtes arrivés au Dahut Perdu avec votre famille la première fois. J'imagine que vous vous êtes reconnus vous et lui…

- Oui, moi je l'ai reconnu immédiatement, même si cela faisait une douzaine d'années. Quand j'ai voulu rejoindre mon mari et que je l'ai vu discuter avec un homme, je me suis approchée doucement. Là j'ai reconnu sa silhouette, puis son visage, je n'étais pas encore arrivée à leur hauteur, ils ne m'ont pas vue. Alors je me suis arrêtée et je l'ai observé de loin. Heureusement que je n'étais pas avec Bertrand. Il aurait pu voir la surprise et la peur sur mon visage. Je suis donc restée en retrait, je me suis dis : il va discuter cinq minutes et on va repartir. Donc je suis retournée à la voiture. Sauf que cela ne s'est pas passé comme cela. Vous connaissez la suite. Bertrand a voulu s'installer là. J'ai d'abord refusé, mais il ne comprenait pas ma réaction, il s'est un peu emporté. Je n'avais pas vraiment le choix, ils avaient déjà conclu leur marché. J'étais mise au pied du mur, et officiellement je n'avais pas de raison valable pour refuser de nous installer sur ce terrain pour les vacances. Finalement, nous étions encore en train d'en discuter devant l'église, quand Lucien est apparut, il venait voir Bertrand. Mon mari nous a présenté, j'ai puisé dans toute ma force et mon énergie pour faire comme si de rien n'était, pour ne pas montrer ma nervosité. Lui, je crois qu'il ne m'a pas reconnue, pas tout de suite. J'avais un peu changé, trois enfants, les soucis, le boulot. Bref, il ne m'a pas reconnue sur l'instant, d'autant plus qu'il n'a pas particulièrement prêté attention à moi, une femme avec trois gosses… Il a échangé quelques mots avec Bertrand et il est rentré chez lui. Au fur et à mesure, j'ai remarqué que parfois son regard s'attardait sur moi, même si je l'évitais la plupart du temps. Le matin nous partions en randonnée et en fin d'après-midi Bertrand allait travailler chez lui. Nous ne nous croisions pas souvent, Lucien et moi. Enfin, une fois il est venu me voir alors que Bertrand était descendu acheter du matériel au Bourg. Il m'a demandée si je l'avais reconnu. Nous n'avons pas beaucoup parlé. Il m'a simplement demandé de bien vouloir n'en parler à personne, parce que, m'a-t-il avoué à ce moment là, il était déjà marié avec Francine lors de notre rencontre au Refuge Temple Écrins. J'ai compris à cet instant précis qu'il ne vendrait jamais la mèche, il n'en avait pas intérêt. J'ai également réalisé qu'il n'avait pas du tout fait le rapprochement avec Anne-Sophie. J'ai su par la suite qu'à l'époque du temple Écrins, il avait déjà un petit garçon de trois ou quatre ans, Laurent. Mais enfin, le sujet n'était pas là. Le but, pour moi, était qu'il ne parle pas. Je me suis dit que j'étais sortie d'affaire, que je pouvais être tranquille. Ensuite les choses se sont enchaînés, la maison ex cetera. Et les années ont passé. Voilà tout.

- Lucien Vermer n'a jamais su qu'Anne-Sophie était sa fille ?

- Non. Non. Personne ne l'a jamais su. C'était mon secret. »

Le commandant Ambrosini semblait dubitatif.

« - Vous savez madame Humbert, les secrets de famille ne restent jamais ignorés. Ils restent tapis dans l'ombre, mais ils s'immiscent dangereusement dans la vie des différents membres de la famille en question. D'une façon ou d'une autre… Et Lucien a faillit "vendre la mèche", comme vous dites, jeudi dernier, le jour de votre repas tous ensemble au hameau.

- Non. Impossible, il n'était pas au courant.

- Lors du repas des voisins, il a tout de même parlé de sa fille… Ils a dit… Ce sont ses mots exacts : "*Pourquoi elle ne le dit pas ? Tout ce gâchis ! C'est ma fille quand même !*".

- Oui... Heu… Il voulait parler de son fils. Francine nous a dit qu'il commençait à avoir Alzheimer et qu'il confondait.

- Justement, les personnes souffrant Alzheimer se souviennent de vieux souvenirs et s'obstinent à les relater encore et encore. N'avez-vous pas eu peur qu'il dévoile votre secret ?

- Non ! Il n'était pas au courant pour Anne-Sophie. Il n'avait jamais su qu'elle était de lui. Et, en plus, étant donné que Francine a annoncé à tout le monde qu'il avait Alzheimer, personne ne le prenait plus au sérieux.

- Pour votre information, Lucien Vermer ne souffrait pas d'Alzheimer, ni d'aucune autre maladie neurodégénérative. Je pense qu'il savait que votre fille était la sienne et qu'il voulait simplement soulager sa conscience à l'aube de sa vieillesse. Vous auriez donc eu intérêt à ce qu'il se taise à tout jamais.

- J'ai souvent rêvé qu'il disparaisse, pas qu'il meure non, juste qu'il disparaisse de ma vie. Mais jamais je n'ai souhaité sa mort. Seulement qu'il s'en aille loin que je ne le revois plus. Je savais qu'il ne dirait rien, mais le savoir à proximité, ce secret a toujours pesé sur mes épaules, vous savez, c'est lourd à porter. Mais je ne l'ai pas tué si c'est ce que vous insinuez. Et puis, comment j'aurais fait, dans mon état, dans le noir, descendre la côte dans l'herbe rendue glissante sous la pluie. Et lui, si grand, si fort. C'est inimaginable et vous le savez bien ! Et puis, je vous le répète, il n'était pas au courant. Comment voulez-vous qu'il l'apprenne, à part moi personne ne connaissait la vérité.

- Si vous ne l'avez pas tué, il y a forcément quelqu'un d'autre qui sait madame Humbert. Au moins une personne. Et cette personne avait tout intérêt à le faire taire, afin qu'il ne révèle pas votre secret. Et c'est précisément cette personne qui l'a tué. Nous reste plus qu'à trouver qui elle est. Êtes-vous en mesure de nous aider ?

- Non... Je reste persuadée que personne n'est au courant. Même Lucien ne savait pas. C'est sûr. Vous devez chercher ailleurs. »

Les deux policiers laissèrent partir Brigitte Humbert sans s'en inquiéter. Elle ne parlerait de leur conversation à personne. Ils l'avaient jugée sincère. Les deux hommes avaient la conviction qu'elle disait vrai. Mais ils avaient également la certitude qu'elle se trompait. Quelqu'un d'autre connaissait la vérité. Le mobile était évident. Il leur fallait faire un point avec l'équipe et ensuite faire sortir le coupable de son trou.

Toute l'équipe du commissariat travaillant sur l'affaire se retrouva dans leur salle de réunion, enfin, la seule pièce du commissariat qui pouvait accueillir plus de quatre ou cinq personnes. Tous les éléments furent mis bout à bout. Toutes les éventualités ont été exposées. L'étau se resserrait mais aucune preuve ne pouvait les aider à trouver avec certitude le coupable. Il fallait bluffer et pousser le meurtrier à se livrer de lui-même. Il fut décider de convoquer tous les membres de la famille Humbert et de revoir Laurent Vermer, le fils de la victime. L'après-midi s'annonçait longue et éprouvante pour tout le monde.

L'audition de Lætitia, Jérôme, et Anne-Sophie ne donna aucun résultat. Ils avaient été reçus l'un après l'autre. Aux paroles du commandant Ambrosini *« Nous savons qui a intérêt à ce que Lucien Vermer soit mort. Nous sommes au courant de tout à propos d'Anne-Sophie »*, les trois avait écarquillé les yeux et ne comprenaient pas à quoi les policiers faisaient allusion. Jérôme et Lætitia avaient ensuite harcelé de questions leur sœur, qui ne comprenait pas plus qu'eux où les flics voulaient en venir.

En revanche, Bertrand Humbert et Laurent Vermer furent mis face à leurs contradictions et forcé d'avouer, chacun, une conversation qu'ils avaient eu, par le passé, avec Lucien Vermer.

*

Juillet 1990

Le Dahut Perdu

Bien que furieux, Bertrand Humbert tentait de maîtriser ses nerfs. Il se présenta au portillon devant la maison de Lucien Vermer avec la volonté d'en découdre. Un homme de son âge qui épie une jeune fille de treize en bikini, mais quel merde cet homme. C'est dégueulasse, Lucien le dégouttait. Il avait vu Francine, l'épouse de Lucien, partir en voiture et en avait profité pour aller parler franchement à cet homme et lui dire ce qu'il pensait de lui. Il n'avait pas intérêt à recommencer à poser les yeux sur sa fille, et il lui interdirait de l'approcher. Arrivé devant le portillon en bois, il vit l'homme de dos, torse nu, penché sur une bêche du côté de son potager. Il poussa la petite porte et se dirigea vers Lucien Vermer.

« - Lucien ! »

Lucien Vermer se releva et fit pivoté son torse de moitié vers Bertrand sans se retourner complètement.

« - Ouais ?

- Faut qu'on parle ! »

Lucien inspira profondément. Son regard avait changé, une colère mêlée de tristesse emplissait désormais ses yeux. Il resta calme, se maîtrisa, lui aussi. Oui, il fallait absolument qu'il ne laisse rien paraître.

« - Qu'est-ce que tu veux Bertrand ?

- Ma fille m'a dit que tu la reluquais à travers tes buissons hier. »

Lucien baissa les yeux un instant, puis les releva. Il sembla soudain extrêmement las. Il ne bougea pas d'un poil, planté sur ses deux pieds.

« - Reluqué ? … Non Bertrand, c'est une gamine, ne t'imagine pas des choses pareilles, s'il te plaît.

- Tu insinues que ma fille est une menteuse ?

- Non Bertrand. Je veux simplement dire qu'elle a mal interprété mon attitude.

- Et on doit l'interpréter comment ton attitude ? »

Lucien souffla, il leva la tête vers le ciel, la baissa ensuite sur ses légumes. Il hésita. Enfin, il regarda Bertrand dans les yeux.

« - Bertrand, je suis désolé… Mais… Enfin…

- Enfin quoi ? Accouche bon sang !

- Je t'avoue que je regarde un peu tous les jours si vous n'abîmez pas mon terrain avec vos tentes, vos tables et vos chaises, les gamins qui peuvent creuser des trous en s'amusant… » Il préférait passer pour un idiot plutôt que pour un pervers.

« - Quoi ? Qu'est-ce que tu racontes ?

- Bah... J'y tiens à mon terrain et je t'assure que, pas une seule seconde, je ne voulais observer ta fille. Je ne savais pas qu'elle s'était installée là en maillot de bain, elle ne l'avait jamais fait avant. Sinon je n'aurais pas regardé évidement. Ne t'inquiète pas, je ne le ferai plus. Je sais que c'est ridicule. Je suis désolé de ne pas t'avoir fait confiance. Je vois que tu es sérieux et que tu me laisses toujours le terrain en bon état après ton départ. Oublie ça s'il te plaît. »

Bertrand se sentit un peu décontenancé, il ne s'attendait pas à cela, il était venu pour remettre ce connard à sa place et se retrouvait devant un homme confus qui lui présentait des excuses pour avoir douté de lui. Il ne savait pas s'il devait croire à ses explications ou pas. Il hésita. Bon, c'est vrai qu'après tout, il n'avait jamais eu de problème avec lui. Il n'avait jamais rien remarqué d'anormal. Lucien disait peut-être vrai. Il allait lui accorder le bénéfice du doute, mais il le surveillerait un peu plus tout de même à partir de maintenant.

« - D'accord Lucien. Va pour cette fois. On en reste là. » Il fit demi-tour et s'éloigna de l'homme dont il ne s'était pas vraiment approché.

Lucien, dont les pieds n'avaient pas bougé, pivota dans l'autre sens et se remit au travail. Il n'entendit pas Bertrand revenir sur ses pas. Se croyant seul, il jeta sa bêche au sol, se releva et se retourna complètement pour aller vers sa terrasse boire un verre d'eau et se reposer un peu. Il se retrouva face à Bertrand qui était à quelques pas de lui. Face à face, les deux hommes eurent un moment d'hésitation. Bertrand resta figé en découvrant, sur le flanc de Lucien, une grande tache de naissance. Lucien fit quelques pas sur sa droite pour attraper son tee-shirt posé sur une chaise en plastique. Il enfila son vêtement à la hâte. Au regard de Bertrand, il su que celui-ci avait compris.

« - Heu… J'étais revenu pour te dire que… Heu… Qu'il était inutile de parler de notre conversation à nos femmes… Heu... Anne-Sophie n'a dit à personne qu'elle t'avait vu derrière les buissons. » Sous le choc, Bertrand réussit à garder son calme, mais il articulait avec énormément de difficulté. En même temps, il ne pouvait pas, il ne voulait pas y croire. D'ailleurs, comment cela serait-il possible ? Non cela n'avait aucun sens. Pas possible. Il s'était fait des idées. Il décida d'oublier cette vision. Cela ne voulait absolument rien dire.

« - Bien sûr, inutile d'inquiéter Francine et Brigitte avec ça. Cela n'a aucune importance. Et puis, elles s'aiment bien toutes les deux. Je suis d'accord avec toi. Laissons-les en dehors de ça. » Lucien fit un geste de la main voulant dire laissons tomber.

A quoi faisait alors allusion Lucien ? Le fait qu'il ait été traité de pervers ? Leur accrochage ? Ou l'autre chose ? Les deux hommes se quittèrent sans un mot de plus. Les années passèrent sans que, ni l'un, ni l'autre n'évoque plus jamais cet discussion.

*

Juillet 1996

Le Dahut Perdu

L'année 1996 se révéla très particulière pour Laurent Vermer. A vingt-quatre ans, il devait passer, pour la première fois depuis de nombreuses années, ses deux mois d'été au Dahut Perdu. La faute à une chute de vélo, il ne pouvait plus rester en station et emmener les vacanciers faire du VTT de descente. Un bras plâtré et une atèle à la cheville l'empêchaient de faire ce qu'il aimait tant. Il s'était résolu à rester tranquille pour une fois. Cependant, son été ne se passa pas exactement comme il aurait pu l'imaginer. Dès le début du mois de juillet, il vit arriver la famille Humbert. Laurent avait entendu parler d'eux à plusieurs reprises, bien sûr, mais ne les avait pas encore rencontrés, lui n'étant jamais présent au Dahut Perdu pendant les vacances scolaires. La fille aînée lui avait plus instantanément. Il s'était senti attiré vers elle, comme s'ils se connaissaient depuis toujours. Ils accrochèrent très rapidement et devinrent vite plus que de simples amis. Elle avait quelque chose qu'il n'avait jamais trouvé chez les nombreuses filles qu'il rencontrait régulièrement en station. Un truc en plus, il ne savait pas quoi, mais il se sentait proche d'elle, comme si un lien invisible les attachait l'un à l'autre. Laurent se sentait en harmonie avec elle, peut-être était-ce cela l'amour. Il n'avait jamais éprouvé de tels sentiments pour aucune des filles avec qui ils avaient eu des relations intimes. Ils passèrent près de trois semaines ensemble. Anne-Sophie devait repartir deux ou trois jours plus tard. Ils s'étaient déclaré leur amour respectif. Anne-Sophie lui avait exposé des projets communs, il y avait adhéré, le cœur battant, sans réfléchir. Ensemble, ils avaient décidé d'en parler à leurs parents et de se lancer rapidement dans la vie à deux.

Laurent alla trouver son père dans le cabanon derrière la maison dans lequel il entreposait ses outils de jardinage. Dans la pénombre, il s'adressa à son père.

« - Papa !

- Ha t'es là toi ! Avec ta mère on ne te voit pas beaucoup en ce moment, où est-ce que tu traînes avec ta patte folle et ton bras cassé ? » Lucien avait prononcé ses mots sur le ton de la plaisanterie, il souriait à son fils unique.

Laurent sourit à son tour en baissant les yeux.

« - C'est vrai… En fait… Heu… Hé bien.. Il faut justement que je vous dise quelque chose à toi et à maman. Mais je voulais en parler seul avec toi d'abord…

- Ho ça m'a l'air important. Tu as l'air sérieux. Que se passe-t-il fils ?

- Papa, j'ai rencontré une fille.

- Hum Hum… Oui… Mais ce n'est pas la première j'imagine... » Lucien sourit, comprenant que, cette fois, son fils était sûrement amoureux. Il le savait un peu coureur de jupons, leur fils ne leur avait jamais présenté personne jusqu'à présent.

« - Non, c'est vrai... Mais cette fois c'est différent, j'ai envie de m'engager. On a décidé de chercher un appartement dans la vallée pour s'installer ensemble. Qu'en penses-tu ?

- Tu as vingt-quatre ans mon grand, c'est normal. Tu vas manquer à ta mère, c'est sûr, mais tu ne seras pas loin. Bravo, il faut que tu prennes ton envol. Mais… Tu nous as bien caché ton jeu dis donc. On ne s'est aperçu de rien… J'imagine que ça doit faire un certains temps que vous

vous fréquentez si vous avez pris une telle décision. Bravo mon cachottier…

- En fait, ça ne fait pas si longtemps que ça. Mais ça été le coup de foudre pour tous les deux. On est vraiment bien ensemble et je me sens prêt à me lancer.

- Ha… Hum… Bon… Après tout… Vous n'allez pas vous marier… Vous apprendrez à vous connaître en vivant ensemble… Les temps changent… Allez, si tu veux, tu annonceras la nouvelle à ta mère ce soir, à table. Et l'heureuse élue, elle est d'où ? Elle habite dans le coin ? Tu l'as rencontré en station ? Ou alors au Bourg ?

- Hé bien, je l'ai rencontrée ici.

- Où ici ? En bas au Bourg ?

- Non papa. Ici... Au Dahut.

- Au Dahut ? » Le sourire jusque là scotché sur le visage de Lucien Vermer, disparut immédiatement. Il n'y avait pas énormément de jeunes filles qui passaient au Dahut Perdu. Il espéra un moment que l'amoureuse serait la fille de Marcel et Pierrette Perrin. Il ne l'appréciait pas des masses, Marcel, mais bon, c'était toujours mieux que l'autre éventualité qui n'était pas envisageable. Son cœur commençait à s'emballer dans sa poitrine. Il scrutait le visage de son fils,

« - Hé oui papa ! Au Dahut ! Qui l'eut cru ? C'est Anne-Sophie, tu sais la fille des Humbert. »

Lucien Vermer sentit le ciel lui tomber sur la tête, le monde s'écroulait autour de lui. Tout. Tout, mais pas ça. Il entra dans une fureur indescriptible.

« - C'est hors de question !

- Quoi ?

- Tu ne peux pas te mettre avec elle. Bon Dieu, j'espère que vous n'avez pas… Je veux dire… Dis moi que vous n'avez pas déjà... !

- Mais papa ! Qu'est-ce que tu racontes. Pourquoi je ne pourrais pas me mettre avec elle ? C'est du n'importe quoi !

- Réponds à ma question !

- Quoi ?

- Réponds moi, avez-vous...

- Non ! Si tu veux tout savoir ! On flirte juste sur le banc de l'église… Mais ça ne te regarde pas après tout.

- Si ! Ça me regarde ! Oublie-la immédiatement !

- Mais pourquoi ? Donne moi une seule raison ! Toi et maman avez toujours dit du bien des Humbert ! J'aimerais comprendre ta réaction. Ho et puis j'm'en fous. J'suis plus un enfant, je suis majeur depuis longtemps et tu n'as pas à décider à ma place. Je ferai ce que je veux. Et que tu le veuilles ou pas, j'emménagerai avec elle dès qu'on aura trouvé un appartement ! » Laurent tourna les talons et se dirigea vers la sortie du cabanon. Son père, prit de panique, le rattrapa par le bras, le tira à lui et lui souffla, face à face, ce qu'il avait découvert, ce qu'il savait et gardé pour lui depuis six ans.

« C'est ta sœur…

- Quoi ?

- Anne-Sophie est ta sœur.

- ... » Laurent ne comprenait pas. Il se libéra de l'emprise de son père mais n'eut pas la force de sortir du cabanon. Ses jambes ne lui répondaient plus, il resta cloué sur place.

« - Je comprends rien papa, qu'est-ce que tu racontes ? Ça n'a pas de sens…

- Laurent… Cette fille est ta sœur… Enfin… Ta demi-sœur…

- Mais tu ne connais les Humbert que depuis quelques années. Tu racontes n'importe quoi…

- Laurent. Écoute moi… S'il te plaît... Ce n'est pas facile. »

A l'ombre de ce cabanon, en cette fin d'après-midi estivale, le père se soulagea d'un secret qu'il avait découvert quelques années plus tôt. Il raconta à son fils un évènement qui avait eu lieu une vingtaine d'années auparavant, lors d'une nuit passée au Refuge Temple Écrins, alors qu'il était parti pour une escapade avec des copains de jeunesse dans les montagnes environnantes. Il avait laissé son épouse à la maison, avec leur enfant, Laurent, encore trop petit pour faire de la randonnée de haute montagne. Cette nuit au refuge Temple Écrins, Lucien avait fait une erreur de jeunesse. Un moment d'égarement qui provoquait des répercussions terribles deux décennies plus tard.

Laurent Vermer fut anéanti par cette révélation. Il passa la nuit à réfléchir. Vers trois heures du matin sa décision était déjà prise et à l'aube il était parti. Le jeune homme avait pris soin de laisser un mot à Anne-Sophie, dans la boîte aux lettres des Humbert et une lettre à sa mère cachée dans le pot à café, c'était toujours elle qui préparait le petit-déjeuner.

Il n'avait rien dévoilé de cette terrible nouvelle. Il avait simplement voulu dire au revoir.

*

2022

Le commandant Joseph Ambrosini et le capitaine Abdoul Marchand tenaient leur mobile. Le tueur avait voulu faire taire Lucien Vermer qui était visiblement sur le point de se soulager d'un terrible secret qui allait détruire une famille, voire deux. Et, comme ils l'avaient compris, Brigitte Humbert n'étaient pas la seule personne à connaître la vérité. Avec Bertrand Humbert et Laurent Vermer, ils étaient maintenant trois à avoir intérêt à ce que ce secret de famille reste enfoui dans la nuit du Temple Écrins.

« - Maintenant c'est clair comme de l'eau de roche… » souffla Marchand.

- Oui… Mais le mobile est valable pour les trois personnes… Et nous n'avons aucune preuve et aucun aveu. Ils nient tous les trois avoir commis le crime. Nous n'avons aucun élément concret qui nous permettrait de nous orienter plutôt vers l'un que vers l'autre… Il faut qu'on fasse un point avec l'équipe.

- Oui… Mais je pense à quelque chose. Peut-être pourrions-nous demander à Romane de nous épauler un peu ? Tu pourrais lui permettre de participer à notre débriefe tout à l'heure... Elle est mise hors de cause. Le mobile ne la concerne pas. Elle aura un œil différent, elle connaît les différentes personnes, je pense qu'elle pourrait nous aider. Alors, qu'en penses-tu chef ? »

*

A dix-sept heures tapante, l'équipe du commandant Ambrosini fut réunie au grand complet dans la petite salle de réunion du commissariat du Bourg. Certains bleus regardaient Romane d'un œil dubitatif ? Une flic, d'un autre département, en congés annuels, en vacances dans le coin et proche de la victime et des suspects, qui plus est. A quoi jouait le commandant ?

Ne voulant pas s'imposer à cette équipe et comprenant que sa présence pouvait déranger, elle n'accepta pas la chaise que Marchand lui avait tendue. Elle préféra se tenir debout, adossée au mur au fond de la pièce, à côté de l'unique fenêtre. De toutes façons cette pièce, trop petite, ne disposait pas d'assez de place pour y installer suffisamment de chaises pour la totalement des personnes présentes. Romane n'était pas la seule à être restée debout.

Le commandant Ambrosini avait laissé le capitaine Marchand exposer longuement et dans les détails, les différents éléments de l'enquête. Chacun des membres de l'équipe avait posé des questions, émis des hypothèses, et ainsi apporté sa pierre à l'édifice. Celui-ci semblait tout de même bien fragile. Trois suspects, oui, mais aucune preuve, et surtout aucun aveu. Ils allaient devoir passer au niveau supérieur et mettre en examen certaines personnes. En garde à vue, les gens finissent souvent par passer aux aveux, surtout quand il ne s'agit pas de grands criminels, mais de gens ordinaires ayant peut-être perdu leur sang froid. Et ils dépassent alors la limite normalement infranchissable, parce qu'ils se sentent acculés et prêts à tout pour sauver ce qui leur semble être le plus important dans leur vie, à savoir, leur famille. Le commandant Ambrosini prit la parole après un instant de silence religieux où chacun essayait de se faire sa propre opinion. Le chef de police fit un rapide résumé.

« - Un secret de famille, assez sérieux pour commettre un crime. Un secret que Brigitte Humbert pensait être la seule à connaître. Elle se trompait. Lucien Vermer, la victime, avait découvert la vérité en 1991. Bertrand Humbert comprend le pot aux roses la même année, le lendemain-même. Laurent Humbert, le fils de la victime, apprend la vérité au sujet de sa demi-sœur en 1996 dans des conditions un peu spéciales. Cela nous fait trois personnes détentrices du secret de famille. Hors, visiblement, Lucien

Vermer était sur le point de faire éclater la vérité au grand jour. Effet de la vieillesse, peut-être, il semblait vouloir se libérer de ce poids. Ce secret avait déjà contribué à la perte de son fils il y a bien longtemps, il n'avait plus grand-chose à perdre. Chacune des trois personnes qui connaissaient la vérité avait intérêt à ce que ce secret reste enfoui à jamais. Laurent Vermer pour protéger sa mère d'une émotion trop forte qui serait causée par la découverte de la trahison de son mari. Bertrand et Brigitte Humbert afin de ne pas causer un choc à leur fille Anne-Sophie, qui ne connaît pas l'origine de sa naissance, et pour protéger toute leur famille qui pourrait éclater en mille morceaux après une telle révélation.

Bertrand Humbert, Brigitte Humbert ou Laurent Vermer ? Lequel des trois a commis l'irréparable ? Il nous faut nous baser sur notre intime conviction… Nous n'avons rien d'autre pour le moment. Sans oublier que nous n'avons pas retrouvé l'arme du crime. Celle-ci reste un mystère pour nous.

Dans son coin, Romane avait écouté avec une attention toute particulière. Hormis Laurent dont elle avait fait la connaissance quelques jours auparavant, elle connaissait ces personnes depuis tant d'années, elle avait partagé tant de moments familiaux avec eux. Elle comprenait enfin le malaise éprouvé par Brigitte, le poids sur ses épaules expliquait bien des choses, bien des comportements. Le mal-être évident d'Anne-Sophie... Et son apparence si différente par rapport à ses parents, à Jérôme et à Lætitia lui sautait maintenant aux yeux. Ils avaient tous les cheveux clairs et les yeux verts. Anne-Sophie arborait une chevelure presque noire et des yeux bleus, les yeux de Lucien. Et cette colère constante et inexpliquée de l'aînée des enfants Humbert... Les secrets de famille font des dégâts, les conséquences sont lourdes, la preuve en est ce meurtre. Romane était abasourdie par ces révélations. Elle demeura stoïque, ne voulant montrer ses émotions à personne. Elle échangea un regard avec Joseph Ambrosini, lui n'était pas dupe, il lui adressa un signe de tête en signe de compassion.

*

Joseph Ambrosini, Abdoul Marchand et Romane Bélino se retrouvèrent tous les trois pour une pause devant un café pour les hommes, un thé à la menthe pour Romane. Ils se trouvaient à l'intérieur du bureau dans lequel Laurent Vermer avait été interrogé à deux reprises.

« - Comment te sens-tu Romane ? » Joseph s'était adressé à la jeune femme avec douceur.

« - Ça va merci. Enfin… J'ai connu mieux… Je tombe des nues… jamais je n'aurais pu imaginer ça… C'est fou… Je vous avoue que je pense que le coupable est Laurent. Sa présence au Bourg, comme par hasard, quand son père se fait assassiné, est tout de même louche vous ne croyez pas ?

- Ils venaient une fois par mois pour passer un moment avec sa mère qui venait le retrouver au Bourg. Et…

- Oui, je sais ce que tu vas me dire Joseph. Je pense que c'est lui le coupable parce que je veux que ce soit lui. Je ne peux pas admettre que ce soit Brigitte ou Bertrand parce que je suis proche d'eux. Parce qu'ils sont un peu comme… Comme ma belle-famille… Je sais… » Elle se prit la tête entre les mains. « Mon cerveau est en ébullition… »

- Oui Romane… Je peux, nous pouvons, comprendre ta réaction… » Joseph se montrait compréhensif.

« - Mais… Tu es enquêtrice toi aussi… Romane ». Abdoul avait repris la parole. « C'est cette Romane-là dont on a besoin. La professionnelle, tu les connais, vu de l'intérieur, il doit bien y avoir des choses qui te reviennent.

- Oui… Mais… Ce qui me revient, c'est surtout que je comprends maintenant certains comportements, le caractère spécial d'Anne-Sophie, le mal-être de Brigitte, par rapport à son secret… Mais rien par rapport au meurtre. Et Bertrand, lui, je suis étonnée qu'il ait été au courant depuis tout ce temps. Jamais je n'ai senti quoi que ce soit qui pourrait me faire penser qu'il savait... Encore maintenant. Toujours égal à lui-même…

- Remets toi dans ta peau de flic. Est-ce que quoi que ce soit pourrait te revenir sur la veille du meurtre ou le matin de la découverte du cadavre ? Quelque chose qui t'a marquée, quelque chose qui aurait attiré ton attention, un indice…

-… »

Romane réfléchissait, se remémorait les scènes, la veille, le matin. Elle se revoyait se réveiller brusquement, se lever dans la pénombre, sortir par la baie vitrée, attraper la cape en ciré vert accrochée à l'abri de la pluie sous l'avancé du toit, l'enfiler par dessus ses vêtements... Elle eut un moment d'arrêt dans ses pensées. La cape en toile cirée, indispensable, étanche et donc très efficace pour se protéger de la pluie… Ensuite, elle reprit le fils de ses pensées, elle était descendue en courant sous la pluie. Et la suite... Horrible… Après l'arrivée de la police, elle était remontée, elle était trempée jusqu'au os, avait remis la cape à capuche en toile cirée à sa place, sur le crochet sur le mur, à l'abri et elle était rentrée se doucher et se changer.

« - Romane ? » Joseph la regardait avec un sentiment d'inquiétude et également un espoir… Il lui semblait avoir décelé quelque chose sur son visage. Avait-elle un élément nouveau qui pouvait les aider ?

« Romane ?

- Oui ! Heu… » Elle secoua la tête comme si elle voulait chasser quelque chose de sa boite crânienne.

« - Tu as quelque chose qui te revient ?

- … Non… Rien… Je ne vois pas, je n'ai rien pour vous aider. Je suis désolée Joseph. » Elle baissa les yeux sur sa tasse de thé qui fumait entre ses mains.

*

Épilogue

Bertrand, Brigitte et Laurent furent mis en garde à vue, ils y passèrent le temps réglementaire. Aucun des trois n'avoua le meurtre de Lucien Vermer. Aucune preuve contre eux aux mains de la police, ils furent tous trois relâchés libre.

Joseph Ambrosini termina sa carrière sur une affaire non résolue, il prit sa retraite deux mois plus tard. Abdoul Marchand fut promu au grade de commandant à la place de son mentor.

Laurent Vermer et sa mère organisèrent les funérailles de Lucien, la cérémonie fut célébrée à l'église du Dahut Perdu. Le corps, inhumé au cimetière jouxtant l'édifice religieux sous les yeux d'un Chocard à bec rouge perché sur la grille en fer forgé. Francine Vermer, ayant appris l'existence d'une fille cachée pour son mari, en resta fort étonnée mais n'en voulut ni à son défunt mari, ni à Laurent. Le choc du meurtre, la garde à vue de son fils et la mort de son mari l'avait tellement ébranlée, qu'elle pardonna aux deux hommes de sa vie.

La famille Humbert vécut un bouleversement terrible. Les mises en garde à vue et la révélation du secret concernant

Anne-Sophie avait produit une onde de choc pour chacun des membre de la famille. Enfin… L'abcès percé, il leur fallut un peu temps pour avaler la pilule, digérer la vérité et pour s'en remettre. Chacun pardonna aux autres et la famille se retrouva encore plus forte, et plus soudée qu'elle ne l'était auparavant.

Romane et Philippe reparlèrent souvent de cette histoire. Au grand dam de Philippe qui, selon lui, préférait oublier. Romane savait qu'il lui fallait extérioriser toutes ses émotions. Elle se doutait que son mari avait été ébranlé bien plus qu'il n'y laissait paraître.

Les autres habitants du Dahut Perdu reprirent leurs habitudes. La vie continue malgré tout, même si quelque chose avait définitivement changé. Un meurtrier n'avait pas été arrêté. Il évoluait peut-être parmi eux sans que personne ne puisse l'imaginer. Alors, chacun des habitants du Dahut Perdu se persuada qu'il s'agissait d'un rôdeur passé par leur hameau cette nuit de juillet... Par un esprit de solidarité, de famille de cœur, ou simplement par déni.

Tout le monde savait bien évidemment que Brigitte, Bertrand et Laurent avait été mis en garde à vue et donc soupçonnés du meurtre. Cependant, le secret concernant la naissance d'Anne-Sophie n'avait pas été dévoilé aux voisins du Dahut. Les Vermer et les Humbert avaient jugé que cela ne regardait qu'eux. Le mobile du meurtre n'était donc pas connu des habitants du hameau et de ce fait, ils restèrent sur l'option d'un rôdeur qui avait frappé au hasard, juste pour le plaisir de tuer. Un fou quoi...

*

Romane, elle, savait que le meurtrier se trouvait forcément dans l'une des deux familles. Elle avait la conviction que c'était Laurent le coupable. Elle le voulait. Cependant, durant sa dernière discussion avec Joseph et Abdoul elle s'était souvenu de quelque chose d'anormal. Mais elle n'avait pas voulu leur en parler, cela n'avait peut-être aucune relation avec le meurtre, et puis elle craignait ce qui aurait pu en découler. Il fallait bien l'admettre, elle avait peur de découvrir qu'un de ses proches était un meurtrier. Elle éprouvait une appréhension… Ou alors, elle ne voulait pas envoyer quelqu'un qu'elle affectionnait en prison... Un conflit de loyauté ? C'était peut-être la raison qui l'avait empêchée d'informer les deux policiers d'une chose qui lui avait parue incohérente.

En partant du Dahut Perdu, elle avait emporté la cape en toile cirée dont elle s'était servie le matin de la découverte du cadavre de Lucien Vermer. Elle l'avait mise dans un sachet plastique sans le dire à personne et l'avait caché dans ses bagages. De retour chez eux, elle planquerait ce sac poubelle opaque au fond de la cave de la maison derrière des sacs de bocaux vides dont ils ne se servaient plus.

A leur retour de vacances, aussi particulières et bouleversantes qu'elle avaient été, la vie devait reprendre son cours pour Philippe et Romane. Ils déchargèrent rapidement leur voiture, bien moins encombrée qu'à l'aller, la nourriture, les boissons et les cadeaux en moins.

Quelques semaines plus tard, Philippe et Romane avait décidé de faire une randonnée en forêt, à la journée et de pique-niquer au bord d'un lac à une douzaine de kilomètres de chez eux. Ils partiraient de leur maison directement à pied. Romane préparait son sac à dos. Elle vérifia ce qu'elle appelait "sa trousse de secours de randonnée". Elle s'aperçut qu'il lui manquait quelque chose. Elle en fit rapidement l'inventaire. Son opinel, un sifflet, une boussole, une loupe, une pince à épiler pour les échardes, quelques pansements, de la ficelle… Il lui manquait un truc… Impossible de se souvenir quoi… Peu importe, ce n'était pas très grave, ils ne partaient pas très loin après tout.

Philippe et Romane marchaient depuis environ deux heures et demi à travers les bois lorsqu'ils arrivèrent au bord d'un lac. Cet automne était particulièrement chaud. Ce dimanche matin le soleil continuait de briller et ne semblait pas vouloir baisser les bras face à cette saison qui aurait du être un peu plus fraîche. Ils se délestèrent chacun de leurs petits sacs à dos et s'assirent sur un tronc d'arbre couché dans l'herbe humide, ils étaient proches des abords du lac. L'endroit était désert, nul promeneur, juste les chants des oiseaux qui n'avaient pas encore migré, et peut-être un ou deux chevreuils qui les observaient à travers les arbres.

« - Allez c'est l'heure de l'apéro ! » lança Philippe ! Il sortit deux bouteilles de bières de son sac à dos.

Romane, sortait déjà son sandwich de son sac, elle avait faim, bien qu'elle ait avalé deux barres de céréales à mi chemin.

« - Attends, tu ne veux pas mettre tes bouteilles un peu au frais dans le lac ?

- Pas besoin ! En les sortant du frigo, je les ai mises dans la pochette réfrigérée avant de les mettre dans mon sac. Hé hé. Elles sont bien fraîches !

- Bien équipé mon chéri ! »

Lorsque Romane vit son époux sortir son décapsuleur d'une des poches extérieures de son sac pour ouvrir les bouteilles, elle se souvint brusquement de l'objet qui manquait dans sa trousse de secours... Où était-il passé ?

« - A la tienne ma princesse ! » Philippe la sortit de ses pensées et lui tendit sa bouteille de en verre.

Romane prit sa bière et trinqua avec son mari avant d'en avaler une petite gorgée. Ils déjeunèrent tranquillement de pain, de charcuterie et de fromage dans cet environnement naturel, calme et serein. Dans la tête de Romane la tempête faisait rage.

*

Romane avait contacté Frédéric, un de ses anciens collègues de la police scientifique, elle lui avait demandé un service. Elle avait une confiance absolue en son ancien compagnon, ils avaient eu une relation dans leur jeunesse, cela n'avait pas marché, cela ne pouvait pas marcher entre eux, ils étaient trop différents. Ils étaient restés amis, de vrais amis, ils se respectaient et avaient gardé une profonde affection mutuelle l'un envers l'autre. Frédéric avait toujours gardé l'espoir de reconquérir Romane un jour, jusqu'à ce que celle-ci se marie. Il avait alors compris que c'était définitivement fini entre eux. Romane savait que celui-ci ne pouvait rien lui refuser et elle lui accordait une entière confiance.

« - Fred, j'ai besoin de toi.

- Répète s'il te plaît…

- Quoi ?

- J'adore cette phrase. Redis-moi que tu as besoin de moi, s'il te plaît » Il rit à gorge déployée.

Romane sourit en entendant la voix de cet ancien collègue si particulier à l'humour décalé.

« - C'est compliqué au téléphone, rejoins-moi dans une heure sur le parking.» Elle n'eut pas besoin de lui indiquer plus précisément ce lieu où ils se retrouvaient quand ils étaient jeunes.

« - Waouh, ça me rappelle des souvenirs… Tu es en manque de sensation ? ». Frédéric rit de nouveau, toujours l'humour, pour masquer ses sentiments.

Romane sourit et lui répondit simplement.

« - Dans une heure » . Et elle raccrocha.

*

Frédéric ouvrit la portière de la 208 et s'installa sur le siège passager.

« - Alors chérie ? Heureuse ? Prête pour le grand frisson ?

- Salut Fred. Toujours aussi con ?

- Yes madame ! » Fit-il dans un grand sourire. « - Okay d'accord ! Je me calme. Dis-moi tout. Ça doit être grave… Un, pour que tu m'appelles… Deux, pour que tu me donnes rendez-vous ici…

- Oui Fred. J'ai un souci… Enfin... Un dilemme… Un doute… J'aimerais connaître le fin mot d'une l'histoire.

- Je suis tout ouïe. »

Romane se tourna vers la banquette arrière de la voiture et se pencha pour attraper un sac en plastique opaque fermé par un double nœud fait avec les propres anses du sachet. Elle le tendit à son ancien collègue qui le prit et le posa sur se genoux.

« - Qu'est-ce que c'est ? J'imagine que tu ne m'offres pas un cadeau…

- C'est un genre de poncho en toile cirée…

- Merci mais il ne pleut pas... » Voulut plaisanter Frédéric encore une fois.

- J'aimerais que tu l'analyses. Je voudrais savoir s'il est possible d'y trouver … Des traces de sang par exemple.

- Okay, et j'imagine qu'il n'y a aucun scellé, aucun formulaire, aucun nom, et qu'il me faudra effacer toute trace de mes recherches après le boulot. C'est cela ?

- Je sais que tu prendrais des risques si tu acceptais. » Romane employa le conditionnel, mais elle savait pertinemment qu'il allait accepter.

« - Tu me paies en nature ? » Frédéric éclata de rire. « Je plaisante bien sûr. Et tu sais que je ne peux rien te refuser… Je vais le faire bien évidemment.

- Ne te sens pas obligé Fred. Tu prends des risques.

- Ne t'inquiète pas. Personne n'en saura rien. Je t'appelle dès que j'ai les résultats.

- Merci Fred. »

Sans plus attendre, Frédéric ouvrit la portière à sa droite, extirpa son corps de l'habitacle et referma la portière. Avant de partir il se pencha devant la fenêtre ouverte.

« - Cela a un rapport avec le meurtre commis dans ton village de vacances l'été dernier ?

- …

- Non, laisse tomber, ne me dis rien, je ne veux rien savoir.

- Merci Fred. »

Romane démarra aussitôt, le scientifique s'engouffra dans son propre véhicule et s'engagea dans la rue qui menait vers le centre ville non loin de là.

Quelques jours plus tard, Frédéric appela Romane, ils se rencontrèrent dans la journée au même endroit. Il lui rendit sons sac en plastique.

« - Présence de sang humain appartenant à un personne de sexe masculin sur une bonne partie du côté gauche de la cape à hauteur du bras de celui qui la portait. Le ciré a été lavé dans de l'eau sale, enfin je veux dire, pas de l'eau du robinet hein. Présence de multiple micro bactéries et de végétaux. La personne qui a voulu nettoyer le sang, a lavé la cape dans une rivière, un étang ou un lac.

- Un torrent... » Murmura Romane qui se trouva instantanément transportée au torrent qui passait juste en dessous du Dahut Perdu…

Ce qui lui avait mis la puce à l'oreille, c'était ce poncho cirée. Lorsqu'elle l'avait enfilé ce matin de juillet, il était déjà mouillé, alors qu'il était à l'abri et qu'il n'y avait pas eu de pluie depuis au moins un mois. Et il était complètement mouillé, à l'extérieur et aussi à l'intérieur. Sur le coup, elle n'avait pas remarqué cette anomalie, elle était dans le feu de l'action et ensuite tout s'était enchaîné. Mais après le débriefe auquel Joseph l'avait conviée, lors de sa dernière discussion avec joseph et Abdoul, cela lui était revenu tel un boomerang.

A ce moment, Romane comprit que le meurtrier ne pouvait être que Bertrand. Il avait fouillé dans le sac à dos de Romane, dans sa trousse de secours, pour y prendre l'objet dont il s'était servi pour tuer Lucien. Laurent Vermer n'aurait pas pu venir chercher l'arme du crime dans le sac de Romane. Et Brigitte n'avait pas la capacité physique de descendre jusqu'au torrent pour laver les taches de sang sur la cape en toile cirée.

Bertrand avait choisi précisément cet objet car il se doutait que personne n'irait fouiller le sac de Romane pour voir s'il y manquait quelque chose. Ni si cela pourrait servir d'arme. Et il s'était sûrement débarrassé de l'arme du crime dans le torrent au moment où il y avait nettoyé le cirée. Tout était clair dans la tête de Romane.

Mais qu'allait-elle décider maintenant ? Contacter Abdoul pour tout lui dire ? Et de cette façon, détruire une famille qu'elle aimait et qui se reconstruisait doucement après avoir traverser une tempête qui avait laissé des plaies ouvertes ? Ou la protéger et ainsi éviter la prison à Bertrand malgré son crime ? Par ailleurs, en emportant cette cape en toile cirée, elle s'était mise hors la loi, elle avait entravé une enquête et volé une pièce à conviction. Quoi faire ? Elle ne pouvait pas trahir Bertrand Humbert. Et elle risquait de mettre sa propre carrière en péril. Mais elle ne voulait pas non plus trahir Joseph. Joseph Ambrosini… C'était son enquête. Toutefois, il était désormais à la retraite, l'affaire avait été classée...

Romane, se fit violence, cela allait être la décision la plus difficile de toute sa vie, mais il fallait qu'elle la prenne... Se débarrasser définitivement du cirée et oublier toute cette histoire.

*

Juillet 2023

Le Dahut Perdu

« - Je vais magnifiquement bien Romane. Tu sais, je ne prends plus aucun médicament. Et je n'ai presque plus de douleurs. Maintenant une seule béquille pour l'extérieur me suffit, je pense même que je pourrai bientôt m'en passer. J'ai réussi à marcher plus de deux heures et demi hier. Je me sens plus légère. » Un sourire fendait le visage rayonnant de Brigitte, elle semblait avoir rajeuni de dix ans. Elle avait repris la marche et même quelques petites randonnées en montagne. Elle se tenait droite, on avait l'impression que ses épaules avaient été délestée d'un poids énorme.

« - Je suis très heureuse pour toi Brigitte. Tu es radieuse. Je te sens … » Elle chercha le mot le plus approprié... « Apaisée. Oui c'est ça, apaisée.

- Je le suis. Vraiment. Je suis sereine. Enfin ! »

Les deux femmes échangèrent un regard intense et lourd de sens. Sans un mot, Brigitte serra chaleureusement Romane dans ses bras. Celle-ci lui rendit son étreinte qui dura une éternité.

« - C'est finit les papouilles ? On va boire un coup maintenant ! » Bertrand interrompit ainsi l'étreinte des deux femmes.

Philippe, Bertrand et Jérôme avaient finit de décharger la voiture de Romane et Philippe qui était arrivés au Dahut Perdu à l'heure prévue pour ce premier jour de leurs vacances en montagne. La petite Hélène, elle, déballait un cadeau apporté par les invités. Brigitte découpait déjà une saucisse de viande pour l'apéritif. La semaine s'annonçait caniculaire, les étés étaient décidément de plus en plus chaud au fil des ans...

Anne-Sophie et Lætitia n'avaient pas prévu de venir au Dahut cette semaine. Elles viendraient peut-être en août avec les enfants d'Anne-Sophie, et avec son mari aussi. Anne-Sophie, apaisée, avait vu sa vie de couple s'améliorer et avait retrouvé l'envie, désormais, d'emmener son époux là où elle avait passé ses vacances durant son adolescence.

Cette été 2023, ils allaient donc passer leur semaine à six dans la maison des Humbert au Dahut Perdu. Ils déjeunèrent dans la bonne humeur. Les évènements de l'année passée n'avaient pas été oubliés, mais chacun les avait mis de côté afin de passer une bonne semaine de vacances. Ce dimanche, dans l'après-midi, chacun vaquait à ses occupations, certains étaient fatigués par le voyage, d'autres par le repas copieux et arrosé. On chercha un peu de repos et de solitude chacun de son côté. Sieste, télévision, lecture ou balade, chacun son truc.

Romane avait fait une petite marche, elle était monté jusqu'au hameau du dessus. En revenant prés de l'église, elle s'approcha de la grille en fer forgé du cimetière, elle n'y entra pas, inutile de remuer le passé. Elle senti une présence, tourna la tête vers l'intérieur du cimetière, un oiseau noir la regardait, silencieux. Ils s'observèrent une vingtaine de secondes, puis le Chocard pris son envol. Romane suivit le volatile des yeux un instant, il se dirigeait vers le sentier sur la droite, puis il disparut derrière un arbre un peu en contrebas. Elle entendait le bruit du torrent plus bas, elle décida d'y descendre par ce sentier qui longeait le cimetière. Arrivée à proximité du torrent, elle était perchée sur un rocher qui surplombait un passage où elle aperçut quelqu'un, les pieds sur des pierres à demi immergées, penché en avant, plongeant la main dans l'eau. Elle faillit l'appeler, mais quelque chose la retint. Elle se décala sur le côté, et se plaça derrière un large tronc d'arbre. Elle observa la personne qui continuait à chercher dans l'eau du torrent, soulevant les pierres plongées dans l'eau claire qui descendait de la montagne. Au bout de quelques minutes, l'homme se releva, il tenait un objet brillant à la main... Romane reconnu son tire-bouchon en acier avec un manche en bois sculpté. Celui qu'elle avait acheté quelques années auparavant au Bourg dans la vallée. Celui qui avait disparu de sa trousse de secours... Complètement abasourdie par ce qu'elle venait de voir, elle retint sa respiration. Elle recula doucement jusqu'à rejoindre le sentier par où elle était descendue.

Manifestement une autre personne avait été au courant du secret de famille des Humbert…

*

Après le dîner, Bertrand, Brigitte, Jérôme, Hélène, Philippe et Romane buvaient leur café et leur tisane du soir sur leur terrasse.

« - Alors, Jérôme ! C'est quoi le programme de cette semaine ? » Lança Bertrand, il aimait savoir où les jeunes partaient marcher chaque jour.

« - Ho ! Je nous ai concocté une semaine à la carte. Demain on commence par le Taillefer. Je vois que Romane et Philippe sont en forme, on va envoyer du gros demain ! L'aller et le retour dans la journée. On va partir tôt, réveil matinal pour bien démarrer !

- Ha ! Parfait ! » S'écria Philippe qui ne s'y était rendu qu'une seule fois, une bonne quinzaine d'années auparavant. « Romane ? Ça te va ? » Continua-t-il.

Son épouse hocha la tête en signe d'assentiment. Elle souriait, même si son esprit semblait ailleurs ce soir.

« - Papa ! Au fait ! Tu étais où cet après-midi ? A un moment je t'ai cherché pour m'aider à réparer ma trottinette mais je ne t'ai pas trouvé. » La petite Hélène s'adressait à son père en finissant un bâtonnet de glace au chocolat.

« - Ta trottinette est cassée ?

- Non non, c'est bon. C'était rien de grave. Philippe m'a aidé, un faux contact, c'est réparé.

- Okay Parfait.

- Alors ? Tu étais où papa cet après-midi ?

- Ho… Je suis descendu un peu au torrent... Pour me rafraîchir… Il faisait tellement chaud cet après -midi… Bon ! Qui veut une chartreuse ? » Lança gaiement Jérôme en se levant pour aller chercher la bouteille du délicieux élixir montagnard. Il ne put réprimer le souvenir d'un après-midi d'été 1991, alors qu'il n'était encore qu'un enfant. Il était allé s'amuser derrière le cabanon des Vermer. Ce jour-là, il avait entendu le père et le fils se disputer violemment...

FIN

A ma maman, à toute ma famille au grand complet.

A mes ami.e.s.

Aux lecteurs et aux lectrices.

A Pascal, mon tout premier lecteur.

Printed in Poland
by Amazon Fulfillment
Poland Sp. z o.o., Wrocław

13198455R00253